á une lettre du bonheur

VI KEELAND
PENELOPE WARD

À Une Lettre du Bonheur
Traduit de l'anglais par Jennifer Spinninger
Photographe : S. Tong Photography
Conception de la couverture : Caroline Teagle Johnson

á une
lettre
du bonheur

*À Luna. Ce livre est presque aussi
précieux que toi à nos yeux.*

CHAPITRE 1

Sadie

À faire : Dire à son rencard à quel point elle est belle.

À éviter : Dire à son rencard à quel point elle ressemble à son ex-fiancée… mais avec un peu plus de chair sur les os.

L'article de cette semaine était facile. Tout ce que j'avais à faire, c'était résumer la soirée que j'avais passée avec Austin Cobbledick[1]. Et oui, c'était son vrai nom. C'était malin de sa part d'avoir choisi Austin Cobb comme pseudo sur Match.com. Bref, son nom n'était pas ce qu'il y avait de pire. Ce type était horrible. J'aurais pu choisir parmi toutes les erreurs qu'il avait commises pour écrire la rubrique de cette semaine *des choses à faire et à éviter lors d'un rencard*. Voyons voir…

Je fixai l'écran de l'ordinateur sur mon bureau et tapotai ma lèvre inférieure avec mon index, tout en réfléchissant à mes autres choix.

---

1 « Cobbledick » peut se traduire par « pénis en pierre » (NdT, ainsi que les suivantes).

À faire : Fermer la bouche quand on éternue.

À éviter : Envoyer des morceaux de nourriture fraîchement mâchée partout sur le manteau Burberry de son rencard. (Manteau que j'ai d'ailleurs déposé au pressing ce matin. Je devrais envoyer la note à Cobbledick. Pas étonnant qu'il parle de sa fiancée au passé.)

Toutefois, un article parlant du fait de se faire éternuer dessus ne passerait probablement pas. Les personnes entre vingt-et-un et vingt-huit ans qui lisaient le magazine *Modern Miss* avaient tendance à être facilement dégoûtées. Peut-être qu'elles seraient plus intéressées par un autre article à propos de Cobbledick :

À faire : Commander une bière, un soda, de l'eau, ou un verre de vin lors d'un rencard.

À éviter : Commander un Shirley Temple et s'en servir pour montrer que vous êtes capable de faire un nœud avec votre langue dans une queue de cerise, alors que vous ne connaissez une femme que depuis cinq minutes.

Totalement répugnant.

Mes réflexions furent interrompues lorsque ma collègue Devin entra pour m'apporter mon courrier.

— Tu veux quelque chose chez Starbucks ? me demanda-t-elle en posant une pile d'enveloppes dans la boîte au coin de mon bureau. Je dois sortir.

Tout ça alors qu'elle n'avait pas encore terminé le grand gobelet qu'elle avait à la main.

Devin était l'une des rédactrices mode du magazine. Pourtant parfois, quand je la regardais, j'étais perplexe. Aujourd'hui, elle portait une robe babydoll blanche, une veste à paillettes argentées, des bottes en caoutchouc jaunes et un foulard coloré qui tombait presque jusqu'au sol autour de son cou... alors qu'il ne pleuvait même pas. Je me mordis la langue. Après tout, elle venait de récupérer mes lettres au service courrier et me proposait désormais d'aller me chercher un café. Je n'allais pas cracher dans la soupe. Et puis, Devin était l'une de mes meilleures amies.

J'ouvris le tiroir de mon bureau, sortis mon portefeuille de mon sac à main désordonné et lui tendis un billet de dix dollars.

— Je prendrai un latte frappé à la vanille sans sucre avec du lait de soja en taille moyenne. Et prends ce que tu veux, c'est moi qui offre.

Elle fronça son joli petit nez.

— Est-ce qu'il y a du café au moins là-dedans ?

— Un expresso.

— Oh, d'accord. Je reviens tout de suite.

Elle fit demi-tour pour partir, puis s'arrêta à l'entrée de mon bureau.

— Au fait, comment s'est passé ton rencard, hier soir ?

— Il m'a inspiré un article en cinq minutes.

Elle se mit à rire.

— Peut-être que tu devrais revenir sur eHarmony.

Ces deux dernières années, j'avais essayé Match, Plenty of Fish, eHarmony, Zoosk et Bumble. J'avais même testé Jdate, le site où les personnes juives pouvaient chercher des partenaires ayant la même religion qu'elles, même si je n'étais pas juive moi-même. Je n'avais vraiment pas de chance avec les rencards, mais cette poisse se révélait très utile pour les chroniques hebdomadaires que je devais écrire en tant que rédactrice.

— En fait, j'envisage de tester Grindr.

— Je croyais que ce site était destiné aux personnes homosexuelles, bi et transgenres.

— Il se pourrait que je reconsidère mes options après ce qui s'est passé hier.

Devin rit en pensant que je plaisantais, mais il suffirait d'un seul autre rencard comme celui de la veille pour me faire sérieusement douter de mon attachement aux pénis.

Je décidai d'attendre son retour avec mon café avant de me remettre à travailler sur l'article que je devais finir. Pour passer le temps, je ramassai la pile de lettres et commençai à les trier.

Pub.

Encore une pub.

Le CV d'une personne désirant faire un stage au magazine.

Des maquettes provenant du service de rédaction.

Pub.

Une lettre de la part d'une femme n'ayant pas apprécié que j'utilise le mot « culotte » dans l'article de la semaine dernière. Une feuille recto-verso tapée à l'ordinateur. Visiblement, elle avait du temps à perdre.

Je m'arrêtai à l'avant-dernière enveloppe. Celle-ci

n'était pas adressée à Sadie Bisset ou à la rédactrice. Elle était adressée au père Noël. Étant donné que nous étions en juin, je vérifiai le cachet de la poste en me disant que la lettre s'était peut-être perdue en route. Mais... non. Elle avait été envoyée trois jours plus tôt. Tous les rédacteurs de l'équipe de *Modern Miss* avaient des chroniques hebdomadaires à rédiger, mais nous devions aussi tous proposer une rubrique saisonnière ou liée aux fêtes. J'étais en charge de la série d'articles *Vœux de Noël* qui était publiée de novembre à décembre, alors ce n'était pas si inhabituel pour moi de recevoir du courrier à l'attention du père Noël. Toutefois, j'ouvris l'enveloppe et m'adossai à mon fauteuil, curieuse de savoir qui était cette personne trop pressée pour attendre encore quelques mois.

Cher père Noël,

Je m'appelle Birdie Maxwell et j'ai dix ans et demi.

La première phrase me fit rire. À quel âge avais-je cessé de dire « et demi » ? Techniquement, j'avais vingt-neuf ans et demi, mais je ne voulais pas me rapprocher encore plus des trente ans en le précisant. Ces derniers temps, je préférais dire que j'approchais la trentaine plutôt que de donner mon âge réel. Birdie, quant à elle, voulait probablement paraître plus mature. C'était aussi mon cas à cet âge. Je retournai à ma lecture, impatiente de savoir quel était le souhait de cette petite fille.

Même si j'écris cette lettre, je ne suis pas sûre de croire encore en toi. Je sais que ça semble bête étant donné que je t'écris, mais j'ai mes raisons. Tu m'as laissé tomber. Enfin, si tu existes vraiment. Peut-être que cette lettre ne sera jamais ouverte si ce n'est pas le cas. Je ne sais pas.

Bref, il y a quatre ans, je t'ai écrit une lettre pour te demander de guérir ma maman. Elle avait un cancer. Mais elle est morte le 23 décembre. Quand j'ai pleuré en disant que tu n'existais pas, mon papa m'a dit que le père Noël n'existait que pour les enfants, et qu'on ne pouvait pas demander des choses pour les adultes. Alors l'année d'après, j'ai demandé un vélo bleu avec un panier blanc et des fleurs roses, une sonnette qui faisait un bruit de canard, et une plaque avec mon prénom dessus. Je ne trouve jamais rien avec le prénom Birdie. Pas de magnets, de tasses, et encore moins de plaques pour vélo. Mais tu as réussi. Mon vélo est super génial, même si papa dit qu'il commence à être trop petit.

Et puis l'année dernière, j'ai demandé un chiot. J'avais très, très envie d'avoir un dogue allemand avec un œil bleu et un œil marron, que j'aurais appelé Marmaduke. Mais tu ne me l'as pas apporté. Papa a essayé de me dire que le père Noël n'offre pas de cadeaux vivants, mais il ne savait pas que Suzie Redmond, la fille la plus agaçante de ma classe, avait demandé un cochon d'Inde au soi-disant père Noël, et qu'elle l'avait eu. Bref, comme je l'ai dit, je ne sais pas si tu existes vraiment, et je ne sais pas non plus si les règles que papa me dit que tu dois suivre sont vraies. Mais j'ai pensé que ce serait une bonne façon de t'envoyer ma liste pour cette année. Enfin, ce n'est pas vraiment une liste, mais j'aimerais une seule chose importante…

Si tu es vraiment le père Noël, est-ce que tu pourrais nous envoyer une amie spéciale, à mon papa et moi, s'il te plaît ? Un peu comme une maman, mais pas vraiment parce que je n'en ai qu'une seule, et elle est morte. Mais peut-être quelqu'un qui pourrait faire rire papa un peu plus. Et si elle savait faire les tresses, ce serait super cool. Papa est archi nul pour ça.

Merci !

Birdie Maxwell

P.S. : Je sais qu'on est en été, mais j'ai pensé qu'il te faudrait sûrement un peu de temps pour trouver la bonne personne.

P.P.S. : Si tu existes vraiment, papa aurait bien besoin de chaussettes noires. Celles qu'il a portées aujourd'hui avaient un trou au gros orteil.

P.P.P.S. : Et si tu existes pour de vrai, est-ce que tu peux m'apporter des olives ? Les grosses olives noires qu'on trouve en conserve. On n'en a plus et papa me laisse enfin utiliser l'ouvre-boîte. J'adore en mettre une sur chaque doigt et les manger devant la télé.

Je clignai plusieurs fois des yeux en absorbant tout ça. C'était la lettre la plus adorable et la plus altruiste que j'avais jamais reçue. Le fait que cette petite fille ait perdu sa mère vers sept ans me fit mal au cœur. J'avais six ans et demi quand la mienne était morte d'un cancer. Et, *oh, mon Dieu...* je venais juste de repenser à la dernière fois que j'avais vu ma mère, et je me rendis compte que je m'étais souvenu que j'avais six ans... *et demi.*

Oh, Birdie, comme je te comprends. Durant les années qui avaient suivi le décès de ma mère, mon père n'avait pas beaucoup souri non plus. Mes parents s'étaient rencontrés au lycée. En troisième[2], et le jour de la Saint-Valentin, il lui avait offert une sucette en forme de bague devant la pizzeria près de leur école. Cinq ans plus tard, il l'avait ramenée au même endroit et l'avait demandée en mariage avec une vraie bague. Leur amour avait été digne des rêves de toutes les petites filles. Même si c'était inspirant, leur histoire présentait un inconvénient. Mes parents avaient placé la barre tellement haut avec leur exemple de ce que devrait être une relation, que je refusais de me poser.

Je relus la lettre en soupirant. J'avais les larmes aux yeux en la finissant pour la seconde fois. Je ne savais pas vraiment ce que je pouvais faire pour Birdie, mais j'eus soudain envie d'appeler mon père. Alors, je le fis.

***

En vraie bonne New-Yorkaise, ma seule façon de faire les courses était de passer à la petite épicerie en bas de chez moi en rentrant tous les soirs. Cairo, le type qui travaillait derrière le comptoir, avait quitté le Bahreïn pour venir s'installer ici, et il rêvait de devenir humoriste. Il traitait ses clients comme un public test.

Je me mis à déposer les articles de mon panier sur le comptoir.

— Hier soir, j'ai dit à ma femme qu'elle dessinait ses sourcils trop haut. Elle a eu l'air surprise.

Je ricanai en secouant la tête.

— Sympa, Cairo. Mais tu me connais, je préfère les blagues cochonnes.

---

2 Aux États-Unis, la troisième s'effectue au lycée.

Il regarda autour de lui, puis me fit signe d'approcher.

— Une fille a remarqué que des poils commençaient à pousser entre ses jambes. Ne sachant pas ce que c'était, elle s'est inquiétée et a demandé à sa mère si c'était normal. Sa mère lui a répondu : « C'est normal, trésor. On appelle ça un petit singe. Ça veut dire que tu deviens une femme. » Alors la fille était ravie. Le soir même, pendant le repas, elle s'en est vantée auprès de sa sœur. « Mon singe a des poils ! » Sa sœur a souri. « Génial. Le mien a déjà mangé une dizaine de bananes. »

Je ris.

— Garde celle-ci.

Cairo pointa quelque chose du doigt dans le rayon derrière moi.

— Est-ce que tu as vu ? J'ai repris ces gaufrettes au chocolat que tu aimes tant.

Je gémis. J'avais un faible pour les Pirouline goût chocolat noisette. Par chance, la plupart de mes kilos allaient dans mes fesses, et les gros derrières étaient à la mode en ce moment.

— Je t'ai dit d'arrêter d'en commander.

— Sers-toi. C'est moi qui offre, ajouta-t-il en souriant et en me faisant signe d'y aller.

Je soupirai, mais je traversai quand même le rayon, parce que... eh bien... il s'agissait de gâteaux. Il n'y avait aucune logique dans l'organisation du petit magasin de Cairo. Les éponges étaient situées entre les spaghettis et les Pirouline. J'attrapai la première boîte, et au moment de me retourner, j'aperçus une pile de conserves juste à côté de l'endroit où je venais de prendre les gaufrettes.

Des olives noires. Je souris en pensant à Birdie, puis retournai vers la caisse. Je n'effectuai que trois pas avant de faire demi-tour pour récupérer deux boîtes de conserve sur l'étagère.

Cairo se mit ensuite à me raconter trois blagues douteuses sur les olives, tandis que je finissais de payer mes achats, et je sortis avec deux sacs de courses. J'ignorais ce que j'allais faire des olives, mais curieusement, je fredonnai *Jingle Bells* en rentrant chez moi.

CHAPITRE 2

Sadie

— Mais qu'est-ce que tu fais ?

Le lendemain après-midi, Devin entra dans mon bureau et me trouva là, un rouleau de papier cadeau étalé devant moi, et une conserve posée au milieu.

— J'emballe des olives, répondis-je en haussant les épaules, tout en commençant à découper le papier.

— Euh, pourquoi ?

Je glissai la main dans le sac en plastique posé sur ma chaise et sortis l'objet que j'avais acheté pendant ma pause déjeuner.

— Tu penses que je devrais emballer ça comment ? Je n'ai pas de boîte.

— Tu veux emballer des chaussettes noires pour homme ? demanda ma collègue en fronçant ses sourcils épais.

Je posai les ciseaux et pliai le papier cadeau aux rayures rouges et blanches autour de la boîte de conserve.

— Eh bien, je ne peux pas faire un joli emballage pour les olives sans en faire un aussi pour les chaussettes.

Elle me les prit des mains et les roula en boule.

— J'ai deux frères. Mon père me donnait vingt dollars pour que je leur offre un cadeau à Noël. Tous les ans, ils avaient chacun droit à une paire de chaussettes achetée en soldes à un dollar, et j'utilisais le reste de l'argent pour acheter du maquillage. Elles s'emballent plus facilement quand elles sont pliées comme ça, en forme de boule.

— Oh, malin.

Devin s'appuya contre mon bureau et rapprocha le dévidoir de ruban adhésif de moi.

— Alors, à qui sont destinées les olives et les chaussettes ? m'interrogea-t-elle. Un homme dont je n'ai pas encore entendu parler ?

Je secouai la tête.

— Non, elles sont pour Birdie.

— *Oooooh*, Birdie, répéta-t-elle en hochant la tête, comme si tout était logique. Mais qui est-elle ?

— C'est une petite fille qui a écrit à l'adresse de la rubrique des *Vœux de Noël*. J'ai envie de réaliser certains de ses vœux.

— Et elle a demandé des chaussettes pour homme et des olives ?

— Oui. Et une amie spéciale pour son père parce que sa mère est morte d'un cancer il y a quelques années. Trop mignonne.

Devin fronça les sourcils.

— Ça craint. Mais à quoi ressemble son père ?

— Comment je le saurais ?

Elle haussa les épaules.

— Il est célibataire, et il est sur le point d'avoir des chaussettes propres. C'est déjà mieux que la plupart des types avec qui tu es sortie ces derniers temps.

— C'est vrai, admis-je en riant. Mais je ne crois pas.

— Comme tu veux. De toute façon, sa fille est un peu étrange. Qui demande des olives au père Noël?

J'arrêtai d'emballer et levai les yeux vers elle.

— Quand j'avais sept ans, j'ai demandé un coq parce que je voulais des œufs frais.

— Mais… les coqs ne pondent pas d'œufs.

— Je n'ai jamais dit que j'étais la plus intelligente des petites filles de sept ans.

Devin quitta mon bureau en ricanant.

— Je crois que tu viens d'expliquer pourquoi tu *devrais* rechercher le père de Birdie sur Google. On dirait presque que vous formeriez le couple idéal.

***

Je n'avais jamais fini par rechercher qui que ce soit sur Google. En fait, après avoir envoyé les olives et les chaussettes à Birdie, je lui souhaitai bonne continuation dans ma tête et n'y repensai plus. Enfin, jusqu'à ce qu'une autre enveloppe arrive au magazine environ une semaine plus tard. Quand j'aperçus le nom de l'expéditeur, je rejetai aussitôt le reste du courrier pour ouvrir cette lettre.

Une photo tomba par terre. Lorsque je la ramassai, je tombai sur une magnifique petite fille aux cheveux dorés, et son grand sourire fit fondre mon cœur. C'était une photo d'école format portefeuille. Waouh. *C'est elle.* Ça paraissait surréaliste de voir la vraie Birdie. Elle était tellement belle avec son regard doux, et d'après ce que je savais, son âme l'était tout autant. Je mis la photo de côté pour pouvoir lire la lettre.

Cher père Noël,

Oh, mon Dieu. Oh, mon Dieu. Oh, mon Dieu ! Tu existes vraiment. Tu existes pour de vrai. J'ai reçu les olives et les chaussettes aujourd'hui. Les trous sont à la taille de mes doigts. Pas les trous dans les chaussettes. Ceux des olives. Il n'y en a pas dans les chaussettes. Celles de mon père n'en ont plus. Elles sont jolies et douces. Tu aurais dû le voir quand il les a trouvées dans son tiroir ! Il ne sait toujours pas comment elles sont arrivées là. Il a dit que ça devait être son jour de chance, et j'ai rigolé. C'était trop drôle ! Ensuite, il m'a emmenée manger une glace à côté de son restaurant pour fêter ça. Je n'ai pas pu lui dire que j'avais déjà le ventre rempli parce que je venais de manger une boîte d'olives.

Est-ce que je t'ai dit que mon père possède un restaurant chic ? Les femmes portent des talons pour manger là-bas. Moi, je préfère manger en pyjama, mais papa me fait porter une robe pour nos soirées en tête-à-tête. On fait ça tous les premiers mardis du mois. Avant, c'était maman qui y allait avec lui, mais maintenant, c'est moi. C'est mon jour préféré du mois. Pas parce que j'aime bien être élégante et manger au restaurant de mon père, mais parce qu'après le repas, il rentre à la maison avec moi. D'habitude, il travaille très tard.

Oh ! Et je ne lui ai pas dit non plus que je t'ai écrit. Il m'aurait dit qu'il était trop tôt pour écrire au père Noël et que je ne devrais pas être aussi impatiente.

Hier soir, je lui ai dit que je voulais vraiment que quelqu'un d'autre me fasse des tresses. Il ne sait pas bien les faire. Ensuite, je l'ai surpris en train de regarder un tuto sur YouTube. Je lui ai dit que je voulais le genre de tresse qui passe au-dessus de ma tête, comme un bandeau. Les plus jolies. Il était en train de regarder quelqu'un qui montrait comment s'y prendre. S'il essaie de m'en faire une, je vais me sentir mal et je vais le laisser essayer, mais j'aurai l'air bête.

Bref, je voulais juste te dire merci de m'avoir prouvé que tu existes.

Birdie Maxwell

P.S. : Je t'envoie une de mes photos d'école. Ils m'en ont donné beaucoup et je n'ai personne à qui les donner mis à part papa et mes grands-mères.

P.P.S. : J'ai ajouté quelque chose à ma liste de Noël. Est-ce que tu as entendu parler des tests ADN 23andMe ? À l'école, on a fait ces grands arbres qui montrent tous nos parents et nos grands-parents sur différentes branches. Madame Parker nous a raconté qu'on pouvait cracher dans un tube et trouver des membres de notre famille en remontant sur plusieurs centaines d'années. J'ai envie d'ajouter assez de branches à mon arbre pour pouvoir recouvrir tout un mur de ma chambre ! Le mien est l'un des plus petits à l'école parce que je n'ai pas de frère ni de sœur.

P.P.P.S. : Je ne fais aucune suggestion. Je ne veux pas que tu me l'achètes. Ma tante m'offre toujours des robes que je n'aime pas, alors je garde cette idée pour elle cette année !

Je poussai un long soupir sans cesser de fixer la photo. Birdie aurait vraiment pu être moi au même âge. Nous avions tant de choses en commun, de nos cheveux blonds à nos... eh bien, à nos mères décédées.

Et ce qu'elle avait écrit à propos des tresses faisait remonter des souvenirs de mon père essayant en vain de me coiffer. Ça le contrariait tellement qu'il finissait par abandonner, et j'allais à l'école en ressemblant à Fifi Brindacier.

Oui. Son père me rappelait le mien. Nous étions toutes les deux chanceuses d'avoir des hommes comme ça dans nos vies. Je compatissais avec monsieur Maxwell, qui qu'il soit, car c'était quelqu'un qui faisait de son mieux pour que sa fille ait une vie aussi normale que possible.

Lorsque je retournai à mon bureau avec le courrier, je tentai de travailler un peu sur mon article, avant que mes réflexions commencent à s'égarer. Je me mis à repenser à Birdie, et j'ouvris aussitôt Google pour taper *Birdie Maxwell*.

Non.

Effacer.

Quelques secondes plus tard, la tentation l'emporta de nouveau. Je tapai : *Birdie Maxwell New York*.

J'effaçai une nouvelle fois.

Qu'est-ce que je suis en train de faire ?

Oublie ça.

Pourquoi est-ce que tu as besoin d'en savoir plus sur cette pauvre petite et son père ?

Mon cœur s'emballa quand je tapai encore : *Birdie Maxwell New York*.

Je ne savais pas vraiment à quoi je m'attendais, mais je n'étais pas préparée au premier résultat qui apparut.

C'était un avis de décès. Je cliquai dessus.

Il commençait par la photo d'une jolie femme brune, le bras enroulé autour d'une petite fille blonde – Birdie plus jeune.

Amanda Maxwell, 32 ans, habitant à New York, est décédée le 23 décembre.

Amanda a passé son enfance à Guilford, dans le Connecticut, et a vécu ses étés entourée de ses nombreux cousins, qui ont tous grandi le long du littoral. Elle aimait organiser de grandes réunions de famille dans la maison qu'elle partageait avec son mari et sa fille.

Amanda a fréquenté le lycée de Guilford, puis a obtenu son diplôme de commerce à l'université de New York. C'est à cet endroit qu'elle a rencontré l'amour de sa vie, Sebastian Maxwell. Amanda a travaillé pendant plusieurs années en tant qu'analyste d'affaires à Manhattan, avant de faire des études de gastronomie. Son mari et elle ont fini par ouvrir un restaurant italien cinq étoiles à Manhattan.

Malgré ses succès, Amanda n'aimait rien de plus que d'être la mère de sa fille adorée, Birdie, qui représentait tout pour elle.

Amanda laisse derrière elle son mari, Sebastian, et sa jeune fille, Birdie Maxwell, résidant à New York, ainsi que sa mère, Susan Mello, de Guilford dans le Connecticut, son frère Adam Mello de Brooklyn, à New York, sa sœur Macie Mello, du New Jersey, ainsi que de nombreux oncles, tantes et cousins qui l'aimaient.

Amanda a demandé des funérailles et un enterrement dans l'intimité familiale à Guilford. La famille tient à remercier tous ceux qui l'ont entourée d'amour durant ses derniers jours. Pour ceux désirant célébrer la vie d'Amanda, un service funéraire aura lieu au funérarium Stuart sur Main Street à Guilford, le 2 janvier de 16 h à 19 h. Plutôt que des fleurs, la famille vous demande de faire un don au nom d'Amanda à l'Hôpital de recherche pour enfants St. Jude.

— Tu pleures ?

La voix de Devin me fit sursauter.

— Non, niai-je en essuyant mes larmes.

— Il s'est passé quoi ?

— C'est cette petite fille... Birdie, révélai-je en prenant un mouchoir.

— Qu'est-ce qu'elle a ?

— Elle... Elle a envoyé une lettre de remerciements avec une photo d'elle. J'aurais dû simplement lire la lettre et m'arrêter là, mais j'ai fini par taper son nom sur Google, et la première chose qui est apparue, c'est l'avis de décès de sa mère. Tout ça m'a rappelé beaucoup de choses.

— Argh. J'imagine. Je suis désolée.

Devin regarda mon écran, puis remonta pour voir la photo et prit quelques secondes pour l'examiner.

Je cliquai sur l'icône pour fermer la fenêtre.

— Ça va aller. Bref, il faut juste que j'arrête de penser à elle et que je me mette au travail.

— Qu'est-ce que disait son courrier ? J'en déduis qu'elle a reçu tes olives.

Je pris la lettre et la lui tendis.

— Oh, mon Dieu, elle a l'air adorable, remarqua-t-elle après avoir lu le mot de Birdie. Et le père... regarder des vidéos pour apprendre à faire des tresses ? Trop mignon. Je parie qu'il est canon en plus. Enfin, regarde comme la mère était belle.

— Tu vas arrêter avec ça ? rétorquai-je, en me sentant bizarrement sur la défensive.

— Pourquoi ?

Ma réaction en l'entendant parler du père – comme s'il était une sorte de friandise – me prit un peu au dépourvu. Comme si je me mettais à la place de Birdie. Toute cette histoire était vraiment un sujet sensible. Étais-je triste pour moi ? Pour Birdie ? Je ne le savais même plus.

***

Vous savez comme il suffit parfois de simplement penser à quelque chose pour que des publicités à ce sujet apparaissent soudain partout sur les réseaux sociaux, comme si les publicitaires avaient pu lire dans vos pensées ?

Quelques jours après l'arrivée de la lettre de Birdie, j'avais commencé à voir des réclames dans mon fil d'actualité pour des bandeaux tressés réalisés avec des cheveux synthétiques. Après avoir cliqué dessus, c'était fini, je n'avais plus arrêté d'en voir partout. Bref, ce bandeau ressemblait à une vraie tresse sur le dessus de la tête, exactement ce que désirait Birdie.

Et à peine une semaine plus tard, un colis contenant l'accessoire tressé arriva à mon bureau. J'avais examiné la photo de Birdie pour choisir la nuance de blond la plus ressemblante.

Je sortis le rouleau de papier à rayures rouges et blanches de sous mon bureau, puis j'emballai le bandeau avant d'écrire l'adresse sur le colis et de l'envoyer dans la 83ᵉ rue.

CHAPITRE 3

Sadie

Certains jours, je travaillais au bureau, et d'autres jours, j'avais des missions à l'extérieur. Pour mon projet à venir sur les rencontres en ligne, intitulé *Le meilleur des dix*, j'avais programmé deux rendez-vous par jour pendant cinq jours consécutifs. Afin de limiter les variables de cette expérience, j'avais rencontré les dix hommes dans le même restaurant, à la même table. L'idée de cet article était de déterminer si la quantité équivalait à la qualité, et s'il était possible de trouver une seule bonne personne parmi les dix trouvées en ligne.

Malheureusement, la réponse était non, dans mon cas. Pas un seul de mes dix rencards n'était quelqu'un que je m'imaginais revoir. Après avoir proposé de payer ma moitié, l'un des types m'a même laissée régler toute la note. Il n'avait même pas sorti sa carte. Quand je lui avais demandé s'il voulait partager, il m'avait informée qu'il était « un peu à sec en ce moment ». Un autre m'avait demandé si je pouvais le laisser sentir l'intérieur de ma chaussure. Apparemment, il était fétichiste des pieds. Les huit autres n'étaient pas mieux, chacun ayant une particularité qui ne passait pas du tout avec moi.

Alors, à la fin de cette semaine, j'étais plus fatiguée que d'habitude lorsque je m'arrêtai au magasin au coin de ma rue. Il y avait des jours comme celui-ci où j'aurais aimé que Cairo vende de l'alcool, parce que j'étais trop épuisée pour faire un second arrêt ailleurs ce soir.

Je déambulai dans les rayons pour attraper un paquet de soufflés au fromage, des biscuits Devil Dogs, une grande bouteille de Coca Zéro, des bonbons acidulés et une pizza au pepperoni surgelée. Voilà le genre de soirée que je m'apprêtais à passer.

Quand j'arrivai à la caisse, Cairo écarquilla les yeux en apercevant ce festival de malbouffe.

Il bipa mes articles en affichant un sourire en coin, comme il le faisait toujours quand il était en train d'inventer une nouvelle blague.

— Qu'est-ce que tu as en stock pour moi ce soir, Cairo ?

Il ne me fit pas attendre.

— Qu'est-ce qu'une pizza excitée dit au pepperoni ?

— Quoi donc ?

— J'aime quand tu es sur moi, répondit-il en riant.

— Ah, sympa.

J'ignorais si c'était mon humeur du jour, mais je trouvai celle-ci plus agaçante qu'amusante.

— Tu ne sors pas ce soir ? demanda-t-il. Pas de rendez-vous galant ?

— Crois-le ou non, mais j'en ai eu dix cette semaine, qui se sont révélés plus désastreux que galants. Je n'ai jamais été aussi heureuse de passer un vendredi soir seule de toute ma vie.

Je réglai la facture par carte et souris.

— Passe un bon week-end, Cairo.

Alors que je sortais du magasin en portant mon sac de courses en papier, mon portable m'indiqua l'arrivée d'un message. Je le sortis de mon sac à main, tandis que le vent relevait ma jupe, exposant presque mes fesses aux passants.

Devin : Tu n'es pas revenue au bureau après ta mission du jour, alors j'ai récupéré ton courrier. Tu as reçu une nouvelle lettre de cette petite fille, Birdie. Je l'ai prise avec moi si tu veux que je passe te la déposer.

Mince. Est-ce que j'étais prête à ça ce soir ? Je savais que ça allait me toucher. Il valait mieux que je m'évade en regardant Netflix et que j'en reste là. Pourtant, même si je savais ce qu'il y avait de mieux pour moi, je tapai tout le contraire.

Sadie : Oui, ce serait sympa. J'ai acheté plein de cochonneries à manger si tu es partante. Apporte une bouteille de vin.

***

Plus tard dans la soirée, Devin et moi avions terminé toute la pizza, la moitié des autres choses à grignoter, une bouteille de vin, et trois épisodes de *Stranger Things*, avant que je décide d'ouvrir la lettre.

Cher père Noël,

Merci pour le bandeau. Je ne m'attendais pas à recevoir un autre colis. Je ne veux pas que tu penses que je t'ai parlé de la tresse pour que tu m'en envoies une. Je ne savais même pas que ces bandeaux existaient ! C'est trop cool ! On dirait que ce sont mes vrais cheveux !

La première fois que je t'ai écrit, je voulais seulement savoir si tu existais. Et c'est le cas. Voilà pourquoi j'ai demandé des olives. (Mais je voulais vraiment des chaussettes pour papa.) La tresse m'a rendue très heureuse. Mon père m'a vue la porter et m'a demandé d'où elle venait, alors je lui ai répondu qu'un ami me l'avait offerte. Ce n'est pas vraiment un mensonge. Il avait l'air heureux de ne plus avoir à apprendre comment m'en faire une lui-même.

J'ai vu papa parler à une femme un soir. C'était bizarre. J'avais faim, alors je suis sortie de mon lit pour aller voler des biscuits. Il était sur le canapé et une femme lui parlait dans l'ordinateur. Je suis retournée dans ma chambre en courant parce que ça m'a fait un peu peur. Je ne sais pas pourquoi. Il ne m'a pas vue. Je sais que j'étais censée être au lit, mais je voulais des Oreo. J'ai attendu le petit déjeuner pour en manger.

Bref, je ne te demande rien d'autre. Enfin, jusqu'à Noël.

Mais j'ai envie de te poser une question. Étant donné que le pôle Nord est situé en hauteur, est-ce que tu peux voir le paradis de là où tu es ? Est-ce que tu peux me dire si ma maman va bien ? Est-ce qu'elle peut me voir ? Je lui parle tout le temps, mais je ne sais pas si elle peut me voir ou m'entendre. Je lui ai demandé de m'envoyer un signe, mais peut-être qu'elle ne peut pas faire ce que j'aimerais. Par exemple, si je lui demande de m'envoyer un papillon ou un oiseau, il y en a partout, alors comment je vais savoir si c'est bien elle ? Ma maman montait à cheval avant d'être malade. Elle montait cette jolie jument nommée Windy – parce qu'elle galopait comme le vent. Elle était toute noire, avec une crinière et une queue blondes. Peut-être que je pourrais lui demander de me montrer un cheval noir en train de galoper comme le vent. Comme ça, je serais certaine que ma mère va bien. Est-ce que tu peux essayer de lui passer le message ?

Merci encore, père Noël.

Je t'adore !

Birdie

P.S. : J'ai oublié de te donner le nom de ma mère ! Elle s'appelle Amanda Maxwell, elle a de longs cheveux bruns (enfin, avant qu'elle les perde, mais ils ont dû repousser), et elle sent le parfum Angel.

Le vin que j'avais bu ne m'aida pas du tout à digérer tout ça. Cette fois-ci, je ne savais pas si je devais rire ou pleurer. Alors j'étais juste... sous le choc.

— Qu'est-ce qu'elle dit ? s'enquit Devin en voyant mon visage.

Je lui tendis la lettre et la laissai lire par elle-même, puis elle me la rendit.

— Qu'est-ce que tu es censée faire avec ça ?

— Je ne sais pas, avouai-je en soupirant.

— Tu sais, tu t'es vraiment embarquée dans un truc dingue, Sadie. C'est vrai que c'est mignon, mais tu aurais sans doute dû t'arrêter aux olives, tu ne crois pas ? Essaie peut-être de lui écrire pour mettre fin à tout ça gentiment, histoire de ne pas lui faire de mal.

— Le truc, c'est que… je ne lui écris pas. Je lui ai juste *envoyé des colis*. À ce stade, je ne sais pas si commencer à lui écrire serait une bonne chose. Pour être honnête, c'était plutôt amusant d'égayer ses journées. Je ne suis pas sûre que je changerais ce que j'ai fait. Ça ne m'aurait pas non plus dérangée de lui envoyer d'autres colis, si ça pouvait la rendre heureuse. Mais un cheval noir avec une longue crinière blonde galopant comme le vent ? Impossible que j'y arrive.

Même si j'avais envie de croire à ce que je venais de dire, j'étais déjà en train de réfléchir à une solution.

***

Je n'avais jamais été ce que je considère comme normale. J'aimais mes hot dogs avec du pain de mie et des Doritos écrasés dessus, plutôt que dans du pain brioché avec du ketchup. Quand j'étais à un rencard et que je m'ennuyais, j'imaginais des moyens de m'échapper, en me visualisant souvent en train de sauter au-dessus d'une table ou de rebondir sur une voiture sur le parking, telle une héroïne de film d'action. Sans parler des mensonges insensés que je racontais aux inconnus quand je prenais l'avion. Une fois, quand j'avais été surclassée en première, j'avais dit à une femme que j'étais une duchesse venant de Belgique. Toutefois, cette journée était le pompon. Au moins, j'allais avoir un nouvel article en poche : *Cinq rencards de dix minutes*.

J'avais demandé à chacun de mes rendez-vous de me retrouver à différents endroits, à partir de onze heures du matin.

Sam me retrouva le premier à Prospect Park, à Brooklyn. J'avais expliqué le concept à chacun d'entre eux. Nous allions nous rencontrer, mettre une alarme sur nos téléphones pour nous laisser dix minutes, puis nous dire au revoir à la fin du compte à rebours. Si l'un d'entre nous souhaitait aller plus loin, il devrait attendre vingt-quatre heures avant d'envoyer un message. Si l'autre personne ne répondait pas, c'était qu'elle n'était pas intéressée. Pas d'histoires, pas de fausses excuses… clair et simple. La seule chose que je n'avais pas expliquée à mes cinq rencards du dimanche, c'était la raison pour laquelle j'avais choisi chaque lieu.

Quoi qu'il en soit, Sam était mignon ! Le sourire que j'avais affiché lorsque nous nous étions promenés dans le parc était sincère. Bien sûr, j'avais une idée derrière la tête, à savoir écrire un article et faire quelques recherches sur Birdie – d'une pierre deux coups. Mais je n'avais jamais écarté la possibilité de trouver le véritable amour. Alors, imaginez ma déception quand je m'étais mise à marcher avec Sam et qu'il avait craché. *Craché !* Pas du genre « oh, mon Dieu, une mouche est entrée dans ma bouche, faites-la sortir de là ». Non, il s'agissait d'un *gros molard* qu'il avait projeté sur le sol devant nous.

Argh.

Quelle était la prochaine étape ? Se boucher une narine pour se moucher dans l'herbe ?

Notre rendez-vous ne devait durer que dix minutes. Il ne pouvait pas attendre ? Peut-être jusqu'à… ce que nous soyons *mariés* et que j'aie déjà trouvé trente-quatre bonnes raisons de l'aimer qui pourraient éclipser cet énorme défaut.

Sayonara, Sam !

Le deuxième rendez-vous s'était passé au zoo du Bronx, suivi par le troisième à Bryant Park, puis par le quatrième à l'Hudson River Park. Laissez-moi vous en faire un résumé.

Nul, nul, et nul.

Je n'avais pas non plus eu beaucoup de chance avec ce que j'avais appelé la mission Birdie.

Mon cinquième et dernier rendez-vous de la journée était prévu à Central Park. Je devais rencontrer Parker. Je me tins devant la fontaine Bethesda à exactement dix-sept heures. Le parc était très fréquenté en cet après-midi, mais je ne vis aucun homme d'un mètre quatre-vingt en train de chercher des yeux la femme de ses rêves. Alors que j'attendais, je sortis mon téléphone et affichai une photo de Parker pour être sûre de me remémorer son visage. Je commençais à tous les mélanger. Après quelques minutes supplémentaires, je m'assis et me mis à faire défiler Instagram. À dix-sept heures vingt, je jetai l'éponge. Je venais officiellement de me faire poser un lapin. Quatre sur cinq, il fallait croire que ce n'était pas mal. Et puis, j'étais stressée de me rendre au dernier arrêt de la journée pour la mission Birdie.

Je marchai l'équivalent d'une dizaine de pâtés de maisons dans le parc, avant d'arriver à la billetterie.

— Je pourrais avoir un ticket, s'il vous plaît ?

Le jeune homme derrière la vitre secoua la tête.

— C'est fermé. Le dernier tour était à dix-sept heures. Je fais juste le tri de la journée.

Je jetai un coup d'œil au carrousel.

— Est-ce que je pourrais... juste entrer pour regarder les chevaux un instant ?

Le gamin ne sembla pas dérouté par ma demande.

— Comme vous voulez, accepta-t-il en haussant les épaules. Mais vous devrez sauter par-dessus la clôture. La sécurité l'a déjà verrouillée.

J'observai de nouveau le carrousel. Il était entouré d'une clôture d'un peu moins d'un mètre de haut. Ça faisait longtemps que je n'avais pas fait quelque chose de ce genre. Mais après tout, pourquoi pas ?

— D'accord.

Curieusement, je parvins à escalader la grille sans trouer mon jean. J'entrepris ensuite de faire le tour du carrousel coloré, à la recherche de ce qui commençait plus à ressembler à une licorne qu'à un cheval noir à la crinière blonde. J'arrivai presque à la moitié du chemin lorsque je m'arrêtai net.

Oh, mon Dieu.

Le voilà.

Il était parfait ! Je tapai dans mes mains. Non seulement c'était un cheval noir à la crinière blonde, mais il levait ses quatre sabots comme s'il était en plein galop... à filer comme le vent.

Je repassai par-dessus la clôture et retournai à la billetterie en courant. Le garçon était en train de verrouiller la porte.

— Est-ce que je peux acheter un ticket, s'il vous plaît ?

— Je vous l'ai déjà dit. C'est fermé, répéta-t-il en fronçant les sourcils.

— Je ne veux pas faire un tour maintenant. Je veux juste acheter un ticket. Deux, en fait.

— J'ai déjà fermé la caisse.

J'étais tellement excitée à l'idée d'avoir trouvé ma pépite que je me laissai un peu emporter.

— Je vous donnerai cinquante dollars pour deux tickets.

Le gamin pointa du doigt le panneau collé à la vitre.

— Vous savez que c'est trois dollars vingt-cinq l'unité, n'est-ce pas ?

— Oui, je sais, mais j'en ai vraiment besoin. Est-ce qu'ils ont une date d'expiration ?

Il secoua la tête.

— Non.

J'ouvris mon sac et en sortis un billet de cinquante. Montrer l'argent permettait toujours de conclure un marché à New York. Enfin, c'était soit ça, soit on se faisait voler son portefeuille en le sortant, avant que les types se mettent à courir. Cependant, ça ne m'était arrivé qu'une seule fois. Je levai le billet entre mes deux doigts.

— Cinquante dollars. Je suis sûre qu'il ne vous faudra que quelques minutes pour rouvrir la caisse. Vous pouvez garder la monnaie.

— Je reviens, indiqua-t-il en me prenant l'argent des mains.

J'avais l'impression d'avoir gagné à la loterie... alors que j'avais donné un supplément de quarante-trois dollars et cinquante cents pour deux tickets de carrousel.

Ouais, j'avais perdu la tête.

Après sept heures à avoir parcouru trois quartiers, subi quatre rencards horribles et m'être fait poser un lapin, j'étais tout excitée en quittant le parc, les tickets en sécurité dans mon sac à main. C'était comme si j'avais gagné la guerre. Alors qu'en réalité, ce n'était qu'une bataille. Comment allais-je faire venir Birdie à Central Park ?

CHAPITRE 4

Sadie

Je décidai de laisser le destin prendre le relai. Oui, oui… Après avoir tant cherché ce cheval noir et soudoyé un vendeur de billets au parc, écrire à cette petite fille me semblait mal. Alors je plaçai les deux tickets de carrousel dans une boîte, puis l'emballai dans le papier cadeau aux rayures blanches et rouges et la lui envoyai. Si elle y allait, tant mieux. Et même si elle s'y rendait, il n'y avait aucune garantie qu'elle comprenne ce que je voulais lui faire voir. Sans réponse de sa part après presque deux semaines, je me dis que j'avais peut-être fini de jouer au père Noël cet été.

Jusqu'à ce que… je voie Devin traverser le couloir. Elle était presque devenue aussi investie que moi dans cette histoire de Noël-Birdie. Tous les jours, lorsqu'elle m'apportait mon courrier, elle vérifiait si j'avais reçu une lettre avant de quitter le service. Sa tête d'enterrement me disait que rien n'était arrivé avant qu'elle mette les pieds dans mon bureau. Mais aujourd'hui... elle entra en sautillant et en affichant un grand sourire.

— Elle est là ! s'exclama-t-elle en agitant l'enveloppe au-dessus de sa tête. Elle est là !

Qu'est-ce qui ne tourne pas rond chez nous ?

Je ne savais pas vraiment, mais ça allait devoir attendre que j'aie fini de lire cette fichue lettre. Je l'ouvris sans attendre, et Devin fit le tour de mon bureau pour lire par-dessus mon épaule.

Cher père Noël,

J'adore Central Park ! Je ne savais pas qu'il y avait un carrousel ! J'ai demandé à mon père s'il pouvait m'y emmener le week-end dernier, mais on n'a pas pu y aller à cause de l'inondation. Un vieux tuyau rouillé a lâché au restaurant, et Magdalene a dû venir s'occuper de moi. C'est ma baby-sitter. Elle m'a proposé de m'y emmener, mais je voulais vraiment y aller avec mon père. La semaine dernière, l'institutrice que j'aurai à la rentrée a envoyé une lettre de bienvenue à tous les élèves de ma classe, alors je lui ai dit qu'elle avait glissé les tickets dans sa carte. Sinon, je vais à mon cours de danse tous les samedis matin à neuf heures, alors papa a dit qu'on pourrait y aller juste après. Donc j'irai ce week-end ! Merci de nous avoir envoyé ces tickets.

Je voulais aussi te dire quelque chose. Tu te souviens de Suzie Redmond ? La fille à qui tu as apporté le cochon d'Inde ? Je t'ai dit que c'était la fille la plus agaçante de ma classe dans ma première lettre. En fait, c'est moi qui ai coupé ses cheveux. Elle est assise devant moi en classe et... eh bien, j'avais une paire de ciseaux. Mais je n'en ai coupé qu'un petit peu derrière. Pas beaucoup. Elle ne l'aurait même pas remarqué si elle n'avait pas trouvé les quelques mèches rousses qui sont tombées par terre. Quoi qu'il en soit, elle le méritait. Mardi, je portais ces jolies Crocs roses que papa m'a achetées. Suzie et ses amies étaient rassemblées en cercle quand je suis arrivée, et elle m'a dit : « Est-ce que c'est des Crocs ? Je n'en reviens pas que ta mère te laisse sortir de chez toi comme ça. Oh, attends. Pas étonnant. Tu n'as pas de mère. »

Tu te demandes sûrement pourquoi je te parle de Suzie. Tu sais, papa me fait aller à des cours de catéchisme les samedis matin. La semaine dernière, on a parlé de confession. On va à l'église et on raconte au prêtre toutes les mauvaises choses qu'on a faites, et après il nous dit de réciter quelques prières pour arranger tout ça. J'espérais en quelque sorte que tu fonctionnes de la même manière. Parce que je ne veux pas que tu le découvres et que tu n'apportes pas l'amie spéciale de papa.

Merci !

Je t'adore !

Birdie

P.S. : J'ai aussi gardé une mèche de Suzie dans ma boîte à bijoux.

J'éclatai de rire environ trois secondes avant Devin.

— Oh, mon Dieu. J'adore cette petite ! avouai-je.

— Elle croit que le père Noël fonctionne comme l'Église catholique, ajouta ma collègue en riant. Allez tuer quelqu'un, et saint Pierre vous ouvrira quand même les portes du paradis. Coupez les cheveux d'une petite fille et recevez quand même des cadeaux du père Noël !

Je dus essuyer mes larmes qui coulaient.

— Peut-être que je devrais lui répondre et lui dire de chanter trois *Jingle Bells* et deux *Silent Nights*.

Après ce bon fou rire, Devin soupira.

— Bon sang, cette Suzie est une plaie de dire ça à Birdie. Je parie que sa mère est aussi une garce.

— Tu as vu ça ? Une vraie petite peste. Si seulement j'étais vraiment le père Noël. Je remplirais sa chaussette de Noël de charbon cette année, et elle n'aurait aucun cadeau.

— Et le pauvre père de Birdie. Cet homme ne peut jamais faire de pause. Une femme décédée, aucun goût en matière de chaussures, un tuyau qui lâche.

Devin écarquilla les yeux et leva un doigt. La seule chose qui manquait à l'image devant mes yeux était une bulle avec une ampoule qui s'allume au-dessus de sa tête.

— J'ai une idée !

— Sans blague... ricanai-je.

— Et si on allait à Central Park samedi pour surveiller le carrousel en attendant Birdie et son père ? Tu pourrais voir l'expression de la petite si elle remarque le cheval noir, et je pourrais enfin jeter un coup d'œil à son père. Je suis certaine qu'il est canon.

— On ne peut pas faire ça !

— Pourquoi pas ?

— Parce que... c'est... je ne sais pas. Flippant.

Elle s'appuya sur mon bureau.

— Mmmmh. Est-ce que, oui ou non, tu m'as demandé de t'accompagner pour suivre ce fameux Blake avec qui tu étais sortie quelques fois, à la sortie du travail? Celui qui n'arrêtait pas de recevoir des messages d'une certaine Lilly, et qui te disait que c'était sa mère.

— Ce n'était pas sa mère! Il était marié!

— C'est exactement ce que je voulais dire. Parfois, être flippant est nécessaire.

Je secouai la tête.

— Je ne sais pas. Suivre une enfant me paraît juste répugnant.

— Alors fais comme si tu ne la suivais pas elle. Tu suis son père canon, comme moi!

— J'ai presque envie de le faire juste pour prouver que tu as tort à propos de son père.

Je m'imaginais un type qui ressemblait un peu à mon père au moment du décès de ma mère. Pourtant, pour une raison quelconque, Devin pensait que c'était un mannequin.

— Prouve-moi le contraire, alors, me défia-t-elle en donnant un coup sur mon bureau. Je serai là à neuf heures pour qu'on puisse arriver au parc à neuf heures trente. Combien de temps dure un cours de danse? Quarante-cinq minutes? Une heure tout au plus?

— Je ne sais pas...

Devin avança jusqu'à ma porte et s'arrêta.

— À demain matin. Et si tu ne m'ouvres pas, j'irai toute seule.

***

— Je n'en reviens pas qu'on soit en train de faire ça.

Je pris le métro C avec Devin jusqu'à Colombus Circle, et nous fîmes un arrêt chez Starbucks avant de marcher jusqu'au carrousel. Ma complice était venue habillée en tenue de filature noire de la tête aux pieds, avec des lunettes de soleil et un bonnet en laine... en *juillet.* Heureusement que nous étions à New York, sinon elle aurait eu l'air aussi dingue qu'elle l'était vraiment. Quant à moi, je portais un jean et un T-shirt Aerosmith, parce que... eh bien... Steven Tyler et ses *lèvres.* Je me fichais qu'il ait probablement presque soixante-dix ans. Ça ne m'empêcherait pas d'aspirer ces beautés.

Nous nous installâmes sur un banc situé à droite du carrousel, pas directement devant, mais où nous pouvions quand même voir tous ceux qui y entraient et en sortaient. Une fois en position, je commençai à me sentir *vraiment mal* à propos de ce que nous étions sur le point de faire – envahir l'intimité de Birdie.

— Peut-être qu'on ne devrait pas faire ça.

Devin posa sa main sur mon épaule et appuya, juste au cas où j'essaierais de me lever.

— On va le faire. N'essaie même pas de t'enfuir.

— Très bien, répliquai-je en m'affalant sur le banc.

Nous restâmes assises pendant presque une heure, à siroter du café en se racontant les ragots du travail, tout en parcourant des yeux les alentours à la recherche d'une petite fille et de son père.

— Il est plus de onze heures, indiquai-je en voyant l'heure sur mon téléphone. Je pense qu'ils ne viendront pas.

— On attend encore jusqu'à onze heures trente.

Je levai les yeux au ciel. Tant pis, nous en étions là, alors autant aller jusqu'au bout, sinon Devin ne me lâcherait jamais avec ça. À onze heures trente pile, je me levai.

— Allons-y, Lacey.

— Qui ça ?

— *Cagney et Lacey.* C'est une série avec deux femmes détectives que ma mère regardait quand j'étais petite.

— Laquelle était la plus canon ? Peut-être que je ne veux pas être Lacey.

— Tu peux être celle que tu veux, répondis-je en riant.

Je me tournai pour jeter mon gobelet dans la poubelle à côté du banc, et juste au moment où j'allais partir, j'aperçus une petite fille et un homme qui venaient d'entrer dans le parc. Ils étaient assez loin, mais je me dis que ça pouvait être Birdie.

— Oh, mon Dieu. Assieds-toi ! Assieds-toi ! Je crois qu'ils sont là.

Nous reposâmes nos fesses sur le banc exactement en même temps, et Devin se pencha en avant.

— Tu en es sûre ? demanda-t-elle en plissant les yeux.

Je tirai sur son bras pour la ramener contre le dossier.

— Ne te fais pas remarquer.

Nous observâmes l'homme et la petite fille approcher, sans parvenir à prendre un air décontracté. Le père était grand, avait les épaules carrées, portait un jean et un T-shirt, et tenait la main de la petite fille. Celle-ci était vêtue... d'un justaucorps et d'un tutu. C'était sans aucun doute Birdie !

— Oh, mon Dieu. C'est bien eux !

Aucune de nous ne parla lorsqu'ils approchèrent du carrousel. Quand ils furent assez proches pour que je puisse enfin distinguer leurs visages, je restai bouche bée.

— Bon sang. Il est…

— Prem's. Je veux avoir ses bébés.

Je n'en croyais pas mes yeux. Moi qui m'attendais à voir une version moderne de mon père avec vingt ans de moins, l'homme qui se tenait devant moi était tout le contraire. Pour information, mon père était génial et pas mal physiquement, mais cet homme… était… beau. À. Tomber. *Waouh.* Juste… oui, waouh.

Sebastian Maxwell avait des cheveux foncés, une silhouette à se damner, et de belles lèvres pulpeuses. J'avais ri du fait que Devin pense que cet homme pouvait être mannequin, alors que ça pourrait *vraiment* être le cas. Il avait ces cheveux un peu longs et désordonnés dans lesquels il pouvait glisser une main, qui lui donnaient l'air à la fois de sortir d'une partie de jambes en l'air et d'une séance photo. Oui, c'était lui. J'étais absolument et agréablement sans voix.

J'avais été si préoccupée à reluquer son père que j'avais presque oublié la véritable raison qui m'avait poussée à venir : voir la réaction de Birdie quand elle découvrirait le cheval noir. Je dus rassembler toute ma volonté, mais je parvins à rediriger mon attention vers la petite fille. Ils donnèrent tous les deux leur ticket à l'employé, et je les observai passer la porte du carrousel. Ils firent environ un quart de tour, avant que Birdie pointe du doigt un cheval blanc en souriant. Son père la porta pour monter sur la plateforme, puis il l'installa sur la selle.

Mince. Elle n'était même pas passée devant le cheval noir.

Je me sentis découragée.

Néanmoins, mon moral remonta... ou autre chose... quand le père de Birdie se pencha pour attacher sa fille à sa monture.

Quel cul. J'étais un peu jalouse du jean qui épousait les courbes de ce joli derrière.

Sebastian monta sur le cheval juste à côté de celui de la petite, et ils se mirent à rire ensemble en attendant que le tour commence. Birdie gloussa quand son père fit semblant de tomber de son cheval, et elle caressa la crinière en plastique du sien.

Une fois que le manège commença à tourner, Devin et moi reprîmes nos places sur le banc. En toute honnêteté, j'oubliai même que mon amie était assise à côté de moi pendant quelques minutes.

— Je crois que je suis amoureuse, déclara-t-elle en posant une main sur son cœur.

— Alors tu devrais probablement quitter sans tarder l'homme qui a glissé cette pierre terriblement énorme à ton doigt.

Elle arbora un grand sourire.

— Dis-le. Devin Marie Abandandalo avait raison.

— Je suppose qu'il est pas mal, répliquai-je en levant les yeux au ciel.

Devin éclata de rire.

— Tu racontes vraiment n'importe quoi. Tu préfèrerais qu'il soit entre tes cuisses plutôt que sur ce cheval en plastique.

À vrai dire, ça faisait un moment qu'il ne se passait rien à ce niveau-là.

— Boucle-la.

— Ouh la menteuse, elle est amoureuse ! insista-t-elle en souriant. Sadie et Sebastian. Ça sonne bien, tu ne trouves pas ? On pourrait même croire que c'est une série télé. Et c'est toujours mieux que ces idiotes de *Corey et Lacey.*

— Cagney, rectifiai-je.

Elle haussa les épaules.

— Peu importe.

Je soupirai.

— Birdie n'a même pas vu le cheval noir à la crinière blonde.

— Hé, tu lui en enverras un en peluche avec un hamster vivant pour rattraper le coup. Revenons-en au père canon.

Le tour de manège dura environ cinq minutes, et lorsqu'il s'arrêta, le cheval noir se retrouva pile devant moi.

— Le voilà ! m'exclamai-je en tapant Devin sur le bras.

— Peut-être qu'elle le verra en sortant.

Je ne voyais Birdie et son père nulle part, alors j'en déduisis qu'ils devaient être de l'autre côté. La porte de sortie n'était qu'à deux chevaux sur la droite, alors s'ils partaient dans cette direction, la petite ne pourrait même pas voir la monture noire. J'observai les gens descendre du carrousel et se diriger vers la sortie. Malheureusement, quand Birdie et son père apparurent, ils avançaient vers la droite. C'étaient les deux dernières personnes du groupe à partir, et visiblement, ma tentative d'incarner le père Noël et Dieu avait été vaine.

Jusqu'à... ce qu'un papillon vienne voler près de Birdie alors qu'elle s'apprêtait à sortir. Elle sourit et passa sous le bras de son père pour le poursuivre. Sebastian l'appela lorsqu'elle se mit à courir, mais elle s'était déjà éloignée. Au moment où il l'appela une seconde fois, d'une voix plus grave et sévère, elle se figea... juste devant le cheval noir.

Je retins mon souffle.

Je pourrais jurer que la suite se déroula au ralenti.

Birdie fit demi-tour comme si elle allait partir, mais elle dut apercevoir l'étalon au passage. Elle tourna aussitôt la tête en écarquillant les yeux, puis posa ses deux mains sur sa bouche. Elle resta figée là pendant un long moment. Du moins, ça me parut être un long moment. Jusqu'à ce que son père arrive et la prenne par la main.

Elle lui dit quelque chose que je ne pus pas entendre, et après ça, ils reprirent leur chemin. Birdie fit à peine trois pas avant de se libérer de son père, de courir jusqu'à la monture en plastique, et d'embrasser la crinière du cheval qui galopait comme le vent.

CHAPITRE 5

Sadie

Regarder ce papillon mener Birdie droit au cheval avait vraiment été magique. C'était comme si l'univers était intervenu pour me prouver que si je pensais pouvoir tout contrôler, je me trompais lourdement.

Peut-être que quelque part là-haut, Amanda Maxwell était en train de me regarder en secouant la tête. Elle se disait sans doute qu'il était temps qu'elle intervienne pour me montrer qui était *vraiment* aux commandes.

Une partie de moi espérait que Birdie n'allait pas me réécrire, parce que je commençais à avoir l'impression de me prendre pour Dieu. Je ne voulais pas être obligée de continuer à lui mentir, mais je ne voulais pas non plus la décevoir. Honnêtement, c'était le bon moment pour arrêter sur une note joyeuse.

Le dimanche après-midi après avoir vu Birdie au parc, j'avais pris le train jusqu'à Suffern pour rendre visite à mon père. C'était le moment idéal pour y aller, car il était toujours doué pour me conseiller quand je coinçais sur quelque chose. Il pourrait certainement me dire si j'étais allée trop loin. Enfin, je savais que c'était le cas, mais je voulais quand même avoir son avis. Et pour être totalement honnête, je voulais aussi lui demander comment il avait vécu le fait d'être père célibataire à l'époque. Je n'aurais jamais eu le courage de lui poser certaines questions quand j'étais plus jeune. Mais maintenant que j'étais plus âgée, j'étais curieuse de savoir s'il était sorti avec plus de femmes que ce que j'avais pu voir. Je savais qu'il avait eu quelques petites amies ces dernières années, mais y avait-il eu des conquêtes dont j'avais ignoré l'existence quand j'étais enfant ?

Je supposais que ma curiosité provenait du fait d'avoir vu Sebastian la veille. Les femmes devaient se jeter aux pieds d'un homme comme lui. Pourtant, d'après les lettres de Birdie, il essayait d'être discret afin de ne pas bouleverser leur vie.

Mon père habitait dans la maison de mon enfance. Elle disposait toujours d'une façade marron, même si la peinture s'écaillait un peu, ainsi que d'un grand porche avec des pots de fleurs suspendus. Ce n'était pas la plus grande demeure de cette ville, mais nous possédions un immense terrain. Mon père entretenait un jardin magnifique, et c'était le moment de l'année où il devait être en train de donner des tomates à tous les voisins, parce qu'il en récoltait tellement qu'il ne savait plus quoi en faire.

Il calculait toujours l'heure exacte de mon arrivée en fonction de mon train. Comme d'habitude, il se tenait devant la porte à m'attendre.

— Comment va ma Sadie? demanda-t-il en me serrant fort dans ses bras.

— Bien, répondis-je en levant les yeux vers l'objet qui pendait au-dessus de la porte. Je vois que tu as fabriqué un nouvel engin.

Mon père aimait créer des instruments qu'il pensait capables de prédire la météo. Même s'il y avait tout un tas de produits technologiques pouvant le faire de nos jours, il préférait construire ces outils de toutes pièces, et il jurait qu'ils étaient tout aussi bons, voire même meilleurs que le plus puissant des radars Doppler. Il leur donnait aussi des noms sympas.

— Comment s'appelle celui-ci? l'interrogeai-je.

— Le humbug.

— Qu'est-ce que ça signifie?

— Le « hum » vient du fait que la bande de papier juste ici se déploie quand l'humidité augmente. Plus elle s'allonge, plus le risque d'orage est élevé. Je trouvais que « bug » sonnait bien avec « hum ».

— Tu es tellement drôle, observai-je en souriant.

Ce qui était intéressant, c'était que je me rappelais que le passe-temps des instruments météorologiques avait débuté pas très longtemps après le décès de ma mère. C'était peut-être sa façon à lui de garder l'esprit occupé, pour qu'il ne s'égare pas vers des choses trop douloureuses.

— Je viens juste de faire couler du café, m'informa-t-il, alors que je le suivais à l'intérieur.

— Ooooh, du café frais, le taquinai-je. Que me vaut cet honneur? Je dois être quelqu'un de spécial.

Je plaisantais toujours avec mon père dès qu'il faisait couler du café, parce qu'en général, il ne faisait qu'une grande cafetière pour lui le matin, et se servait dedans au fil de la journée. Il se contentait de le réchauffer au micro-ondes. Cependant, il savait que j'aimais le mien frais, alors il prenait sur lui et jetait le reste du matin pour en refaire chaque fois que je venais. Une fois, j'avais essayé de lui acheter l'une de ces cafetières Keurig pour qu'il puisse boire du café frais toute la journée, mais il m'avait dit que ça ne le dérangeait pas que son café soit un peu éventé et brûlé, et qu'il préférait de pas contribuer au danger environnemental des déchets plastiques.

Sur le comptoir, j'aperçus un énorme saladier de tomates de différentes teintes, allant du rouge au vert en passant par le orange, ainsi que des concombres et des poivrons alignés sur du papier absorbant.

— Laisse-moi deviner… salade de tomates et de concombres pour le déjeuner ?

— Avec de la feta et des olives, précisa-t-il en me faisant un clin d'œil. Et du pain pita bien chaud de la boulangerie.

Mon estomac grogna.

— Mmmmh, ça a l'air délicieux.

Rien ne valait le confort d'être à la maison. Même si celle-ci faisait remonter des souvenirs douloureux, les bons étaient aussi nombreux. Les déjeuners tranquilles avec mon père entraient dans cette catégorie.

— Alors, qu'est-ce qui te fait venir plus tôt que prévu ? s'enquit-il en s'asseyant en face de moi. Je pensais que tu ne venais pas avant le week-end prochain.

Il me servit une tasse de café et me la tendit.

— Oui, eh bien, j'ai eu une sorte de petit souci au travail qui m'a fait penser à toi.

— J'espère que ce n'est pas l'un des idiots avec lesquels tu sors.

— Non, le rassurai-je en riant. Même si de côté-là, ça ne s'est pas vraiment amélioré.

Je soupirai.

— Ça concerne la rubrique des *Vœux de Noël*. Tu sais, celle dont je m'occupe quand les fêtes de fin d'année approchent.

— Oui, je vois.

— Eh bien, une petite fille a envoyé une lettre au magazine, même si on est en été, et ça a déclenché une chaîne d'événements intéressants.

Tout en buvant deux tasses de café, je passai les minutes qui suivirent à raconter à mon père l'histoire de Birdie et de ses lettres. Il m'écouta attentivement, et comme je m'y attendais, il trouva cette histoire touchante.

— Elle a vraiment un prénom adorable, ajouta-t-il en secouant la tête, alors qu'il se resservait du café. Ça ressemble à quelque chose que j'aurais pu inventer pour l'un de mes instruments météorologiques.

— C'est vrai... Et elle est aussi mignonne que son prénom. Pourtant, je suis complètement perdue, avouai-je.

— Est-ce que tu te demandes si tu devrais continuer tout ça si elle te réécrit ?

— Oui, je suis partagée. Et puis, toute cette situation m'a beaucoup fait repenser à mon enfance, étant donné que l'histoire de Birdie est très similaire à la mienne.

— C'est vrai que c'est étrange qu'elle ait perdu sa mère presque au même âge que toi.

— Exactement.

Je soupirai, et après quelques secondes de débat intérieur, je décidai d'aborder le sujet qui éveillait ma curiosité.

— Dans une de ses lettres, elle a parlé d'un soir où elle s'était levée et où elle avait surpris son père en train de discuter avec une femme sur son ordinateur. Elle a dit que ça lui avait fait peur et qu'elle était retournée rapidement au lit. Ça m'a fait me demander si tu fréquentais des femmes quand j'étais petite. J'ai toujours supposé que tu ne voyais personne à l'époque parce que tu ne le faisais pas devant moi, mais peut-être que j'étais naïve.

Mon père baissa les yeux sur sa tasse et hocha la tête.

— Je n'aimerai jamais personne comme j'ai aimé ta mère. Tu le sais. Le fait de voir des femmes à cette période n'y aurait rien changé, affirma-t-il en relevant les yeux vers moi. Toutefois, la solitude finit par s'installer, et certaines fois, quand je te disais que j'allais jouer au poker avec mes amis ou que j'allais chez ton oncle Al, j'allais en fait rejoindre une femme.

J'acquiesçai en prenant quelques instants pour digérer cette révélation.

— J'avais quel âge quand c'est arrivé ?

— C'était probablement environ quatre ans après la mort de ta mère, alors tu avais sûrement dix ans. Les deux premières années, je n'avais même pas pu envisager de regarder quelqu'un d'autre. Mais une fois passé le cap des trois ans, eh bien, il était surtout devenu question d'un homme ayant des besoins. Ça n'avait rien à voir avec le fait de vouloir oublier ta mère. Tu vois ce que je veux dire ?

Il était difficile d'imaginer mon père avoir une vie sexuelle, mais malheureusement, je voyais exactement ce qu'il voulait dire.

— Bien sûr. Je le comprends maintenant. Et ce n'est pas comme si tu aurais pu m'expliquer ce qu'était le sexe sans attaches à l'époque. Si je t'avais vu avec une femme, j'aurais présumé que tu essayais de remplacer ma mère. Ça m'aurait contrariée.

— C'est ce que je me suis dit, alors… j'ai essayé de ne pas créer de conflits. Mais honnêtement, si j'avais trouvé quelqu'un de spécial, j'aurais peut-être fini par la ramener à la maison, parce que ça aurait été une bonne chose pour toi de pouvoir avoir une influence féminine dans ta vie.

Je laissai mon regard errer en repensant à quel point j'en avais eu envie en grandissant.

— Il y a en effet eu un moment, au début de l'adolescence, où j'ai vraiment souhaité que tu trouves quelqu'un… pas seulement pour toi, mais pour moi aussi.

— Le destin en a voulu autrement. J'ai connu le grand amour de ma vie, même si ce n'était pas assez long. Et maintenant… je n'ai besoin de personne à part toi.

Il me sourit et donna plusieurs petits coups sur la table.

— Et j'ai battu le cancer. Que demander de plus ?

Quand j'étais adolescente, on avait diagnostiqué un cancer du côlon à mon père. Je me souvenais avoir pensé que ma vie était finie quand il avait eu ce diagnostic, car si je perdais mon père en plus de ma mère, comment aurais-je pu continuer d'avancer? Il était tout pour moi. Dieu merci, par miracle, les traitements avaient fonctionné et mon père était toujours en rémission.

Il se leva et avança jusqu'à la carafe presque vide, puis la leva.

— Tu en reveux?

— Non. Contrairement à toi, je ne peux pas boire une cafetière entière sans qu'il y ait des conséquences. Je suis presque sûre que si j'enfonçais une aiguille dans une de tes veines, tout ce qui en sortirait, ce serait du Maxwell House.

Maxwell House.

Maxwell.

Ça venait juste de me frapper.

La boîte était posée sur le comptoir pendant tout ce temps, mais je venais seulement de faire le lien entre le nom de famille de Birdie et la marque de café que mon père buvait toujours.

Maxwell House.

Je me demandais à quoi ressemblait le vrai créateur de Maxwell House. Ensuite, évidemment, je ne pus m'empêcher de penser à Sebastian Maxwell, à son visage et à ses cheveux magnifiques. À la façon dont il avait semblé adorer sa fille au parc. Birdie avait dit qu'il possédait un restaurant. Je me demandais de quoi il avait l'air.

— Tu es toujours avec moi? me demanda mon père en me sortant de mes songes.

— Oui, je pensais juste...

— À Birdie ?

— Indirectement, oui.

J'avalai le reste de mon café, puis soupirai.

— Bref, j'espère qu'elle ne m'écrira plus. Même si j'ai adoré réaliser ses petits vœux, je ne peux pas continuer à faire ça, à me prendre pour Dieu, éternellement.

Il sourit.

— En parlant de Dieu, je ne prie plus pour grand-chose à part la santé ces jours-ci, mais je prie pour qu'un des types minables avec qui tu sors pour ton travail se révèle être un homme bien et te surprenne. Je ne veux pas avoir à m'inquiéter pour toi quand je partirai un jour.

— Je me débrouille très bien toute seule. Je n'ai pas besoin d'un homme.

— Ce n'est pas une question de finances. Je sais que tu es une femme forte et indépendante, ma chérie, mais la vérité, c'est que… tout le monde a besoin de quelqu'un. La seule raison pour laquelle j'allais bien après le décès de ta maman, c'était parce que je t'avais toi.

— Eh bien, heureusement que mon père n'est pas près de disparaître, répliquai-je en lui faisant un clin d'œil.

Je restai ici quelques heures. Après m'être rempli le ventre de toutes les bonnes choses qu'il m'avait préparées, j'appelai un Uber pour me ramener à la gare. Puisque nous avions partagé une bouteille de vin pendant le déjeuner, je ne voulais pas qu'il conduise.

Quand mon père m'accompagna pour attendre mon chauffeur, il posa les yeux sur son dispositif météorologique.

— Hmm, grommela-t-il en se grattant le menton.

— Quoi ?

— Humbug me dit qu'il va pleuvoir.

Effectivement, sur le chemin du retour cet après-midi-là, l'orage que mon père avait prédit éclata, s'abattant sur les fenêtres du train. Ensuite, le soleil de fin de soirée réapparut au-dessus de l'horizon new-yorkais, m'emplissant d'espoir et de pensées de Sebastian Maxwell, à mon grand désarroi.

CHAPITRE 6

Sadie

Je tapai.

Sebastian Maxwell restaurant.

Les touches cliquèrent lorsque j'effaçai aussitôt ces mots.

Non, je ne peux pas faire ça.

Après quelques secondes à fixer Google, je tapai de nouveau.

Sebastian Maxwell restaurant New York.

Cette fois-ci, au lieu d'effacer, j'appuyai sur la touche « entrée ».

La section « À propos de nous » d'un site internet fut le premier résultat à apparaître dans la liste.

Bianco's Ristorante.

Je lus le texte.

Bianco's Ristorante a été fondé en 2012 par Sebastian Maxwell, un entrepreneur new-yorkais, et sa femme Amanda, cheffe de cuisine. Les Maxwell ont été grandement inspirés par la grand-mère paternelle de Sebastian, Rosa Bianco, qui a émigré d'Italie du Nord en 1960. Sebastian a conservé toutes les recettes de sa nonna au fil des années, et aujourd'hui, aux côtés du chef cuisiner Renzo Vittadini, il a conçu l'un des menus les plus décadents de toute la région, en proposant des recettes anciennes aux touches modernes. La cuisine de grande qualité de Bianco's, associée à son ambiance tamisée et rustique, ne vous fait pas simplement vivre un repas, mais une expérience culinaire.

Que ce soit pour un dîner intime ou un événement privé, contactez-nous pour réserver.

Je cliquai sur l'onglet menu.

Chaque plat portait le nom d'une personne. Tarte à la ricotta de Renzo, poulet au parmesan de Nonna Rosa, pâtes à la bolognaise de Birdie, manicotti de Mandy.

Mandy.

Amanda.

Saltimbocca de Sebastian.

Ils proposaient un grand choix de vins.

— Tu fais quoi ?

Je sursautai en entendant la voix de Devin derrière moi.

— Tu m'as fait peur.

— Pourquoi tu viens juste de changer d'onglet ?

— Pour rien. Enfin… je ne suis pas vraiment censée flemmarder.

— C'est quoi Bianco's ? demanda-t-elle en arborant un sourire en coin.

Génial. Elle avait aperçu le nom tout en haut de la page.

Je poussai un long soupir, mais fis de mon mieux pour paraître nonchalante.

— C'est le restaurant du père de Birdie.

— Super !

Elle se mit à rire, bien trop ravie de ma faiblesse évidente.

— Tu sais que je suis partante pour la mission espionnage – surtout si c'est pour suivre un spécimen aussi canon.

— Je suis sûre que tu l'es. C'est juste que je me sens bête de faire ça.

— Mais une partie de toi ne peut pas s'en empêcher, c'est ça ?

— Il est intrigant, déclarai-je en haussant les épaules.

Ses yeux s'emplirent d'excitation, comme une gamine qui viendrait d'apprendre que la fête foraine allait venir s'installer en ville.

— Alors, on y va quand ? J'ai soudain très envie d'une énorme assiette de pâtes *al dente*.

— Oh, non. C'est la limite que je me suis fixée. Faire des recherches en ligne sur lui est une chose. C'est un passe-temps tranquille, voire même innocent. Mais aller le voir en personne, c'est non, affirmai-je. Non, non, non.

— C'est un restaurant public. En quoi ce serait le suivre ?

— Devin… laisse tomber, insistai-je en retournant quelques papiers sur mon bureau.

— Alors, est-ce que ça te dérangerait si j'y allais ? Armando et moi cherchons un nouveau restaurant à tester.

— Vas-tu révéler à ton fiancé que la vraie raison pour laquelle vous allez là-bas, c'est pour jeter un coup d'œil au propriétaire canon ?

Elle balaya mon commentaire d'un geste de la main.

— Il n'a pas besoin de le savoir. Il adore la nourriture. Il sera ravi, m'assura-t-elle en se penchant sur mon ordinateur. Est-ce qu'on peut réserver en ligne ?

— Je ne sais pas. Je n'ai pas vérifié puisque je n'ai pas l'intention d'y aller.

— Laisse-moi voir, continua-t-elle en attrapant ma souris, avant d'agrandir la fenêtre et de parcourir le site. Ah.

Elle sourit.

— Qu'est-ce que tu fais, Devin ?

Elle se mit à entrer ses coordonnées.

— Le seul créneau disponible était celui de samedi à dix-sept heures. Apparemment, il n'y a plus de place après. Heureusement que j'aime manger tôt comme les vieux.

— Tu es dingue, lançai-je en secouant la tête.

— Je te dirai si je le vois, répliqua-t-elle en me faisant un clin d'œil.

***

Deux semaines s'étaient écoulées, l'été toucherait bientôt à sa fin, et je n'avais pas reçu d'autre lettre de la part de Birdie. Devin et Armando avaient fini par aller manger ce délicieux repas extrêmement cher chez Bianco's, sans pour autant apercevoir Sebastian Maxwell. Ça lui apprendra à vouloir l'espionner.

Puisque ça faisait un moment que je n'avais pas reçu de lettre de Birdie, j'étais quasiment convaincue que je n'aurais plus de nouvelles d'elle.

Et puis un après-midi, à ma grande surprise, j'aperçus une enveloppe envoyée par ma petite amie au milieu de ma pile habituelle de courrier.

Mon pouls s'emballa lorsque je rejoignis mon bureau en courant et que j'écartai le reste des enveloppes pour ouvrir celle qui m'intéressait.

Cher père Noël,

Est-ce que ma maman t'a dit qu'elle est venue me voir à Central Park ? Je sais que tu lui as passé mon message parce que sur le carrousel, il y avait un cheval noir qui ressemblait à celui dont je t'ai parlé. Elle m'a envoyé un papillon pour me guider jusqu'à lui. Enfin, je ne sais pas si elle m'a envoyé un papillon, ou si ce papillon, c'était elle. Quoi qu'il en soit, c'était génial. Elle me manque tellement.

Mais est-ce que tu peux lui demander pourquoi elle n'essaie plus de me rendre visite ? Je n'arrête pas de la chercher, mais elle ne m'a pas envoyé d'autres signes. Maintenant que tu as pu la contacter et qu'elle a trouvé un moyen de revenir, je pensais qu'elle voudrait passer plus de temps avec moi.

J'ai peur qu'elle soit en colère contre moi maintenant qu'elle peut me voir. Peut-être qu'elle sait ce que j'ai fait aux cheveux de Suzie ou que je vole parfois des biscuits au milieu de la nuit.

Est-ce que tu pourrais juste lui dire de m'envoyer encore un signe pour que je sache qu'elle n'est pas fâchée ? Même si elle ne peut pas rester.

*Je suis désolée de te déranger encore, père Noël. Ce sera
la dernière fois. Je te le promets.*

Birdie

Les larmes coulaient sur mes joues quand je repliai
la lettre, et je pris conscience que Birdie n'était peut-
être pas la seule personne à avoir besoin d'aide.

***

Ça faisait longtemps que je n'avais pas rendu visite à ma
psy, le docteur Eloisa Emery. Son bureau surplombait
Times Square, ce que j'avais toujours trouvé ironique,
puisque la vue de sa fenêtre était à peu près la chose
la plus chaotique que je pouvais imaginer. Ce n'était
définitivement pas un cadre reposant pour un rendez-
vous chez le psy. Pendant mes séances, je fixais l'immense
panneau publicitaire qui changeait constamment, tout
en essayant de mettre de l'ordre dans mes idées.

Je me disais depuis un moment que j'avais besoin
de vérifier que je n'étais pas dingue, et aujourd'hui, je
prenais ça au pied de la lettre en racontant l'histoire
de Birdie, en espérant que le docteur Emery pourrait
m'aider à dépasser tout ça.

Je venais juste de finir de lui parler des lettres, en
finissant par la plus récente.

— Le ton de celle-ci semblait plus paniqué, lui
confiai-je. Elle était vraiment inquiète d'avoir fait
quelque chose qui aurait pu éloigner l'esprit de sa mère.
Il n'y avait pas non plus de postscriptum à la fin, comme
elle avait l'habitude de le faire, alors dans l'ensemble,

c'était un peu court. Ça m'a fait prendre conscience que j'avais empiré les choses en faisant en sorte qu'elle trouve ce cheval, même si en fin de compte, c'est le papillon qui l'a menée à lui.

Elle retira ses lunettes et les posa sur sa cuisse.

— Alors vous ressentez beaucoup de culpabilité.

— Oui, évidemment. À présent, elle en attend plus de sa mère, alors qu'il n'y aura rien. J'ai provoqué une sacrée pagaille. Sa mère est morte, et faire penser à Birdie qu'elle peut encore communiquer avec elle reviendrait à lui mentir.

Le docteur Emery remit ses lunettes et griffonna quelque chose sur son carnet, avant de relever les yeux vers moi.

— Sadie, je pense qu'il est important pour vous d'apprendre à accepter le fait que vous ne pouvez pas changer ce que vous avez déjà fait. Vous savez désormais que jouer avec le destin comme vous l'avez fait, aussi agréable que ça ait pu être, n'est pas vraiment la meilleure idée qui soit. Alors je pense que vous devriez prendre une décision radicale.

— Qu'est-ce que vous voulez dire exactement par là ? demandai-je en frottant mes paumes moites sur mes cuisses.

— Vous semblez incapable de ne pas répondre quand elle vous contacte. Je pense que d'une certaine manière, vous êtes très investie parce qu'elle vous rappelle vous-même, alors c'est un peu comme si on vous avait donné l'opportunité de faire pour elle ce qui n'a pas été fait pour vous. Et il a été difficile de résister. C'est également un moyen de vous reconnecter à votre enfant intérieur. Mais à présent, vous savez que ces contacts sont dangereux, et plus vous échangerez, plus il sera difficile d'arrêter. Alors peut-être que si elle vous contacte à nouveau, vous ne devriez pas ouvrir sa lettre.

Je secouai la tête à plusieurs reprises, tout en regardant par la fenêtre.

— Je ne peux pas faire ça.

— Pourquoi ?

— Parce qu'il faut au moins que je sache si elle va bien... même si je ne réponds pas.

— Elle ne sait pas que vous existez. Elle ne sait pas que vous avez développé des sentiments pour elle. Par conséquent, même si ces sentiments sont très forts, ils n'ont aucun impact sur elle. Si vous ne communiquez pas en retour avec elle, et si vous avez promis de ne plus jamais vous prendre pour le père Noël, alors vous ne devriez plus du tout vous impliquer dans sa vie. Ce qui inclut de ne plus lire ses lettres, ajouta-t-elle en inclinant la tête. Est-ce que vous pouvez le faire ? Pouvez-vous couper les ponts pour votre bien, mais aussi celui de cette petite fille ?

Je laissai mon regard errer en direction du panneau publicitaire, et j'observai l'affichage changer environ trois fois avant de pouvoir répondre.

— Je vais essayer.

CHAPITRE 7

Sadie

Presque un mois s'était écoulé depuis la réception de la dernière lettre de Birdie. J'avais suivi le conseil du docteur Emery et je n'avais pas répondu à mon amie. J'étais même allée jusqu'à charger Devin de récupérer mon courrier et d'en retirer toute enveloppe provenant de Birdie. Toutefois, j'avais craqué plus d'une fois en lui demandant si une lettre était arrivée, et elle m'avait juré qu'elle n'avait pas eu à intervenir. Ces derniers temps, j'avais même arrêté de me demander si mes colis n'avaient pas fait plus de mal que de bien. Cependant, cette journée était différente, pour une bonne raison.

J'avais eu un rendez-vous sur la 81ᵉ rue avec une entremetteuse professionnelle. Pas pour moi personnellement, mais pour mes recherches pour le magazine. Le mois prochain, je prévoyais d'écrire un article sur les avantages et les inconvénients de ce genre de service, et la première interview avait eu lieu aujourd'hui. Kitty Bloom dirigeait l'agence que j'avais visitée et m'avait donné des tas de renseignements pertinents pour mon travail. Elle m'avait aussi offert un abonnement gratuit de trente jours, d'une valeur ahurissante de dix mille dollars. Même si j'avais envie de tenter le coup, j'allais devoir transmettre un nombre important d'informations personnelles, allant de certificats médicaux à un profil psychologique, en passant par ma situation financière et un questionnaire détaillé à propos de mes passe-temps, mes fantasmes et mon appétit sexuel. J'avais accepté le cadeau, mais je n'étais pas certaine de vouloir que quelqu'un fourre son nez dans mes affaires.

C'était une belle soirée, alors je décidai de me promener un peu. Le bureau de l'entremetteuse se trouvait au rez-de-chaussée d'une rue remplie de brownstones, et l'Upper West Side était l'un des quartiers que je préférais et que je n'aurais jamais les moyens de me payer. J'étais au coin de Broadway et de la 83e rue, et Birdie habitait quelque part sur la 83e, ce qui pouvait être tout près.

Je ne devrais vraiment pas faire ça.

Je m'en étais si bien sortie ces derniers temps.

Mais... je suis déjà sur place...

Quel mal y avait-il à seulement passer devant ?

J'avais pris un Uber pour venir parce que j'étais en retard, mais je pourrais reprendre le métro pour retourner au sud de la ville depuis l'une des stations aux alentours. Alors, ce ne serait pas vraiment faire un détour que de me balader un peu dans le coin. Je pourrais simplement remonter la 83e rue, et si je venais à passer devant chez Birdie en allant vers le métro, alors ce serait le destin. Je me rappelais le numéro de sa maison seulement parce que c'était la date d'anniversaire de rencontre de mes parents à l'envers, le 10 février, ou 210, mais j'ignorais à quel croisement de rues elle était située. Seule la chance déciderait si j'allais l'atteindre ou non. Si je tombais sur sa maison avant de trouver une station de métro, alors je pourrais voir où elle habitait. Youpi.

Pourtant... ça me semblait mal.

Surtout lorsque je tournai pour redescendre la rue et que je vis le numéro de la première maison : 230.

Oh, mon Dieu.

La 83e rue était immense. Elle devait s'étendre au moins sur huit cents mètres rien que du côté ouest, de Central Park jusqu'aux environs de l'Hudson River... Pourtant, j'arrivai pile à proximité de l'endroit où vivait Birdie.

Ça me fit un peu paniquer.

Mon cœur se mit à battre un peu plus fort à chaque pas.

228.

226.

224.

Il devait rester à peu près huit maisons avant la sienne.

Bon sang, le quartier était vraiment sympa. Birdie vivait dans une rue bordée d'arbres, et où les brownstones devaient valoir un sacré paquet d'argent. J'ignorais pourquoi, mais je l'avais imaginée vivre dans un immeuble, à l'étroit comme le reste de nous autres, et pas dans une maison si luxueuse. Ces trucs se vendaient des millions. Même s'ils n'étaient pas propriétaires et ne faisaient que louer un étage, le loyer devait quand même être énorme.

Je me mis à ralentir en regardant les numéros.

220.

218.

216.

Plus que trois maisons.

Mon cœur s'emballa quand j'atteignis la sienne. Je ralentis encore et tentai de jeter un coup d'œil par les fenêtres. Cependant, il devait y avoir dix pas entre le trottoir et la porte d'entrée, alors je ne voyais pas grand-chose d'ici. La déception m'envahit. Quelques mètres après l'escalier qui menait à la porte de Birdie, je me forçai à arrêter de fixer cet endroit comme si j'étais en train de faire du repérage en vue d'un éventuel cambriolage. Au moment où je baissai les yeux, quelque chose de brillant attira mon regard sur le côté, au niveau de la première marche des escaliers.

Est-ce que c'est...

Non, ça ne pouvait pas être ça.

Je regardai autour de moi, mais personne ne semblait me prêter attention, alors je fis demi-tour et me penchai pour observer de plus près.

J'écarquillai les yeux.

Oh, mon Dieu.

Une barrette à cheveux argentée se trouvait sur la marche, comme celles qu'une petite fille pourrait porter pour retenir ses cheveux si son père ne savait pas faire de tresses. Et... il y avait un papillon argenté dessus.

Des papillons.

Birdie.

L'un allait assurément avec l'autre.

Sans réfléchir, je la ramassai.

Seulement... qu'allais-je en faire une fois que je l'avais dans la main ?

Je me dis que la poser à un endroit plus sûr serait la meilleure solution. La jolie petite barrette pourrait s'envoler en restant sur la première marche. Ou alors, quelqu'un pourrait marcher dessus et la casser.

De toute façon, personne ne semblait présent chez les Maxwell. Je pourrais la laisser devant leur porte d'entrée.

Oui... c'était une bonne idée.

Le fait de pouvoir peut-être avoir une meilleure vue depuis le haut des escaliers n'était qu'une coïncidence. Après tout, je ne faisais que ce qui était nécessaire pour que la barrette de Birdie ne soit pas abîmée. Pour autant que je sache, elle pouvait très bien être attachée à cet objet. Je jetai de nouveau un coup d'œil aux alentours, et je remarquai qu'il y avait une autre porte sous l'escalier principal, légèrement en sous-sol. Peut-être que les Maxwell y habitaient. Même si mon instinct me disait le contraire.

Je pris une grande inspiration et montai les marches du brownstone. Mes genoux faiblirent un peu en atteignant le sommet. Bon sang, j'étais vraiment nerveuse.

Depuis le trottoir, je ne m'étais pas rendu compte à quel point la porte d'entrée était grande. La double porte vitrée devait mesurer au moins trois mètres, peut-être plus. En regardant sur ma gauche, je pouvais voir directement par la fenêtre qui donnait à l'avant, ce qui m'offrait un aperçu partiel d'un grand salon. Une veste de costume d'homme était posée sur le dos d'un fauteuil qui faisait face à un canapé, et je me demandai si elle appartenait à Sebastian. Je restai là à fixer cette scène pendant un long moment. J'essayai de remarquer les moindres petits détails, comme les titres des livres dans la bibliothèque ou les photos encadrées posées sur le manteau de la cheminée, jusqu'à ce que le rideau se mette soudain à bouger.

Quelqu'un était là !

Je sentis le sang quitter mon visage.

Oh, mon Dieu.

Il faut que je fiche le camp !

Je me mis à avoir peur et à chercher un endroit où déposer la barrette. Ne trouvant pas d'emplacement convenable, je la fis tenir en équilibre sur la poignée de la porte, en me disant que quelqu'un la verrait, ou alors la remarquerait quand elle tomberait par terre au moment où la porte s'ouvrirait.

Ensuite, je me dépêchai de descendre les escaliers. Mon cœur battait si vite que j'avais l'impression de m'échapper d'une scène de crime, plutôt que de faire une bonne action en rendant sa barrette préférée à une petite fille.

Je n'eus le temps de faire que quelques pas avant d'entendre un bruit métallique derrière moi. Le bruit d'une porte que l'on déverrouille. Je paniquai et continuai... jusqu'à ce qu'une voix grave m'arrête net.

— Hé, vous ! Qu'est-ce que vous faites ?

Oh. Mon. Dieu.

Je fermai les yeux. *Cette voix.* Évidemment, j'avais seulement entendu Sebastian parler brièvement au carrousel, pourtant j'étais certaine à cent pour cent que c'était lui. Cette belle voix grave et rauque de baryton allait avec le reste de la personne.

Lorsque je ne répondis pas, il reprit la parole. Plus fort, cette fois.

— Je vous ai demandé où est-ce que vous courez comme ça.

Je pris une grande inspiration en me rendant compte que j'allais devoir faire face aux conséquences de mes actes, puis je me retournai lentement.

Bordel. Sebastian était encore plus beau de près. Il avait l'air de sortir de sa douche. Ses cheveux étaient mouillés et plaqués en arrière, et il portait un simple T-shirt blanc et un jogging gris. À cette distance, je fus envoûtée par la couleur de ses yeux verts qui sortaient de l'ordinaire. Ils n'étaient pas noisette ni d'un vert mousse ou de jade comme la plupart des gens, mais plutôt de la couleur d'une émeraude brillante, et le tour de ses pupilles présentait des taches dorées.

— Vous êtes en retard, lança-t-il sèchement.

— Euh...

— La sonnette ne fonctionne pas. Il faut que je la répare ce week-end, alors vous allez devoir frapper un peu plus fort et être à l'heure si vous voulez le job. Je dois partir au travail dans cinq minutes.

— Le job ?

— Vous êtes bien éducatrice canine, n'est-ce pas ?

Son regard magnifique me transperçait et me rendait plus que nerveuse. À cet instant, j'eus l'impression qu'il pouvait lire en moi et qu'il allait penser que j'étais une folle qui suivait sa fille de dix ans. Enfin, c'était un peu le cas, mais je ne voulais absolument pas qu'il pense ça. Alors je paniquai.

— Euh, oui. Désolée pour le retard. Euh. Les bouchons.

Mais qu'est-ce que je suis en train de faire ?

— Eh bien, dépêchez-vous, ordonna-t-il en faisant un geste en direction de la maison. Allons-y, je n'ai pas toute la journée. Je vais vous présenter, et ensuite, vous pourrez y aller. Ramenez-le dans une heure. La baby-sitter sera arrivée et le récupèrera à votre retour. S'il y a des instructions à lui faire apprendre à la maison, enseignez-les à Magdalene. Elle est plus souvent présente que moi, de toute façon.

J'hésitai, mais je finis par remonter les escaliers. Plus je montais les marches, plus mes genoux tremblaient. Lorsque j'arrivai devant la porte d'entrée, Sebastian était déjà à l'intérieur. J'avançai de quelques pas dans l'entrée, et tout à coup, je fus attaquée.

Bon, d'accord, « attaquée » n'était peut-être pas le bon mot. Toutefois, je tombai brusquement en arrière, alors que deux énormes pattes appuyées sur ma poitrine me maintenaient à terre. Ensuite, la plus grosse langue que j'aie jamais vue se mit à lécher le côté de mon visage.

— Marmaduke ! s'écria Sebastian.

L'immense dogue allemand arlequin regarda par-dessus son épaule, se moquant presque de l'homme imposant et en colère qui le fixait, puis se remit à lécher ma joue.

Une fois le choc passé, je parvins tant bien que mal à repousser le mastodonte. J'essuyai la salive de mon visage et me relevai, tout ça pour me retrouver face à Sebastian qui n'avait pas l'air très heureux. *C'est quoi ce bordel?* C'était moi qui venais de me faire terrasser.

Il posa ses mains sur ses hanches.

— J'espère vraiment que ce n'était pas une démonstration de vos compétences. Vous le contrôlez encore moins que moi.

— Vous vous attendiez à quoi? ripostai-je en m'énervant. Il s'est jeté sur moi sans que je m'y attende. D'ailleurs, c'est gentil de votre part de m'avoir tendu une main pour m'aider à me relever.

Sebastian fronça les sourcils.

— Vous n'avez pas l'air allemande.

— C'est peut-être parce que je ne le suis pas, répondis-je en époussetant mon pantalon.

Il plissa les yeux.

— Alors pourquoi enseignez-vous les ordres en allemand?

Merde.

— Euh.

Je clignai plusieurs fois des yeux, avant de pouvoir formuler une réponse.

— Ne commencez pas déjà à douter de mes méthodes, s'il vous plaît. Si vous ne voulez pas que j'éduque votre chien, qui en a vraiment besoin, alors que vous ne pouvez pas le faire vous-même, dites-le et je partirai.

Le coin de la bouche de Sebastian s'étira.

— Très bien. Je vais chercher sa laisse.

Sérieusement ? Qu'est-ce que je faisais ? J'avais eu besoin de prendre rendez-vous avec le docteur Emery pour discuter de mes agissements vis-à-vis d'une petite fille ayant écrit au père Noël. Alors que devrais-je faire pour avoir prétendu être une éducatrice canine qui enseignait des ordres en allemand ? Me faire interner ? Bon sang, comment m'étais-je retrouvée dans cette situation ?

Sebastian revint avec la laisse et me la tendit. Je fus surprise quand il s'exprima d'un ton plus doux et qu'il me présenta sa main.

— Je m'excuse. Je ne me suis pas présenté. Ce chien a parfois raison de moi. Je suis Sebastian Maxwell, et je suppose que vous devez être Gretchen.

Gretchen. Évidemment ! Parce que la femme n'étant pas originaire d'Allemagne et qui enseignait des ordres en allemand s'appelait forcément Gretchen. Je posai ma paume dans sa grande main et la lui serrai. Dès que ma peau entra en contact avec la sienne, mon pouls s'emballa. Lorsqu'il me serra davantage, je reçus une décharge électrique dans le bras. Génial, encore une réaction troublante à aborder avec le docteur Emery, même s'il semblait logique que je m'illumine tel un sapin de Noël puisque *j'étais* le fichu père Noël. J'allais avoir besoin de faire un prêt pour pouvoir payer mes séances chez la psy après cette journée.

Je retirai ma main et me concentrai sur le fait de me tirer d'ici. Apparemment, j'allais devoir emmener mon nouvel élève avec moi. Je parvins à attacher le bout de la laisse au collier de Marmaduke et fis de mon mieux pour incarner un dresseur d'animaux professionnel.

— Bon, je serai de retour dans une heure.

Je tirai sur le collier du chien géant, et étonnamment, il me suivit. Juste pour confirmer que je perdais totalement la tête, je me retournai en haut des escaliers et souris à Sebastien Maxwell.

— *Danke.*

Après avoir prononcé ce mot, je me mis à me demander si c'était bien la traduction allemande du mot « merci ». Oh, eh bien, si ce n'était pas le cas, c'était trop tard. Marmaduke dévala les escaliers, et je dus courir pour le suivre. Arrivée en bas, je résistai et tirai fort sur sa laisse.

— Oooh... lançai-je.

Mince. Oooh ? C'était ce qu'on disait aux chevaux pour qu'ils ralentissent, et en français en plus, non ? Je jetai un coup d'œil par-dessus mon épaule en direction de la porte, en espérant que Sebastian était rentré et ne m'avait pas entendue. Évidemment, je n'eus pas cette chance.

Il se tenait en haut des marches et m'observait. Il avait l'air incroyablement sceptique.

Oui, eh bien, on est deux. On est deux.

***

Je me rendis à un parc possédant un espace réservé aux chiens non loin d'ici avec Marmaduke, ce qui signifiait que j'allais pouvoir lui enlever sa laisse, pendant que je ferais des recherches sur l'éducation canine.

Je passai une bonne demi-heure à lire les bases de l'apprentissage de l'obéissance aux chiens, puis demandai à Google les raisons du dressage en allemand. Curieusement, c'était plus répandu que ce que j'aurais pensé. De nombreuses personnes formaient les chiens dans la langue maternelle de leur race. Étant donné que celui de Birdie était un dogue allemand, ça semblait logique. Et puis, utiliser une langue étrangère pour éduquer les chiens permettait à l'animal de ne pas s'embrouiller quand les autres utilisaient des mots communs à côté d'eux. Je cherchai aussi quelques mots des cours de base en allemand. *Sitz*, prononcé *zitz*, signifiait « assis ». *Platz* voulait dire « couché », et *nein* voulait dire « non ». Je me dis que Marmaduke avait désespérément besoin de ces trois mots dans sa vie.

La seule bonne chose avec un gros toutou débordant d'énergie, c'était qu'il se fatiguait assez vite. Une fois qu'il sembla plus calme, je le fis sortir de la zone réservée aux chiens, puis allai m'asseoir sous un arbre pour travailler son éducation.

Il posa son énorme corps sur mes jambes, et je le caressai en lui parlant.

— Alors, Marmaduke, parle-moi des gens avec qui tu vis. Est-ce que Sebastian se comporte toujours comme un crétin ? Il n'est vraiment pas comme je l'avais imaginé après avoir entendu Birdie parler de lui.

Lorsque je prononçai le prénom de la petite fille, le chien se mit à remuer sa queue. Je voulais voir si c'était une coïncidence ou pas, alors j'attendis qu'il arrête, avant de reprendre la parole.

— Donc je m'attendais à un homme très sympa, peut-être à la voix douce, même s'il est clairement aussi imposant que toi. Mais on dirait que Sebastian est un sale type, pas vrai ?

Rien. Marmaduke se contenta de continuer à me regarder, mais sa queue ne bougea pas.

— J'espère sincèrement qu'il ne s'adresse pas à *Birdie* de cette manière.

À la seconde où je prononçai ce prénom, la queue se mit à remuer. Je souris en lui grattant les oreilles.

— Oui, je sais, mon pote. J'ai bien compris qu'elle était spéciale rien qu'en lisant ses lettres. Je suis contente que tu sois là pour la protéger.

Dans l'un de ses premiers courriers, Birdie avait écrit qu'elle avait demandé un chien pour Noël, et que le père Noël ne le lui avait pas apporté. Alors je ne pus m'empêcher de me demander ce qui avait poussé son père à changer d'avis. Est-ce qu'un rôdeur traînait dans le quartier et lui donnait l'impression qu'elle avait besoin d'être protégée quand il n'était pas là ? Enfin, un rôdeur qui ne serait pas moi, évidemment. J'espérais que ce n'était pas le cas.

Il fallait vraiment que j'apprenne quelque chose à ce chien aujourd'hui, parce qu'il était déjà presque l'heure de rentrer. Néanmoins, la plupart des informations sur l'apprentissage que j'avais lues mentionnaient le fait d'avoir besoin de friandises pour chien. Alors j'improvisai. Je fouillai dans mon sac à la recherche de quelque chose qui pourrait être une alternative convenable. Malheureusement, j'avais seulement le choix entre un chewing-gum et une barre de céréales faite en grande partie de fruits à coque. Puisque la moitié de la planète semblait y être allergique ces derniers temps, je cherchai sur Google si les chiens pouvaient en manger, juste pour être sûre. Apparemment, ils pouvaient, mais il fallait éviter les noix et les noix de macadamia. Après avoir vérifié les ingrédients de ma barre de céréales, je fourrai le chewing-gum dans ma bouche et me levai, Marmaduke suivant le mouvement. Je coupai la barre en plusieurs morceaux et lui en montrai un.

— Assis, ordonnai-je d'un ton sévère. Oh, attends, non. *Sitz.*

Le chien se contenta de me fixer. Je soupirai, puis consultai l'un des meilleurs articles que j'avais lus sur l'éducation canine, à la recherche du passage qui expliquait comment apprendre à un chien à s'asseoir.

Première étape : agenouillez-vous directement devant votre animal.

Génial. Des taches d'herbe sur mon pantalon blanc. Je pris une grande inspiration et me mis tout de même à genoux.

Deuxième étape : tenez la friandise dans votre main, laissez votre chien voir sa récompense, puis portez-la à son nez.

Ça me semblait un peu méchant. J'espérais que Marmaduke n'allait pas se jeter sur mes doigts pour m'en arracher quelques-uns en même temps que la barre de céréales pour l'avoir nargué. Mais il ne le fit pas. Mmmh... peut-être que la personne qui avait rédigé cet article tenait quelque chose. Alors je continuai.

Troisième étape : tenez la récompense dans votre main et levez-la. Dites à votre chien de s'asseoir.

Je tins le morceau dans ma paume, puis m'exprimai d'une voix ferme :

— Sitz !

Bordel.

Marmaduke s'assit.

Il s'est vraiment assis !

Je lui donnai la récompense et le grattai derrière les oreilles.

— Bon chien. Tu es un bon chien.

Au moment de quitter le parc pour retourner chez les Maxwell afin de leur rendre mon élève préféré, il avait obéi à mon ordre au moins cinq fois. La toute dernière fois, je n'avais même pas de récompense dans la main. Dès que j'avais levé le bras, il avait simplement posé ses fesses dans l'herbe. Je n'en revenais pas. Cependant, même si j'étais parvenue à accomplir une petite tâche, je n'étais certainement pas éducatrice professionnelle, et il fallait que j'arrête rapidement cette folie. J'avais déjà causé suffisamment de dégâts en interférant dans la vie de Birdie. J'étais censée arrêter de m'en mêler, et non pas foncer dedans tête baissée. Toutefois, je devais admettre que j'étais très excitée à l'idée de rencontrer cette adorable petite fille. Et le fait que je sois attendue par la baby-sitter, et non pas Sebastian, me stressait moins que si j'avais dû lui faire face à nouveau.

J'arrivai sur la 83ᵉ rue avec quelques minutes de retard. Je m'arrêtai un instant pour prendre quelques grandes inspirations, puis je me ressaisis et montai les marches du brownstone des Maxwell. Je sonnai et attendis, mais personne ne vint m'ouvrir. Une minute plus tard, je me rappelai ce que Sebastian avait dit à propos de la sonnette cassée et que je devrais frapper fort. Alors je le fis.

Une jolie femme ayant probablement la cinquantaine ouvrit la porte. Avec son sourire chaleureux, elle n'était pas aussi impressionnante que l'homme auquel j'avais eu affaire tout à l'heure.

— Vous devez être Gretchen, déclara-t-elle.

Je hochai la tête.

— Oui, c'est moi. Gretchen l'éducatrice canine.

— Entrez, m'invita-t-elle en se décalant sur le côté. Je suis Magdalene. Monsieur Maxwell m'a demandé de retenir tout ce sur quoi nous devons travailler à la maison pour aider à l'éducation de Marmaduke.

J'entrai en regardant autour de moi. La maison était silencieuse. Aucun signe de Sebastian ou de Birdie.

— Euh, est-ce que monsieur Maxwell est là ? Tout le monde peut prendre part à l'apprentissage.

— Non, répondit-elle en secouant la tête. Il est parti au travail. Il travaille en soirée. Mais sa fille et moi sommes impatientes de pouvoir aider à l'éducation. C'est son chien à elle.

Mon cœur rata un battement de manière inattendue en entendant parler de Birdie.

— Le chien de sa fille ? Oh, très bien. Est-ce qu'elle peut se joindre à nous ?

Magdalene secoua la tête.

— Non, elle est sortie avec son groupe de scouts pour une collecte de fonds en face du supermarché. Mais je lui enseignerai les éléments sur lesquels nous devrons travailler.

Je me sentis découragée. *Pas de Birdie.*

— D'accord, acquiesçai-je en ravalant un soupir. Eh bien, aujourd'hui, je lui ai appris à s'asseoir, mais j'utilise des ordres en allemand. Je n'ai plus de friandises... Est-ce que vous en auriez pour que je puisse vous faire une démonstration ?

— Bien sûr, juste un instant. Elles sont dans le placard de la cuisine. Je vous en prie, faites comme chez vous pendant que je vais en chercher.

Une partie de moi se sentait coupable de ce que j'étais en train de faire, tandis que l'autre ne put s'empêcher de regarder autour tant qu'elle en avait la possibilité. Le mauvais côté l'emporta quand je repérai les photos encadrées sur le manteau de la grande cheminée que j'avais vue par la fenêtre un peu plus tôt. Mon cœur se serra en prenant la première. C'était un cliché de Sebastian et de sa femme vêtus de manteaux et de bonnets, devant une montagne enneigée. Ils étaient tous les deux équipés de skis, et Sebastian soulevait Birdie d'un seul bras, alors qu'un snowboard était fixé à ses petits pieds. Elle ne devait pas avoir plus de cinq ou six ans sur cette photo. Ses joues potelées étaient toutes rouges, et elle arborait le plus grand sourire de bonheur que j'aie jamais vu. Même si Sebastian était sacrément canon, je ne pouvais quitter des yeux le sourire de Birdie.

Magdalene revint avant que je puisse regarder ailleurs, et elle sourit d'un air triste en voyant ce qui avait attiré mon attention.

— C'est monsieur Maxwell et sa fille, Birdie. Ainsi que sa chère épouse, Amanda, ajouta-t-elle en faisant un signe de croix. Elle n'est plus de ce monde. Qu'elle repose en paix.

Je sentis ma gorge se serrer, alors je toussai pour m'éclaircir la voix et reposai le cadre.

— Eh bien, ils forment une très belle famille.

Magdalene confirma d'un hochement de tête. Elle me tendit la friandise pour chien, et je reportai mon attention vers Marmaduke. J'espérais vraiment qu'il allait se souvenir de ce qu'il avait appris. Je repris ce que nous avions déjà fait, le laissai voir la récompense, puis refermai ma main et levai mon bras.

— *Sitz*, ordonnai-je.

Par miracle, Marmaduke s'assit aussitôt, et Magdalene sourit.

— Oh, mon Dieu. Vous êtes très douée. Ce grand garçon n'écoute personne.

Aussi dingue qu'était cette situation, je me sentis tout de même fière de ce que j'avais accompli.

— Merci, répondis-je en souriant. Ou plutôt, *danke*.

Je faillis rire après ce commentaire, mais je ne pus m'empêcher de jouer le jeu. Après ma démonstration, je donnai à Magdalene quelques conseils que j'avais trouvés en ligne, puis l'heure de partir arriva.

— Bonne chance avec lui. C'est un gentil chien.

— Vous revenez la semaine prochaine, c'est ça ? demanda Magdalene en me raccompagnant à la porte.

— Euh, eh bien...

— Birdie va être triste d'avoir raté la séance d'aujourd'hui. Pour être honnête, on avait oublié que vous deviez venir quand elle a prévu de rejoindre son groupe. Je suis certaine qu'elle vous attendra à la porte mardi prochain.

Elle m'attendra à la porte.

J'imaginai Birdie, le nez collé à la vitre, excitée à l'idée de travailler sur l'éducation de son chien.

Je ne pouvais pas la laisser tomber, n'est-ce pas ?

Une semaine de plus ne fera pas de mal, pas vrai ? Enfin, j'étais déjà arrivée jusque-là, alors comment pourrais-je mettre fin à tout ça sans au moins rencontrer Birdie ? Et puis, elle serait très déçue si l'éducatrice démissionnait après le premier jour.

— Oui, bien sûr. À mardi prochain.

Je sortis et pris une grande inspiration.

Mince. C'est reparti.

CHAPITRE 8

Sadie

— *Bleib.*

Wouaf!

— *Bleib.*

Wouaf!

— Mais qu'est-ce que tu écoutes ?

Devin m'avait encore surprise en train de flemmarder au travail.

— Est-ce que c'est de l'allemand... et des aboiements ?

J'appuyai sur « pause » aussi vite que possible. J'étais encore en train de regarder des tutoriels YouTube sur le dressage des chiens en allemand. Je n'avais visionné que ça ces derniers temps, dès que j'avais eu du temps libre. En réalité, cette technique me hantait au point où la nuit dernière, j'avais rêvé que j'étais jugée pour des crimes, et que le tribunal était rempli de chiens qui me hurlaient dessus en allemand.

— Non, mentis-je en secouant la tête. Ce n'est pas de l'allemand. Je ne sais pas ce que tu as cru entendre.

— Ah bon ? C'était quoi alors ?

Je n'allais pas réussir à m'en sortir.

— D'accord, c'était bien ça, avouai-je.

— Je le sais... parce ma grand-mère Inga est allemande. Tu prévois de voyager ?

Elle rayonna à l'idée que je puisse partir à l'étranger.

— Un article sur les rencontres internationales ! Je suis carrément partante pour être ton assistante pour celui-ci !

Devin ignorait totalement dans quel pétrin je m'étais fourrée, mais j'allais exploser si je n'en parlais pas à quelqu'un. Si quelqu'un pouvait me comprendre sans me faire interner, c'était bien elle. *Seulement elle.*

— Pas d'article de ce genre, non, soupirai-je. Mais il faut que je te dise quelque chose, et tu ferais mieux de t'asseoir pour entendre ça.

***

Devin ne tenait même plus assise. Elle était tellement excitée qu'elle faisait les cent pas entre mon bureau et le sien.

— Oh, mon Dieu. C'est trop beau pour être vrai.

— C'est le bordel, oui ! Et j'y mettrai un terme après cette prochaine visite.

— Alors tu as prévu de jouer l'éducatrice canine une seconde fois, et ensuite quoi ? demanda-t-elle en s'arrêtant un instant.

Je tapotai la pointe de mon stylo et poussai un long soupir.

— Ensuite, je devrai trouver un moyen de me sortir de là.

— Attends… qu'est-il arrivé à la vraie éducatrice ?

C'est la question de l'année, n'est-ce pas ?

— Je n'en ai aucune idée. C'est un autre problème. À ma connaissance, Gretchen n'est jamais venue hier, mais je ne sais pas pourquoi, et j'ignore aussi si elle reviendra.

— Espérons que ce ne soit pas le cas, répliqua-t-elle. C'est le destin, Sadie. La barrette papillon, le fait qu'il ouvre la porte pile à ce moment-là, la façon dont le chien a écouté tes ordres idiots en allemand comme si tu étais une experte ! C'est une opportunité à saisir. Pourquoi abandonner après la prochaine visite ?

Je n'arrivais pas à croire ce qu'elle était en train de me suggérer, même si je n'aurais pas dû trouver ça surprenant.

— Une opportunité pour faire quoi exactement, Devin ? Et ne me réponds pas pour me glisser dans le lit de Sebastian.

— En fait, j'allais dire… l'opportunité d'entrer dans la vie de Birdie. Maintenant, tu peux la voir, veiller sur elle, et ne plus avoir à réaliser des vœux impossibles en jouant au père Noël.

Elle marqua une pause, puis afficha un sourire en coin.

— Et en effet, ça pourrait potentiellement mener à des parties de jambes en l'air incroyables avec Sebastian Maxwell.

Je me levai de mon siège.

— Encore une fois et j'arrête, Devin. Je suis sérieuse. Je ne peux pas mentir à cette petite fille en la regardant dans les yeux. C'est la seule chose qui est pire que de me prendre pour Dieu en restant loin d'elle.

— Tu ne lui mens pas. C'est ça qui est beau. Tu es... *toi*. Bon, il se trouve que tu dresses ce chien... en allemand. Tu *es* l'éducatrice canine. Tu mérites ta présence là-bas. Qui se soucie de savoir comment tu es arrivée là ?

— Et le fait que je m'appelle *Gretchen* n'est pas un mensonge ?

— Ce n'est qu'un détail, répondit-elle en haussant les épaules.

Je tirai mes cheveux.

— Est-ce que tu sais comment on dit « imposteur » en *deutsch* ?

***

C'était une belle journée de fin d'été ensoleillée sur la 83ᵉ rue. Journée parfaite pour un pique-nique dans le parc ou une promenade avec un café. J'aurais pu faire des tas de choses aujourd'hui, plutôt que de continuer cette mascarade. Toutefois, le cœur battant, je montai les marches du brownstone des Maxwell et frappai à la porte.

Depuis l'extérieur, je pouvais entendre les pattes de Marmaduke frotter contre le parquet lorsqu'il se précipita pour m'accueillir.

Quand la porte s'ouvrit, il me sauta tout de suite dessus. Mais qui avait ouvert ? Je ne voyais que lui, comme s'il s'était débrouillé seul.

Je tournai la tête pour éviter d'avoir de la bave dans ma bouche.

— Oh là. *Sitz. Sitz.*

Apparemment, il avait oublié tout ce qu'il avait appris la dernière fois. L'efficacité de mes *sitz* était proche de *null*, puisqu'il se tenait sur ses pattes arrière et essayait de m'embrasser avec la langue.

— Entrez, m'invita Magdalene, quelque part derrière Marmaduke. Désolée pour toute cette énergie. Comme vous pouvez le voir, il est très turbulent, alors cette nouvelle séance tombe à pic.

Je m'étais attendue à ce que Birdie m'attende à la porte comme la baby-sitter me l'avait dit, mais je ne la voyais nulle part.

Marmaduke sur mes talons, je suivis Magdalene jusqu'à la cuisine, tout en jetant un coup d'œil autour de moi à la recherche de Birdie. Mes yeux finirent par atterrir sur la chevelure blonde de la petite fille.

La voilà.

Elle avait l'air de se dépêcher de remettre quelque chose dans le placard. Lorsqu'elle se retourna, ses joues étaient gonflées comme celles d'un écureuil.

— Ça va ? lui demanda Magdalene.

— Mmmh mmmh, marmonna-t-elle, la bouche pleine, tout en hochant rapidement la tête.

Est-ce que sa baby-sitter savait ce qu'elle était en train de faire ? Parce qu'il ne fallait pas être un génie pour savoir que Birdie avait profité de l'absence de Magdalene pour voler des biscuits. Je ris intérieurement. *Ma petite voleuse de gâteaux a encore frappé.*

Elle se retourna brièvement en nous tournant le dos, et lorsqu'elle me fit de nouveau face, ses joues étaient vides. Elle avait visiblement avalé ce qu'elle avait dans la bouche. Maintenant que je n'étais plus distraite par ses joues, je pus véritablement observer ses jolies pupilles bleues. Birdie était une petite fille magnifique, et pouvoir regarder dans les yeux l'enfant qui avait charmé mon cœur de loin depuis si longtemps me paraissait vraiment surréaliste. Je ne supportais pas l'idée de lui mentir en la fixant ainsi, alors je décidai de faire mon maximum pour être aussi honnête que possible compte tenu des circonstances.

— Birdie, je te présente Gretchen, l'éducatrice canine de Marmaduke, déclara Magdalene.

— En fait, Gretchen n'est que mon nom de travail. Vous pouvez m'appeler Sadie.

— Tu as deux prénoms ? me demanda Birdie d'un air confus.

Je marquai une pause, avant de confirmer.

— Moi aussi je veux deux prénoms ! Je vais réfléchir au deuxième.

— C'est vrai que c'est plutôt amusant, ajoutai-je en souriant.

— Est-ce qu'on va emmener Marmaduke au parc réservé aux chiens ? m'interrogea-t-elle.

— Oui, je me suis dit que vous pourriez me regarder le faire exécuter certains ordres, pour que vous puissiez essayer ensuite.

— Je vais chercher mon pull.

Birdie quitta précipitamment la pièce, et Marmaduke la suivit dans le couloir en remuant la queue.

À son retour, nous marchâmes jusqu'au parc. Enfin, en réalité, le chien courut jusqu'au parc en me traînant derrière lui, tandis que Birdie et Magdalene trottinaient derrière nous. Il fallait que je trouve le moyen de lui apprendre à ralentir.

Une fois arrivés à destination, nous partîmes à la recherche de l'endroit idéal pour notre séance.

— Tu es allemande ? s'enquit Birdie en se tournant vers moi.

— Non, pas du tout.

— Alors pourquoi tu donnes des ordres en allemand à Marmaduke ?

— J'ai appris les mots importants, et je vais te les apprendre aussi pour que tu puisses te débrouiller sans moi. Le but final, c'est qu'il vous écoute, Magdalene, ton papa et toi.

— Est-ce que tu peux lui apprendre à ne pas sauter sur le visage de mon père le matin ? C'est comme ça qu'il le réveille et ça le met très en colère. Si mon chien continue de le faire, j'ai peur que papa veuille le donner.

— Je ne pense pas que ton père ferait ça.

Je n'aurais probablement pas dû faire cette promesse au nom de Sebastian. Du moins, j'espérais qu'il ne briserait pas le cœur de sa fille de cette façon.

Cette fois-ci, j'étais venue équipée d'un sac entier de friandises. Avec un peu de chance, avoir les renforts appropriés allait rendre les choses plus faciles que la dernière fois.

Je fis quelques démonstrations de *sitz* (assis) et *platz* (couché), avant de donner quelques friandises à Birdie. Comme d'habitude, Marmaduke remuait frénétiquement la queue dès que la petite fille prenait les rênes. Son niveau d'enthousiasme à l'égard de cette fillette était incomparable. Birdie couina de joie la première fois que le chien obéit à son ordre pour obtenir une récompense. C'était vraiment miraculeux de voir à quel point cette histoire de dressage semblait fonctionner. Je ne pensais pas pouvoir réussir, mais visiblement, c'était le cas – pour l'instant.

Cependant, d'après tout ce que j'avais lu, éduquer un chien nécessitait plus que deux séances. Il était impossible que je me défile après seulement deux rendez-vous sans avoir une bonne raison, alors il allait falloir que je trouve une excuse qui expliquerait que je ne puisse plus revenir. Rien qu'y penser était difficile.

Ironiquement, nous étions en train de travailler sur l'ordre « pas bouger », *bleib*, quand Marmaduke décida de faire tout l'opposé lorsqu'il fut distrait par un chiot qui venait d'entrer dans la zone réservée aux chiens. Tous les *bleib* que je pourrais hurler n'allaient pas le convaincre de ne pas poursuivre le petit animal. Il fallut s'y mettre à trois pour contenir Marmaduke et le mener à un endroit plus calme, loin des autres chiens. Après lui avoir donné quelques friandises, nous parvînmes à nous reposer un peu avec lui sous un arbre. Même s'il faisait frais dehors, je transpirais.

— Alors, comment en êtes-vous arrivée à choisir cette carrière d'éducatrice canine ? m'interrogea Magdalene.

Oh, vous n'imaginez même pas.

— Ce n'est pas ma carrière. Je suis juste tombée dedans. Je fais ça en plus de mon travail.

— Tu as deux boulots et deux prénoms ! observa Birdie en riant.

Magdalene sourit.

— Est-ce que je peux vous demander quel est votre autre métier ?

— Je suis en charge d'une rubrique pour un magazine.

— Oh, ça a l'air sympa, répondit-elle d'un air étonné. À propos de quel sujet ?

— Les rencontres amoureuses. Je me rends parfois à des rendez-vous galants et j'en fais des articles.

Birdie fronça son nez.

— Beurk. Tu es obligée de les embrasser ?

— Non, indiquai-je en riant. Absolument pas.

— Bien. Le seul garçon que je veux embrasser, c'est mon papa.

— Et je pense qu'il voudrait que ça reste ainsi aussi longtemps que possible, ajoutai-je.

Magdalene me sourit, et j'en fis de même.

— Je parie que tous ces garçons veulent t'embrasser, reprit Birdie. Tu as de beaux cheveux blonds et un joli sourire.

C'était adorable.

— Oh, merci, Birdie. Est-ce que je peux te dire un secret ?

— Oui ! accepta-t-elle en s'approchant avec curiosité.

Je baissai la voix pour plus d'effet.

— La plupart du temps, je préfèrerais embrasser une grenouille.

— Et après, il se transformerait en prince ! s'exclama-t-elle. Ma maman m'a lu une histoire comme ça une fois.

Mon cœur se serra.

— Ah oui ?

— Oui. Je ne m'en souviens pas trop, mais je sais qu'il y avait une grenouille, un bisou et un prince.

— Cette histoire a l'air sympa.

Elle resta silencieuse un instant, avant de reprendre la parole.

— Est-ce que tu sais que ma mère est morte ?

— Oui, je suis au courant.

La culpabilité m'envahit. Magdalene m'avait parlé d'Amanda la semaine dernière, mais elles ignoraient que j'en savais bien plus qu'elles ne pouvaient l'imaginer. Ça me rappela soudain que j'étais un imposteur.

— Elle est morte quand j'avais presque sept ans.

Je m'étais promis de faire tout mon possible pour ne pas créer de lien avec cette petite fille aujourd'hui. Il fallait que je résiste à ce besoin. Malheureusement, l'envie de lui montrer qu'elle n'était pas seule prit le dessus.

— Moi aussi j'ai perdu ma mère quasiment au même âge.

Son regard triste devint alors interrogateur.

— C'est vrai ?

C'était comme si jamais personne ne lui avait dit ça auparavant.

— Oui, ça l'est.

— Qu'est-ce qui lui est arrivé ?

— Elle a eu un cancer.

— La mienne aussi !

J'avais le cœur si lourd que j'avais l'impression d'avoir un énorme poids sur les épaules. Elle semblait si soulagée de savoir que quelqu'un avait traversé la même chose qu'elle. Ça me rendit heureuse d'avoir choisi de me confier.

— Est-ce que tu as fini par arrêter de penser à elle ? J'ai peur de l'oublier en grandissant. Déjà maintenant, je ne me souviens plus de grand-chose.

— Je n'ai jamais oublié ce dont je me rappelais quand j'avais ton âge, affirmai-je pour essayer de la rassurer. Parce que ces souvenirs sont si importants et précieux qu'ils sont gravés en nous. Et j'ai un père génial qui s'est aussi assuré que je ne les oublie pas. Mais tu sais pour quelle raison tu ne pourras jamais l'oublier ?

— Pourquoi ?

— Parce qu'elle est juste ici, révélai-je en pointant mon cœur du doigt. Pour toujours. Elle fait partie de toi, et tu la portes dans ton cœur tous les jours. Tu ne peux pas oublier ton propre cœur, et ça n'arrivera pas.

— D'accord, murmura Birdie en fermant les yeux.

Je n'oublierais jamais ce moment. Même si je ne revoyais plus jamais Birdie, au moins, je savais que j'avais pu faire en sorte qu'elle se sente un peu moins seule dans ce monde. Depuis qu'elle avait commencé à communiquer avec moi en pensant que j'étais le père Noël, j'avais eu envie de lui dire : « Moi aussi. Je sais ce que tu ressens. »

— Je suis très heureuse de t'avoir rencontrée. Je n'ai jamais croisé quelqu'un qui avait perdu sa maman au même âge que moi.

Je ne pus m'empêcher de sourire.

— Eh bien, peut-être que cette rencontre était faite pour arriver, pour que tu puisses savoir qu'il existe d'autres personnes comme toi.

Les yeux de Magdalene brillaient.

Lorsque je me rendis compte que j'étais peut-être allée trop loin en termes d'émotions, je me levai.

— Bon, et si on revenait au dressage de Marmaduke ?

Le chien avait l'air à moitié endormi et profitait de la brise, la langue pendue.

Birdie m'aida à le faire se relever, puis chacune notre tour, nous récitâmes les ordres en allemand et récompensâmes Marmaduke quand il méritait des friandises. Tout se passait bien, jusqu'à ce que le chiot qu'il avait vu plus tôt réapparaisse dans son champ de vision. Ensuite, il devint clair qu'il serait impossible de le maîtriser de nouveau cet après-midi.

Nous le fîmes sortir du parc et reprîmes le chemin en direction de chez Birdie.

***

Une fois de retour au brownstone, Magdalene insista pour que je reste quelques minutes afin de pouvoir goûter au plat qu'elle avait fait mijoter toute la journée dans une cocotte. Nous étions toutes les trois assises à table, juste après avoir fini le ragoût, lorsque Marmaduke fit un bruit bizarre dans la pièce à côté.

Une fois debout, il ne nous fallut pas longtemps pour nous rendre compte qu'il était en train de s'étouffer avec quelque chose.

Il s'étouffe.

Le chien s'étouffe.

Je me mis à paniquer totalement.

Tout se passa très vite à partir de ce moment-là.

J'avais regardé une vidéo un soir sur les étapes à suivre quand un chien commençait à s'étouffer. YouTube me l'avait recommandée, car elle était en lien avec les résultats de mes recherches sur l'éducation canine. Je me souvenais avoir pensé qu'il pourrait être utile de la regarder puisque j'allais sortir le chien une fois de plus. Mais bon sang, je n'aurais jamais pensé devoir utiliser ces compétences un jour.

J'eus du mal à me souvenir des instructions du tutoriel en passant à l'action, mais je me mis derrière le chien et plaçai mes bras autour de son corps.

Réfléchis.

Réfléchis.

Réfléchis.

Je fermai mon poing gauche en posant mon pouce contre son estomac, et avec mon autre main, je poussai vers le haut en direction de ses épaules. Ne sachant pas vraiment si je faisais ça correctement, je répétai ce geste jusqu'à ce que Magdalene s'écrie :

— C'est sorti !

— C'est sorti ! C'est sorti ! répéta Birdie, les larmes coulant sur son visage.

Magdalene alla récupérer la coupable par terre. Il s'agissait d'une petite balle en caoutchouc qui n'était pas plus grosse qu'une pièce de cinquante cents.

Je n'avais jamais eu aussi peur. La pauvre petite Birdie était terrifiée. Je n'avais pas vraiment eu le temps de réfléchir à ce qui avait failli arriver.

— Tu as sauvé la vie de Marmaduke, sanglota la fillette en enroulant ses bras autour du cou du chien, avant de poser sa joue contre son visage.

L'animal ne semblait pas perturbé par ce qui aurait pu lui arriver.

Je me penchai pour la consoler.

— J'ai seulement fait la même chose que n'importe qui dans cette situation.

Magdalene avait une main posée sur sa poitrine et avait l'air d'être la plus secouée.

— Je n'aurais pas su quoi faire, Sadie. Dieu merci, vous étiez là.

La voix de baryton qui résonna derrière nous me secoua.

— Qu'est-ce qui se passe ici ? Pourquoi est-ce que Birdie pleure ?

Personne n'avait remarqué que Sebastian était rentré avant qu'il se mette à parler.

— Papa, Sadie a sauvé la vie de Marmaduke ! s'exclama la fillette en courant rejoindre son père. Il s'étouffait avec une balle, et elle a fait la technique de l'hymen.

Est-ce qu'elle venait de dire « la technique de l'hymen » ? Elle voulait visiblement parler de la technique *d'Heimlich*. J'aurais ri si son père ne me lançait pas un regard assassin.

Sebastian plissa les yeux, l'air confus.

— Qui est Sadie ?

Elle me pointa du doigt et se mit à parler rapidement.

— L'éducatrice ! Gretchen, c'est juste son nom de travail. Son vrai prénom, c'est Sadie, et Marmaduke a avalé la petite balle que j'ai eue au distributeur de chewing-gum au supermarché la dernière fois. Sadie lui a fait ce truc et elle est ressortie. J'ai eu très peur. J'ai cru qu'il allait mourir.

— C'était vraiment incroyable, monsieur Maxwell, ajouta Magdalene.

Sebastian me regarda, avant de tourner de nouveau les yeux vers Birdie et de se pencher pour caresser la tête du chien. Il semblait un peu ébranlé maintenant qu'il avait complètement absorbé ce qui venait de se passer.

— Vous avez utilisé la manœuvre d'Heimlich sur lui ? demanda-t-il en m'observant.

Bon sang, je ne savais même pas ce que j'avais fait. Je m'étais juste rappelé les étapes de cette vidéo et j'étais passée à l'action.

— Quelque chose comme ça, oui.

Toujours à genoux, Sebastian prit sa fille dans ses bras.

— Tu vas bien ?

— Oui, répondit-elle en hochant la tête.

Mon regard se riva sur ses mains qui caressaient le dos de la fillette.

— Et si tu allais à la cuisine avec Magdalene pour qu'elle te donne des biscuits et du lait ?

Il me fixa en se relevant.

— Je pourrais vous voir un instant, s'il vous plaît ?

— Moi ? lançai-je bêtement.

— Oui.

Qui d'autre ?

— Bien sûr, acceptai-je, avant de me tourner vers la petite. Au cas où je ne te revoie pas avant de partir, je suis ravie de t'avoir rencontrée, Birdie.

— À la semaine prochaine, Sadie. N'embrasse pas de garçons moches.

Je n'avais pas le cœur à lui dire que je ne la verrais peut-être pas la semaine prochaine.

Attends... « peut-être » ? Voilà que j'étais en train de douter de pouvoir mettre un terme à tout ça ce soir ?

Je suivis Sebastian jusqu'à son bureau. Cette pièce était tout aussi intimidante que lui, avec son bois sombre et un fauteuil marron foncé derrière son grand bureau.

Nous nous tenions à quelques mètres l'un de l'autre, et avant qu'il puisse dire quoi que ce soit, je me mis à bégayer.

— Elle... Elle parlait juste de... Je suis en charge d'une rubrique sur les rencontres amoureuses. Je le lui ai dit. Elle... Voilà pourquoi elle parlait d'embrasser des garçons.

Mes propres mots me firent grimacer.

— Vous êtes rédactrice ?

— Oui. L'éducation canine est un... extra.

Un extra, très bien.

Il hocha la tête et réfléchit à mon aveu pendant un instant, avant de se frotter les yeux.

— Ce chien est bien la dernière chose dont j'avais besoin dans cette maison. J'avais refusé pendant des années d'en avoir un. Je travaille beaucoup trop et j'ai déjà bien du mal à garder ma fille en vie et en bonne santé, sans en plus ramener dans cette maison ce qui se rapproche le plus d'un cheval.

— Je comprends. Ça fait beaucoup de responsabilités.

— Ma fille réclame un dogue allemand nommé Marmaduke depuis je ne sais combien de temps. Je n'avais aucune intention de réaliser ce rêve. Mais il y a quelques semaines, elle s'est persuadée que sa mère décédée était en colère contre elle pour des choses qu'elle avait faites. Je ne sais vraiment pas où elle va chercher certaines de ces idées. Tout ce que je sais, c'est que la seule chose qu'elle désire encore plus qu'un chien, encore plus que tout le reste... je ne pourrai jamais le lui offrir. Ce serait que sa mère revienne.

Il marqua une pause. Les larmes se formèrent aux coins de mes yeux, mais je fis de mon mieux pour les retenir tandis qu'il continuait.

— Alors j'ai fait quelque chose qui, avec du recul, était stupide. Je lui ai offert le chien de ses rêves. J'ai cherché partout le dogue allemand noir et blanc qu'elle voulait, à l'exception qu'il n'a pas les yeux vairons. Je lui ai raconté que sa mère était venue me voir dans un rêve, qu'elle m'avait dit de prendre le chien, mais aussi de faire savoir à Birdie que ce n'était pas parce qu'elle ne recevait pas de signes que sa maman était fâchée.

Il regarda au loin en secouant la tête.

— En gros, j'ai menti à ma fille pour qu'elle ne soit plus triste. Je me suis en quelque sorte convaincu que lui mentir dans le but de la rendre heureuse pouvait effacer le fait d'avoir menti.

Waouh.

Et ça, monsieur Maxwell, c'est la raison précise pour laquelle je me tiens devant vous à ce moment précis.

— Je le comprends plus que vous ne pouvez l'imaginer, avouai-je en déglutissant.

— Bref, les choses se sont améliorées avec elle depuis que ce fichu chien est arrivé, mis à part le fait qu'il me réveille en me léchant le visage tous les matins. Mais ça, c'est mon problème. Ce que je veux dire, c'est que… j'ignore ce qu'on aurait fait s'il était arrivé quelque chose à cet animal aujourd'hui. Pas uniquement pour le bien du chien, mais aussi pour celui de ma fille. Je suis très reconnaissant que vous ayez été là.

Je sentis mes joues rougir lorsqu'il me fixa droit dans les yeux. Le pouvoir de ses émotions était presque trop difficile à gérer.

Je me raclai la gorge.

— Comme je l'ai dit à Birdie, tout le monde aurait fait la même chose.

Son regard sonda le mien, semblant défier ma faible tentative de minimiser ce qui s'était passé.

— Je doute que Magdalene aurait su quoi faire. Votre présence a sauvé la vie de ce chien.

— Eh bien, je suis contente d'avoir été… là, alors.

Il mordilla brièvement sa lèvre inférieure.

— Je veux aussi m'excuser d'avoir été si froid avec vous quand vous êtes arrivée la semaine dernière, ajouta-t-il. J'étais en train de passer une mauvaise journée pour plus d'une raison, mais ça n'excuse rien.

— J'étais… en retard, alors je comprends.

Il ne répondit rien, mais glissa ses mains dans ses poches et continua à me regarder. Ses excuses me surprenaient. Elles prouvaient que Sebastian n'était définitivement pas le crétin insensible qu'il avait semblé être lors de notre première rencontre. Il avait un côté vulnérable. Je pouvais le voir, à présent. C'était un homme qui voulait protéger sa fille en lui évitant de vivre une autre tragédie.

J'éprouvai le besoin de le réconforter, de lui assurer que je comprenais à quel point il était difficile pour un homme veuf d'assumer la responsabilité de père célibataire. Après tout, j'avais vécu cette vie à travers les yeux du mien.

Toutefois, je n'allais rien dire. Parce qu'à ce stade, j'étais tout simplement submergée par le pouvoir de son regard et je ressentais le besoin de m'enfuir.

— Bon, je ferais mieux d'y aller.

Il hocha la tête.

— J'enverrai votre paiement à l'adresse PayPal que vous m'avez donnée.

— Merci.

Alors que je quittais son bureau, j'ignorais toujours comment j'étais censée leur annoncer que je ne reviendrais pas. Cependant, avant de passer la porte, je me sentis obligée de me retourner pour lui dire une dernière chose.

— Pour information, monsieur Maxwell, d'après le peu de temps que j'ai passé avec vous et celui que j'ai passé à apprendre à connaître votre fille, je peux vous dire que je trouve que vous faites un travail remarquable. Il n'y a pas que ça, d'ailleurs. Vous avez une petite fille incroyable, et c'est sans aucun doute dû au genre de père que vous êtes.

Il cligna plusieurs fois des yeux, et je ne pensais pas qu'il allait répondre, alors je poursuivis mon chemin vers la sortie.

— Sadie.

Sa voix m'arrêta, et je me retournai.

— Oui ?

— Appelez-moi Sebastian.

Il marqua une pause, puis m'offrit un sourire sincère.

— Et... *danke.*

CHAPITRE 9

Sadie

Nombre de relations sexuelles que vous aimez avoir par semaine.

Je mâchouillai le bout de mon stylo, tout en réfléchissant à cette nouvelle question. Ça dépend, pas vrai ? Enfin, était-il doué et me faisait-il grimper aux rideaux avant d'atteindre la ligne d'arrivée lui-même ? Je me dis que puisque je cherchais l'homme idéal, ils me demandaient comment se passeraient les choses avec lui et non pas avec un éjaculateur précoce. Mes pensées se tournèrent vers Sebastian. Cet homme avait vraiment quelque chose en plus. Il était impossible qu'il ne sache pas s'y prendre.

Je soupirai. J'avais décidé de profiter de mon essai gratuit avec l'agence de rencontres pour *arrêter* de penser à Sebastian Maxwell. Pourtant, il semblait s'inviter dans ma tête alors que je réfléchissais à cette question très intrusive.

Décrivez l'apparence physique de l'homme idéal selon vous.

Je fermai les yeux et pensai au genre d'hommes qui m'attiraient, puis griffonnai la description qui me vint à l'esprit. Grand aux épaules larges, yeux verts, mâchoire carrée, avant-bras musclés, et une stature imposante. *Bon sang*. La seule chose qui manquait, c'étaient les taches dorées dans les yeux de Sebastian. Il fallait vraiment que je lâche l'affaire le concernant.

Résidence principale souhaitée.

Argh. Un brownstone dans l'Upper West Side, évidemment. Même si, pour ma défense, c'était ce que j'aurais répondu avant d'avoir rencontré une certaine personne.

Quelle est la dernière chanson que vous ayez chantée en privé ?

Oh, mince. J'allais peut-être devoir mentir pour celle-ci. Je n'avais pas trop le moral ce matin, alors avant d'aller prendre une douche, j'avais mis à fond un bon vieux tube de Sir Mix-a-Lot, et j'avais twerké tout en me faisant un shampoing. J'étais presque certaine que nous aimions tous *les belles fesses* comme le rappeur le disait, mais ça ne rendait pas mon profil très attrayant, alors je choisis quelque chose d'un peu plus mature – *Someone You Loved* de Lewis Capaldi –, puis pris le temps de me demander quel genre de musique aimait Sebastian. Bizarrement, je le voyais plutôt comme un fan de country. Toutes ces chansons à propos de femmes perdues et de chiens semblaient lui correspondre. Toutefois, j'étais curieusement convaincue que Sebastian serait plus intrigué par une femme qui chantait des chansons de Sir Mix-a-Lot plutôt que de Lewis Capaldi.

Complétez cette phrase : j'aimerais avoir quelqu'un avec qui partager...

Ma première réaction fut d'écrire *absolument tout*. Mais je me dis que ça allait peut-être donner l'impression que j'étais trop collante, alors je modérai ma réponse, tout en restant honnête et en ajoutant un peu de ma personnalité : *des pâtes froides et des fous rires à deux heures du matin.*

Un bruit de claquement de talons m'alerta de l'arrivée de Devin dans le couloir, alors je cachai rapidement le questionnaire de l'agence sous des documents.

— C'est l'heure du café, annonça-t-elle en entrant dans mon bureau. Tu veux ta commande habituelle ?

— Oui, ce serait gentil. Je suis vraiment lente cet après-midi.

— Oh ? Tu as fait quelque chose d'intéressant hier soir ?

Puisque je ne classais pas le fait de regarder des vidéos sur le dressage des chiens dans la catégorie des choses intéressantes à faire, je secouai la tête.

— Non, je me suis juste réveillée tôt et je n'ai pas réussi à me rendormir.

Devin baissa les yeux sur mon bureau.

— Tu travailles sur quoi ?

— Sur la correction des articles du mois prochain.

— Mmmh mmmh, répondit-elle en plissant les yeux. Bon... très bien. C'est à mon tour de t'offrir un café, alors je reviens tout de suite.

— D'accord, merci.

Devin se tourna en direction de la porte, puis de nouveau vers moi.

— En fait... j'ai oublié mon portefeuille. Est-ce que je peux t'emprunter vingt dollars ?

— Oui, bien sûr.

Je me levai de mon siège et me rendis jusqu'au placard sous la fenêtre, dans lequel je rangeais mon sac à main. Dès que j'enfouis la main dedans pour en sortir mon portefeuille, Devin récupéra la pile de documents sur mon bureau.

— Mais qu'est-ce que tu fais ? demandai-je en plissant les yeux.

— Des corrections, hein ? N'importe quoi.

Elle se mit à feuilleter les papiers dans ses mains. Je tentai de les lui reprendre, mais elle les éloigna trop rapidement pour moi.

— Donne-moi ça !

Elle replaça quelques feuilles dans la pile, et en sortit une autre.

— *Tiens donc !* Je savais que tu faisais quelque chose que tu ne voulais pas que je voie.

— Tu es folle.

Elle se mit à lire à voix haute.

— Agence de rencontres Bloom. Services spécialisés pour célibataires d'élite.

Devin leva les yeux au ciel.

— Laisse-moi traduire. « Services spécialisés » signifie hors de prix. « Célibataires d'élite » signifie « une bande d'abrutis guindés qui pensent être trop bien pour Match.com ou aller dans des bars ».

— Ce sont des recherches pour un article.

— Alors pourquoi tu m'as menti en me disant que tu travaillais sur des corrections ?

— Précisément à cause de ce que tu es en train de faire. Tu exagères tout.

Devin était trop occupée à scruter les feuilles à la recherche d'indices pour entendre ce que j'avais à dire pour ma défense.

— La description de ton partenaire idéal me semble très familière, observa-t-elle en affichant un sourire en coin.

— J'ai toujours aimé les hommes grands aux cheveux sombres.

Elle arqua un sourcil.

— Avec des épaules larges et une stature imposante ?

— *Qui* n'aime pas ça ?

— Mmmh. Donc tu ne décrivais pas Sebastian Maxwell sur ce formulaire ?

— Absolument pas.

Elle tourna la page et regarda les questions auxquelles j'avais répondu plus tôt dans la matinée.

— Combien d'enfants a votre partenaire idéal ? Zéro ou un ? Depuis quand est-ce que tu cherches un père célibataire ? C'est la première fois que j'entends parler de ça.

Je lui repris les feuilles.

— Tu ne dois pas t'occuper de ton travail ou aller chercher ta dose de café ?

— Il te suffit juste de l'inviter à sortir avec toi, et tu le sais.

— Oui, c'est exactement ce que je dois faire. Parce que les bases de toute bonne relation commencent par une série de mensonges à propos de... voyons voir... mon nom, mon métier, et mon lien avec sa fille unique. De toute évidence, c'était écrit. On sera probablement mariés avant Noël.

Devin soupira.

— Pourquoi ne pas être honnête avec lui, alors ? Dis-lui la vérité.

— Et ensuite quoi ? Je l'invite à dîner ?

— Oui, pourquoi pas ? insista-t-elle en haussant les épaules.

— Parce qu'il sera furieux s'il découvre tout ça. Il a acheté un dogue allemand ingérable qui le rend dingue, parce que sa fille s'est soudain convaincue que sa défunte mère était fâchée contre elle à cause d'une chose qu'elle avait faite. Tout est *ma* faute, Devin. J'ai fait croire à une fillette que le père Noël pouvait communiquer avec une femme morte.

— Mais tu avais de bonnes intentions.

— Je suis certaine que Sebastian Maxwell ne verra pas ça comme ça.

— À moins de le lui dire, tu ne le sauras jamais, pas vrai ?

Je soupirai et secouai la tête.

— J'aurais bien besoin de ce café.

— Très bien, j'y vais, reprit Devin en acquiesçant. Mais réfléchis-y, Sadie. Il y a huit millions d'habitants dans cette ville, et curieusement, c'est cet homme que tu as rencontré. Peut-être que ça a mal commencé, mais il y a sûrement une raison à votre rencontre.

Après le départ de ma collègue, je froissai le formulaire de l'agence que j'étais en train de remplir. La vérité, c'était que je n'avais aucune envie de faire des rencontres. J'avais vraiment un faible pour Sebastian, et ce n'était pas seulement parce qu'il était incroyablement séduisant. Il avait un côté tendre qu'il réservait à sa fille. J'étais certaine que sa femme avait aussi eu droit à ce côté de lui. Il y avait quelque chose de beau dans le fait qu'un homme réserve les meilleures parties de son être aux femmes de sa vie. Je le savais... parce qu'il me faisait penser à un autre homme que j'adorais. Bon sang, Freud aurait pas mal de boulot avec moi.

***

Je décidai de tout avouer. Étonnamment, Devin avait raison. Depuis la toute première lettre de Birdie, on aurait dit que c'était le destin. Comme si j'étais censée les rencontrer, elle et son père, pour une raison précise. Évidemment, le fait que cet homme soit extrêmement beau aidait beaucoup, mais une partie de moi était persuadée que même si Sebastian Maxwell n'avait pas été aussi mignon, j'aurais quand même été séduite par lui. Cette attirance n'était pas superficielle. J'étais aussi consciente que ma propre histoire ajoutait à ma fascination pour sa petite famille, mais la vie n'était-elle pas faite ainsi? Nos cœurs étaient composés de différentes pièces brisées qui appartenaient aux autres, et quand on trouvait la bonne personne, elle nous montrait que toutes ces pièces pouvaient s'assembler.

Peut-être que j'allais trop loin et que je me prenais pour une philosophe, mais l'essentiel... c'était que j'avais relevé plus d'une fois le défi des rendez-vous galants pour savoir que lorsqu'un homme arrivait et vous faisait ressentir des papillons dans le ventre, il ne fallait pas passer à côté. Parce que ça n'arrivait pas souvent.

Alors j'avais décidé qu'après le cours d'aujourd'hui, j'allais demander à parler en privé à Sebastian pour tout lui révéler. Il était probable qu'il panique et ne veuille plus me revoir, mais à ce stade, je ne pouvais plus continuer à mentir. Ce n'était pas juste pour moi, pour lui ni pour sa fille. Et s'il y avait la moindre chance qu'il puisse se passer quelque chose entre nous, je ne pouvais pas faire reposer tout ça sur des mensonges.

Mes paumes devinrent moites lorsque je m'approchai du brownstone des Maxwell. J'étais tellement stressée. Une partie de moi espérait que Sebastian ne soit pas là aujourd'hui, juste pour pouvoir remettre ça à plus tard. La dernière fois que j'avais fait un cours à Marmaduke, seules Magdalene et Birdie étaient présentes. Lorsque j'arrivai devant la maison, je pris une grande inspiration et priai pour que ce soit aussi le cas aujourd'hui.

La montée des marches jusqu'à la porte d'entrée me donnait l'impression que j'allais me faire jeter par-dessus bord. Je secouai mes mains engourdies, puis me forçai à frapper. Quelques secondes plus tard, j'aperçus des ombres à l'intérieur, et je retins mon souffle lorsque la poignée se mit à tourner.

Malheureusement, ce n'était pas Magdalene.

— Monsieur... euh... Sebastian... Je ne m'attendais pas à vous voir ouvrir la porte.

Il croisa ses bras et m'observa en plissant les yeux.

— Ah bon ? Pourquoi ça, *Sadie* ?

Était-ce moi ou venait-il de prononcer mon prénom bizarrement ? Peut-être que ma nervosité prenait le dessus. Je me raclai la gorge, tout en retirant des poussières imaginaires sur mon pantalon pour éviter son regard intense.

— Je... euh... je pensais que vous seriez au travail. Je suis venue le même jour la semaine dernière, et Magdalene était là.

Ses lèvres s'étirèrent en un sourire espiègle.

— J'ai pris mon après-midi. J'ai pensé qu'on pourrait faire un petit cours de dressage. Juste vous et moi.

Une énorme boule se forma dans ma gorge. *Mince.* À présent, je n'avais plus d'autre choix que de tout lui avouer. Je m'en étais remise au destin, et celui-ci ne pourrait pas me revenir davantage en pleine face qu'à ce moment précis. Par miracle, cet homme qui travaillait six jours par semaine avait pris une journée de repos pour passer du temps avec moi. Seuls.

— Euh, d'accord. Parfait.

— Entrez, m'invita-t-il en reculant d'un pas, tout en ouvrant grand la porte. J'aimerais commencer la séance à l'intérieur aujourd'hui, si ça vous va.

Ça ne m'allait pas. Pas du tout. Je me sentis claustrophobe en passant le seuil. Au moins, à l'extérieur, je pouvais m'enfuir. La porte claqua soudain derrière moi et je sursautai.

— Désolé, je n'ai pas fait exprès, s'excusa-t-il en arborant de nouveau un sourire espiègle.

J'aurais presque pu penser qu'il essayait intentionnellement de me rendre nerveuse.

Heureusement, Marmaduke vint à mon secours. Il se jeta sur moi et faillit me faire tomber en voulant lécher mon visage.

— Salut, mon grand, lançai-je en le grattant derrière les oreilles. Moi aussi je suis contente de te voir.

Quand je levai les yeux, j'aperçus Sebastian en train de me fixer. Il tenait une feuille blanche à la main, que je n'avais pas remarquée avant.

— Vous pouvez me rappeler à quel endroit vous avez fait votre formation ?

Oh. Il ne me semblait pas avoir dit quelque chose à ce sujet. Je regardai partout autour de moi en sentant la panique m'envahir. J'aurais pu y aller franchement et tout avouer tout de suite, mais mon cœur battait la chamade, et je n'étais pas prête. Alors qu'est-ce que je fis ? Eh bien, évidemment, je m'enfonçai encore plus. Une grande table ronde se trouvait dans le couloir dans lequel nous nous tenions, et un trousseau de clés était posé dessus.

— Au centre de formation Trousseau...

Il jeta un coup d'œil aux clés sur la table, puis plissa les yeux vers moi.

— Où est-il situé exactement ?

— Euh... près du quartier des affaires.

— Il faudra que je fasse des recherches en ligne pour voir s'il est possible de laisser des commentaires sur leur site. Si c'est le cas, je vous laisserai une bonne appréciation. Ça s'écrit T-R-O-U-S-S-E-A-U ?

Mince.

— Oui... mais ils ont fermé.

— Pour la journée ou définitivement ?

— Définitivement.

— C'est dommage, étant donné qu'ils ont formé une éducatrice canine très qualifiée.

C'était quoi ce bordel ? Il se fichait de moi ? Nous nous étions quittés sur une si belle note quand j'avais sauvé la vie de son chien, et voilà que soudain, j'avais l'impression que nous étions revenus au point de départ.

— Pourquoi ont-ils fermé ? m'interrogea-t-il en inclinant la tête.

— Euh, je crois que c'est parce que le loyer était trop cher.

Il plissa tellement fort ses paupières que je ne voyais même plus le blanc de ses yeux. Ensuite, sans un mot, il me tourna le dos et se dirigea vers le salon.

— Suivez-moi.

Je lui obéis, tel un petit toutou. Marmaduke nous avait précédés et était occupé à faire quelque chose dans le coin de la pièce. Sebastian se tourna vers moi et pointa le chien du doigt.

— Ça, c'est nouveau. Peut-être que le cours d'aujourd'hui pourrait commencer par lui apprendre à arrêter de faire ça aux animaux en peluche de ma fille.

Je me penchai pour mieux voir, et je vis ce chien géant en train de frotter son entrejambe contre une tortue en peluche. *Argh.* Il avait même sorti son rouge à lèvres, si on pouvait le dire comme ça.

— Il copule avec une tortue, observai-je en fronçant le nez.

— C'est vraiment ce qu'il fait ? Je n'en étais pas certain. Vous avez sûrement plus d'expérience que moi.

J'écarquillai les yeux. *Venait-il de me traiter de traînée ?* Je clignai des yeux plusieurs fois.

— Pardon ?

— Eh bien, vous avez dit à ma fille que votre métier consistait à rédiger des articles sur vos rencontres amoureuses. Alors naturellement, j'ai supposé que vous sortiez avec un grand nombre d'hommes.

J'étais de plus en plus énervée. J'étais peut-être une menteuse, mais je n'étais certainement pas dévergondée.

— Ce n'est pas parce que je me rends souvent à des rendez-vous galants que je copule avec tout ce qui me tombe sous la main, contrairement à votre chien. Vous devriez probablement vous poser des questions sur vos habitudes. Votre animal a peut-être les mêmes passe-temps que son maître. À quoi ressemble *votre* vie sentimentale ? rétorquai-je en posant une main sur ma hanche.

Sebastian me fusilla presque du regard. *Et puis mince alors.* J'en fis de même.

Je fus de nouveau distraite par Marmaduke qui commençait à mettre le paquet. Alors qu'auparavant, il faisait des mouvements de hanches au hasard, il était désormais en train de faire des va-et-vient comme s'il avait le feu aux fesses. Sans mauvais jeu de mots.

— Marmaduke, non ! hurlai-je à son attention.

Étonnamment, le gros chien s'immobilisa. Il resta figé là en plein mouvement du bassin, comme s'il ne s'était pas rendu compte qu'il avait du public avant d'être pris la main dans le sac. Je profitai du fait qu'il soit troublé pour m'approcher et lui retirer la tortue en peluche. *Argh.* Elle était... mouillée. Je ne voulais même pas savoir quel genre de fluide corporel canin j'étais en train de toucher. Je tins la queue entre deux doigts et tournai les yeux vers Sebastian.

— Où se trouve votre machine à laver ?

— La buanderie est à côté de la cuisine.

Je connaissais le chemin, alors je me mis en route. J'emportai l'objet du crime à la cuisine, avant d'ouvrir quelques portes et de trouver celle qui menait à une petite buanderie. J'ouvris la machine à laver, jetai la peluche à l'intérieur, puis me tournai vers Sebastian qui observait depuis le seuil.

— À quoi d'autre se frotte-t-il ?

— Quelques autres peluches de ma fille.

— Allez les chercher.

Il disparut, avant de revenir avec trois autres petites victimes. Il me les tendit et je les lançai dans la machine.

— Est-ce que vous avez du vinaigre ?

— Je crois, répondit-il en fronçant les sourcils.

— Allez le chercher.

Une fois encore, il me surprit en obéissant sans poser de questions. Lorsqu'il revint, j'avais lancé la machine et j'y ajoutai deux bouchons de vinaigre.

— Les chiots n'atteignent pas la puberté avant six à huit mois, alors il ne fait pas ça pour le plaisir sexuel. En général, c'est juste un jeu qu'ils trouvent amusant. Les animaux ont tendance à choisir des objets qui sentent bon. Mettre un peu de vinaigre dans la machine devrait suffire à l'arrêter.

Par chance, j'avais beaucoup lu et j'étais tombée sur un article sur ce genre de comportement. Pendant un instant, on aurait presque cru que je savais de quoi je parlais.

Sebastian hocha la tête, comme s'il avait fini par descendre de ses grands chevaux. Je le contournai pour sortir de la buanderie, puis je retournai dans le salon, où Marmaduke était assis. On aurait dit qu'il attendait mon retour.

— Vous avez dit vouloir faire une séance en intérieur aujourd'hui, mais je crois qu'il vaut mieux que je le promène avant de tenter. Il est plein d'énergie, et il obéit mieux quand il est un peu fatigué.

— Très bien. Je vous accompagne.

— Je préfère y aller seule, répliquai-je en levant une main, ma paume face à lui.

Je ne souhaitais pas lui avouer que j'avais besoin d'un peu de temps pour rassembler mes esprits, alors j'inventai un autre bobard.

— En tant qu'éducatrice, ce moment me permet de créer un lien avec Marmaduke.

Sebastian étudia mon visage, comme s'il réfléchissait à ce que je venais de dire.

— Très bien, reprit-il en acquiesçant brièvement. J'attendrai ici.

Parfois, juste après avoir évité un désastre de peu, notre cœur se mettait à battre la chamade une fois le contrôle de la situation repris. C'était exactement ce que je ressentais en descendant les marches de la résidence des Maxwell avec Marmaduke. Mes jambes tremblaient à chaque pas, et je dus inspirer à plusieurs reprises pour pouvoir reprendre ma respiration. Qu'est-ce qui venait de se passer ? Je rejouai ces dix dernières minutes dans ma tête. La façon dont Sebastian m'avait parlé d'un ton moqueur, le fait qu'il avait semblé contester tout ce que je disais, sa manière de mettre en doute ma vie sentimentale. Toutefois, après avoir fait plusieurs fois le tour du quartier, je parvins à me calmer un peu et à me convaincre que ma propre culpabilité m'avait fait interpréter les choses de la mauvaise manière. Un peu comme dans le roman d'Edgar Allan Poe, j'entendais le cœur qui battait sous le plancher. Dès que j'étais près de Sebastian, le battement devenait plus fort et j'avais l'impression que les murs se refermaient sur moi. Mais en réalité, il n'y avait rien sous le sol. Cette rencontre insensée n'était que le fruit de mon imagination.

Oui, c'était ça. C'était certain. Enfin, évidemment, Sebastian avait la tête dure, mais il ignorait qui j'étais vraiment. Si c'était le cas, il m'en aurait parlé immédiatement. Alors, ça devait être dans ma tête.

Vingt minutes plus tard, j'eus enfin le courage de rentrer. Je pris une grande inspiration et levai ma main pour frapper à la porte, mais elle s'ouvrit avant que mes doigts puissent entrer en contact avec le bois.

— Il était temps.

— Marmaduke avait beaucoup d'énergie à dépenser aujourd'hui.

— Je commençais à croire que vous alliez vous enfuir avec mon chien.

Je ris à cette idée. Quelle personne saine d'esprit s'enfuirait avec cet animal incontrôlable ? Il faudrait être dingue. *Oh. Attendez.* Peut-être que j'entrais dans cette catégorie. Je pouvais le comprendre.

— Désolée. Je resterai un peu plus longtemps pour que la séance dure une heure entière si vous voulez.

Sebastian s'écarta, et je remarquai de nouveau la feuille pliée dans sa main. Seulement cette fois-ci, je n'allais pas laisser mon imagination prendre le dessus en me mettant à penser que ce papier contenait des choses horribles pouvant révéler que j'étais un imposteur. Alors je levai la tête et ignorai sa main lorsque j'entrai.

De retour dans le salon, je sentis la présence de Sebastian tout autour de moi. C'était gênant, et pourtant, c'était tout aussi excitant. Je me raclai la gorge.

— Vous vouliez travailler sur quelque chose en particulier aujourd'hui ?

— Oui. Sauter au-dessus des gens, répondit-il en m'observant attentivement.

Je fronçai les sourcils.

— Pardon ?

— Sur votre site internet, il est écrit que c'est un des tours que vous enseignez. J'ai pensé que ma fille apprécierait ce genre de choses, alors j'aimerais que vous appreniez au chien à sauter au-dessus des gens lorsqu'ils se mettent à quatre pattes.

— Vous voulez que j'apprenne à Marmaduke à sauter au-dessus des gens lorsqu'ils se mettent à quatre pattes ?

— Il y a de l'écho ici ? lança Sebastian en regardant autour de lui.

— Non, c'est juste que... Je pense qu'il serait plus utile d'utiliser nos séances pour apprendre à Marmaduke des ordres basiques, et non pas quelque chose d'aussi... compliqué.

— Vous n'êtes pas capable de lui enseigner un ordre compliqué ?

Euh... non... Je ne suis pas encore allée jusque-là sur YouTube.

— Bien sûr que si.

Sebastian afficha un sourire cynique et s'installa sur le canapé. Il étendit ses bras sur le dossier et posa ses pieds sur la table basse.

— Parfait. Alors, mettez-vous à quatre pattes, mademoiselle Schmidt.

— Schmidt ?

— Oh, ce n'est pas votre vrai nom de famille ? Sur votre site, il est écrit *Gretchen Schmidt*. Pourtant, vous avez dit à ma fille que votre vrai prénom était Sadie, c'est ça ? Alors qu'y a-t-il maintenant ? Êtes-vous bien Sadie Schmidt, ou avez-vous encore un autre nom ?

Mes joues s'enflammèrent.

— Euh, non, c'est Schmidt. Comme je l'ai dit à votre fille, j'utilise seulement Gretchen pour le travail.

— Oui, parce que ça sonne allemand.

— C'est ça.

— Très bien alors, *mademoiselle Schmidt*. Pourquoi ne pas commencer ? Comment dit-on « saute » en allemand ?

Oh, bon sang. Je me mis à paniquer et prononçai les premières syllabes qui me vinrent à l'esprit.

— *Flunkerbsht.*

— *Flunkerbsht ?* répéta Sebastian en haussant les sourcils.

— Exactement.

J'aurais pu jurer apercevoir un léger sourire se dessiner sur ses lèvres. Cependant, celui-ci disparut rapidement.

— C'est quand vous voulez pour... *flunkerbsht.*

CHAPITRE 10

Sadie

Ce furent les dix minutes les plus longues de ma vie. Sérieusement. Chaque seconde qui passait était insoutenable sous le regard de Sebastian, qui m'observait les bras croisés, alors que je me ridiculisais.

J'essayais en vain de convaincre ce chien aussi grand qu'un cheval de sauter au-dessus de moi, avec un ordre inventé qui ne voulait absolument rien dire. Il aurait été plus facile de changer l'eau en vin.

D'ailleurs, comment faire apprendre à un chien à sauter au-dessus de quelqu'un ? Je tentai tout ce qui était possible, en commençant par lui faire une démonstration moi-même en sautant au-dessus de la table basse en criant « flunkerbsht » à plusieurs reprises... jusqu'à aller chercher un autre animal en peluche dans la chambre de Birdie pour sauter au-dessus aussi. Il finit par s'intéresser au jouet seulement pour se frotter contre lui.

D'accord, c'est moi la flunkerbsht. *Une énorme* flunkerbsht.

Dans un acte ultime de désespoir, j'essayai de me mettre à quatre pattes et de crier « flunkerbsht » tout en faisant un signe de tête, en espérant que par miracle, Marmaduke prenne ça comme le signal pour sauter au-dessus de moi. Soit il se couchait en posant sa tête par terre, ou pire, il grimpait sur mon dos et essayait de rester dans cette position. À un moment donné, je m'étais retrouvée coincée sous lui. Ensuite, je m'étais retournée, et il s'était mis à lécher mon visage pendant que je peinais à me relever.

Comment étais-je passée du stade où j'étais prête à avouer la vérité à Sebastian ce matin... à ça ?

Il fallait que je mette fin à cette situation.

Tout de suite.

Il fallait que je lui raconte tout.

Lorsque je parvins enfin à repousser Marmaduke, je me levai et frottai mon pantalon.

— Sebastian, il faut qu'on...

— Arrêtez, Sadie. Stop.

Il avait parlé d'un ton brusque.

— Ne dites plus un mot, ce ne serait qu'un mensonge de plus, poursuivit-il, la colère se lisant dans son regard.

Mon cœur s'emballa, et j'eus l'impression que la pièce se mit à tourner.

Que se passe-t-il ?

Il déplia la feuille qu'il tenait et me la montra. Il s'agissait de la photo d'une femme et un petit paragraphe. Peut-être une biographie. La femme avait de longs cheveux roux bouclés.

— Qui est-ce ? demandai-je en déglutissant.

— Gretchen Schmidt, la véritable éducatrice canine. Elle m'a récemment contacté pour s'excuser de ne pas avoir pu venir il y a quelques semaines à cause d'une urgence familiale. Elle m'a donné le lien de son site, où j'ai trouvé sa biographie.

Oh, non.

Je savais que j'aurais dû dire quelque chose, mais les mots ne voulaient pas sortir.

— Et vous savez quoi ? Elle s'est formée à Munich quand elle a passé une année à l'étranger, et non pas à… vous aviez dit quoi déjà ? Au centre de formation Trousseau ? Visiblement, tout ce qu'ils apprennent là-bas, c'est à mentir effrontément !

J'allais vomir, vraiment.

— Je peux vous expliquer…

— C'est bon à savoir, mais malheureusement, à ce stade, peu importe ce que vous pourriez dire, je ne vous croirais pas. À présent, je veux que vous sortiez de chez moi et que vous ne reveniez jamais.

C'est horrible.

Vraiment horrible.

— Je vais partir. Mais s'il vous plaît, est-ce que je peux d'abord tout vous expliquer ?

— Non, à moins que vous ne teniez à vous justifier auprès de la police.

La police ? Il plaisantait, n'est-ce pas ? Est-ce que se faire passer pour une éducatrice canine était un crime pour commencer ? Je n'avais pas suffisamment de connaissances juridiques pour savoir si je risquais d'avoir des ennuis, alors plutôt que d'empirer les choses, je décidai de lui obéir et me dirigeai vers la porte.

Il aurait tout aussi bien pu me dire d'accélérer le pas, car j'aurais pu jurer avoir senti la porte heurter mes fesses lorsqu'elle claqua derrière moi.

L'air new-yorkais ne m'avait jamais paru aussi frais et le ciel aussi gris, alors que je descendais les marches jusqu'au trottoir, me sentant comme un déchet encore moins bien traité que la tortue en peluche de Birdie.

Un mélange d'émotions s'empara de moi. J'étais non seulement choquée d'avoir été démasquée, mais j'avais également cette impression inexplicable de perte. Pas uniquement la perte de Birdie, mais aussi le sentiment d'appartenance qui avait accompagné cette expérience. Je ne m'étais même pas rendu compte que c'était quelque chose qui manquait à ma vie avant de le perdre.

***

Deux semaines après cette horrible journée chez les Maxwell, je ne m'en étais toujours pas remise. La seule chose dont j'étais reconnaissante, c'était que Birdie n'avait pas été témoin de tout ça. J'espérais que Sebastian ne lui raconterait jamais ce qui s'était passé avec moi. J'aurais le cœur brisé si la fillette me voyait comme une personne malveillante.

J'avais vraiment le cœur en miettes, et j'avais passé de nombreuses nuits blanches à me demander si je devais essayer de trouver un moyen de m'expliquer auprès de Sebastian. Il avait bien spécifié qu'il ne me croirait pas. Lui avouer la vérité pouvait aussi empirer les choses. Là encore, la situation pouvait-elle être pire ?

Le docteur Emery avait quitté le pays pour quelques mois, alors je ne pouvais pas lui parler de tout ça. J'avais beau y réfléchir, j'arrivais toujours à la conclusion qu'il valait mieux laisser les choses telles qu'elles étaient.

Mais évidemment, la vie avait parfois tendance à mettre son grain de sel et prendre les décisions pour nous.

Un après-midi, je vérifiai mon courrier et m'aperçus que Birdie avait envoyé une nouvelle lettre au « père Noël ». Ça faisait longtemps qu'elle n'avait pas écrit, et je ne m'étais vraiment pas attendue à ce qu'elle envoie une nouvelle missive.

Étant donné les circonstances, rien n'aurait pu m'empêcher d'ouvrir cette enveloppe.

Cher père Noël,

Je n'avais pas prévu de t'écrire une nouvelle lettre, mais maintenant que les fêtes approchent, on peut dire que c'est ma lettre de Noël.

Maintenant, j'ai un chien qui s'appelle Marmaduke. C'est un dogue allemand, comme j'ai toujours voulu. Je l'aime énormément. C'est ma maman qui me l'a apporté. Enfin, pas maman elle-même, mais papa a dit qu'elle lui avait envoyé un message pour qu'il me l'offre. C'est comme ça que j'ai su qu'elle n'était pas fâchée contre moi parce que je volais des biscuits. (J'en vole toujours, tu le sais, n'est-ce pas ?)

Ma mère ne m'a pas envoyé d'autre signe, mais ce n'est pas grave. Je sais qu'elle est occupée à être un ange.

J'ai rencontré quelqu'un qui a perdu sa maman quand elle avait six ans, presque comme moi. Je n'avais encore jamais rencontré personne qui avait perdu sa mère à cause du cancer. Elle était très gentille. Elle s'appelle Sadie. Enfin, elle a deux prénoms : Sadie et Gretchen. C'est grâce à elle que j'ai deux prénoms à présent : Birdie et Muffuleta. Bref, Sadie était l'éducatrice de Marmaduke. Elle lui a appris à s'asseoir et d'autres choses en allemand. Oh, elle lui a aussi sauvé la vie. La première fois qu'elle est venue, j'ai pensé que tu avais peut-être exaucé mon vœu d'avoir une amie spéciale. Mais ensuite, Sadie a disparu. Je ne sais pas ce qui s'est passé. Papa m'a juste dit qu'elle ne viendrait plus et qu'il ne savait pas pourquoi, mais il a agi bizarrement quand je lui ai posé des questions. C'est peut-être à cause de moi qu'elle est partie. Peut-être que je l'ai rendue triste parce que j'ai perdu ma mère et que ça lui faisait penser à la sienne. J'aimerais savoir pourquoi Sadie est partie sans dire au revoir. Pourquoi est-ce que tout le monde me laisse ?

Je ne sais pas si tu peux trouver Sadie et lui dire que je suis désolée.

Merci, père Noël.

Je t'adore,

Birdie

(Alias Muffuleta)

***

Je finis par être obligée de partir plus tôt du bureau ce jour-là. Même si j'avais eu envie de passer acheter de l'alcool, je savais que je n'aurais probablement pas été capable de savoir quand arrêter de noyer mon chagrin. Au lieu de ça, je rentrai directement chez moi.

Je relus cette lettre de nombreuses fois, et ce que je devais faire ensuite était désormais très clair.

Sebastian m'avait payée pour mes services sur un compte PayPal que j'avais créé avant qu'il apprenne la vérité, alors son adresse e-mail était associée à ce paiement.

Avant de pouvoir changer d'avis, j'allumai mon ordinateur portable, ouvris un nouvel e-mail depuis mon vrai compte, et me mis à taper.

Cher monsieur Maxwell,

J'ai préféré vous envoyer cet e-mail plutôt que de venir vous voir, parce que je ne savais pas si vous auriez été d'accord pour me rencontrer. S'il vous plaît, lisez tout et vous pourrez me juger lorsque vous serez arrivé à la fin. Je vous promets que ça vous expliquera pourquoi je me suis retrouvée devant chez vous ce premier jour.

Je m'appelle Sadie Bisset. J'ai vingt-neuf ans, et comme votre fille, le cancer a emporté ma mère quand j'avais six ans (et demi). Dans le cadre de mon travail, je tiens une rubrique où les gens écrivent leurs vœux de Noël. Cette rubrique est généralement publiée pendant les fêtes, mais votre fille, Birdie, nous a envoyé une première lettre cet été.

L'e-mail que je rédigeai pour Sebastian était probablement l'une des plus longues diatribes que j'avais jamais écrites. Je lui expliquai toutes les lettres que j'avais reçues de la part de Birdie, les vœux que j'avais réalisés, et aussi comme j'avais eu du mal à décider si je devais répondre ou pas à chaque fois. Puis, j'arrivai à la partie où je lui expliquais comment j'avais fini par devenir l'éducatrice canine.

Je n'ai jamais eu l'intention de me retrouver devant votre porte. Je me trouvais dans le quartier, et je me suis arrêtée quand je me suis rendu compte que c'était l'adresse d'où les lettres de votre fille étaient envoyées. J'ai aperçu une barrette papillon sur les escaliers, alors je l'ai ramassée et je l'ai posée plus près de la porte pour que personne ne marche dessus. C'est là que vous avez ouvert en pensant que j'étais Gretchen. J'étais un peu sous le choc à cet instant. Peut-être que mon jugement a été entravé par le fait qu'à ce moment-là, je me sentais personnellement investie dans le bien-être de votre fille. Pour vous, j'étais une inconnue. Mais puisque Birdie s'était ouverte à moi, j'avais non seulement l'impression de la connaître, mais de vous connaître aussi. J'ai pris la décision hâtive de ne pas vous contredire. Ce n'était clairement pas la bonne chose à faire et je le regrette profondément. Malgré ça, j'ai passé de nombreuses heures à étudier l'art de l'éducation des dogues allemands, et j'étais vraiment décidée à rendre justice à ce métier, ainsi qu'à remplir les fonctions pour lesquelles vous pensiez m'avoir engagée. Mais pour être tout à fait honnête, la vraie raison pour laquelle je suis revenue après cette première journée, c'était pour voir de mes propres yeux que Birdie allait bien.

Ce qui m'amène à vous expliquer pourquoi j'ai décidé de vous écrire aujourd'hui. Birdie a envoyé une nouvelle lettre au « père Noël ». Cette fois-ci, elle a mentionné l'absence soudaine de l'éducatrice canine. Mon absence.

Elle soupçonne en quelque sorte que quelque chose a mal tourné, même si vous ne lui avez jamais dit pourquoi j'avais cessé de venir. (D'ailleurs, je vous en remercie.) Elle a une bonne intuition. Cependant, elle en a tiré la mauvaise conclusion. Elle pense que je suis partie parce qu'elle a fait quelque chose qui m'a rendue triste, qu'être à ses côtés m'avait peut-être fait ruminer la mort de ma mère. Ça me tue de penser qu'elle se tient responsable de mon absence. Je ne sais pas vraiment comment réparer ça. Je voulais juste vous en informer.

Je sais que j'ai commis une énorme erreur. Mais je suis humaine, et s'il vous plaît, soyez assuré que je n'aurais jamais rien fait qui aurait pu vous blesser vous ou votre fille intentionnellement. Je ne vous souhaite que le meilleur.

Je veux vous rappeler une chose que vous m'avez dite. Vous m'avez expliqué le raisonnement qui vous a conduit à dire à Birdie que c'était sa mère qui avait envoyé Marmaduke. Vous m'avez dit que vous vous étiez convaincu que mentir pour que votre fille ne soit plus triste pouvait effacer le mensonge. Le mien peut paraître énorme à côté du vôtre, mais l'intention était la même. Elle était pure.

Si vous êtes arrivé à la fin de ce message, merci d'avoir pris le temps de le lire.

Amicalement,

Sadie Bisset

CHAPITRE 11

Sebastian

Lors des soirées comme celle-ci, je remerciais le ciel que ma fille soit ici, en train de dormir. Si Birdie n'était pas à la maison, j'aurais pu boire toute la bouteille de scotch ou prendre une autre décision irresponsable. La plus grosse erreur que j'avais faite ce soir avait été de vérifier mes e-mails juste avant d'aller au lit. Parce qu'à présent, dormir était tout simplement impossible.

J'avais lu le message de Sadie plus d'une dizaine de fois, mais je ne comprenais toujours pas pourquoi ma fille avait préféré confier ses peurs à une inconnue plutôt que de venir m'en parler. C'était une vraie prise de conscience. Je savais que je n'avais pas été présent pour Birdie comme elle en avait eu besoin. Même si je faisais de mon mieux pour la rendre heureuse, je n'avais pas été disponible émotionnellement, et ma fille le savait. J'avais toujours fait face au décès d'Amanda de cette manière, en refoulant ma douleur et en restant occupé.

Sadie Bisset.

Depuis le début, il y avait quelque chose de spécial chez elle. Elle était canon, mais je ne faisais pas référence à sa beauté évidente. Quelque chose était étrangement familier chez elle, mais je ne savais pas quoi. À présent, cet air familier faisait sens. Même si je ne la connaissais pas, d'une façon indirecte, *elle* me connaissait. Et elle connaissait surtout Birdie.

Toutefois, se faire passer pour l'éducatrice canine était stupide. Ça ne faisait aucun doute. Mais je ne savais toujours pas quoi penser du reste.

D'une certaine manière, ce qu'elle avait fait pour ma fille était touchant, mais d'un autre côté, c'était aussi un peu fou. Néanmoins, plus je réfléchissais à cet e-mail, plus j'étais convaincu que Sadie n'était pas malveillante, et que ses intentions étaient bonnes. Il était impossible qu'elle invente cette histoire, car elle en savait beaucoup trop. Tout ce qu'elle disait que Birdie lui avait écrit était juste. J'étais soulagé de savoir qu'elle n'avait pas fait tout ce cinéma dans un but malveillant. À cause de ma propre colère, je ne lui avais laissé aucune chance de s'expliquer ce jour-là. Ignorer sa véritable identité et d'où elle venait m'avait hanté, et mon manque de jugement n'avait fait qu'empirer les choses. Au moins, maintenant, tout semblait logique.

Lorsque je finis par comprendre, je me mis à rire de manière incontrôlable. Les chaussettes.

Les foutues chaussettes.

***

Le lendemain matin, je fis une chose qui se produisait rarement. Je préparai des pancakes. Ou du moins, je *tentai* d'en préparer. Le samedi était le jour de repos de Magdalene, ce qui signifiait que le petit déjeuner de Birdie se résumait normalement à des céréales sucrées qu'elle trouvait dans le placard. Les Cookie Crisp étaient ses préférées.

Toutefois aujourd'hui, je me promis d'offrir à ma fille un vrai petit déjeuner et d'avoir une conversation avec elle quand elle se lèverait.

Birdie avait dormi plus que d'habitude. Elle entra dans la cuisine en se frottant les yeux, ses cheveux blonds emmêlés.

— Bonjour, mon rayon de soleil, lançai-je en faisant sauter le pancake dans la poêle pour le retourner.

— Papa... est-ce que tu cuisines ? demanda-t-elle d'une voix endormie.

— Oui.

— Tu es sûr que tu devrais utiliser la gazinière ?

Elle me fit rire. C'était officiel, ma petite fille n'avait absolument aucune foi en mes talents de chef. Enfin, je ne lui avais donné aucune raison de croire en moi.

— Hé, ton père est restaurateur. Je m'y connais un peu en cuisine.

— Tu sais comment tout faire brûler, gloussa-t-elle.

Je retournai rapidement le pancake que j'étais en train de préparer pour cacher le côté un peu trop cuit, puis je le déposai sur une assiette en laissant le beau côté sur le dessus et la lui tendis.

128

— Est-ce que tu trouves que ce pancake a l'air brûlé ?

— Non, observa-t-elle en riant. Merci de l'avoir fait, papa.

— De rien, trésor. J'en fais plein d'autres. Va chercher le sirop d'érable et la crème chantilly.

Une fois Birdie assise, je préparai deux autres pancakes, avant de me servir une tasse de café. Ensuite, je m'installai face à ma fille. Elle mangea en silence et sembla apprécier la nourriture. Sa mère avait l'habitude de les faire en forme de tête de Mickey. Je n'osais même pas tenter ma chance.

— Hé... Je sais que j'ai souvent l'air occupé, commençai-je en posant mon menton sur ma main. Mais je veux que tu saches que je ne suis jamais trop occupé pour toi. Si tu t'inquiètes à propos de quelque chose, tu peux tout me dire. Je veux savoir à quoi tu penses. Promets-moi de venir me voir si quelque chose te tracasse.

Elle mâcha plus lentement et leva de grands yeux vers moi.

— D'accord.

— Vraiment ?

Elle se remit à dévorer le pancake.

— Oui, confirma-t-elle, la bouche pleine.

J'inclinai la tête après avoir passé une minute à la regarder manger.

— Y a-t-il quelque chose qui te tracasse en ce moment et dont tu voudrais me parler ?

Elle avala son verre de lait en plusieurs gorgées, puis essuya sa moustache avec sa manche.

— Non, papa, finit-elle par répondre.

J'avais espéré qu'elle s'ouvre à moi à propos de ses inquiétudes au sujet de Sadie. J'aurais ensuite pu avoir l'occasion de lui assurer que cette situation n'était pas sa faute. Cependant, elle ne dit rien. Je me rendis compte que même si elle avait affirmé qu'elle me parlerait de ce qui la dérangeait, elle n'avait toujours pas l'intention de s'ouvrir à moi. Et ça me dévastait. Cependant, les vieilles habitudes ne pouvaient pas être changées aussi facilement. À ce moment-là, je me promis de me tenir plus informé dorénavant, et de ne pas la laisser s'éloigner davantage de moi.

— Merci de m'avoir préparé des pancakes.

— Avec plaisir, ma puce.

Elle se leva pour aller déposer son assiette dans l'évier, avant de faire couler de l'eau dessus.

— Tu vas où ? l'interrogeai-je.

— Jouer dans ma chambre.

Je fronçai les sourcils, mais je n'insistai pas.

— D'accord.

Je l'arrêtai lorsqu'elle s'apprêta à traverser le couloir.

— Hé... Je te laisse une demi-heure pour jouer. Ça te dit d'aller promener Marmaduke au parc après ça ? On pourrait jouer à la balle avec lui.

— D'accord, accepta-t-elle en haussant les épaules.

Puis elle rejoignit sa chambre.

Je savais que je ne pouvais pas être tout ce dont elle avait besoin. Une fille de son âge avait besoin de sa mère, et c'était la seule chose que je ne pouvais pas lui donner. Néanmoins, surtout après avoir découvert qu'elle demandait de l'aide à une inconnue, il fallait que je redouble d'efforts pour combler ce vide autant que possible.

***

Je méritais une médaille pour mon rôle de père aujourd'hui. J'avais tenu ma promesse de ne pas vérifier mes e-mails professionnels et de ne pas regarder mon téléphone, et j'avais passé la journée entière avec Birdie. Après avoir emmené le chien au parc, nous l'avions ramené à la maison avant d'aller manger une glace.

Plus tard, nous avions joué au Scrabble ensemble, puis j'avais cuisiné le seul plat que je savais faire pour le dîner : des spaghettis avec des boulettes de viande. En temps normal, nous mangions des plats à emporter. C'était plutôt ironique que le propriétaire d'un des meilleurs restaurants italiens de New York ne soit pas capable de cuisiner.

Birdie et moi mangeâmes ensemble, avant de regarder le film *Matilda*. Je m'étais rappelé qu'Amanda avait dit que notre fille pourrait l'apprécier. C'était bizarre que je me sois souvenu de ce film aujourd'hui, comme si ma femme décédée m'avait murmuré le titre à l'oreille pendant que j'étais en train de parcourir la liste des films en ligne. *Bon sang*. Voilà que je commençais à m'exprimer comme ma fille.

Bref, chaque fois que Birdie souriait ou riait à certains moments du film, ça me réchauffait le cœur et me faisait du mal à la fois. J'avais hésité à lui confier que sa mère m'avait suggéré ce film, mais j'avais finalement décidé de ne pas la rendre triste ce soir. Elle n'avait pas semblé très en forme aujourd'hui, et je ne pus m'empêcher de penser que ça avait un lien avec ce que Sadie m'avait appris, qu'elle se sentait responsable de son absence. La culpabilité était traîtresse et ne faisait qu'empirer quand nous la gardions en nous. C'était déjà horrible quand elle était justifiée, mais dans ce cas, c'était une vraie perte de temps et d'énergie pour ma pauvre petite fille.

Ce soir-là, après le coucher de Birdie, je m'allongeai dans mon lit et essayai de décider si je devais répondre ou non à l'e-mail de Sadie.

Le problème, c'était que je ne savais pas quoi lui dire. Une partie de moi était tentée de lui avouer ce que je pensais de sa façon d'avoir manipulé ma fille, mais une partie plus importante savait que c'étaient des conneries. Elle n'avait jamais eu l'intention de blesser Birdie. Ça me mettait juste en colère qu'une inconnue jouant le rôle de quelqu'un qui n'existait pas soit capable de rendre mon enfant heureux, d'une manière dont je n'étais pas capable moi-même. Et même si les mensonges de Sadie étaient de mauvais goût, ce n'était pas le vrai problème.

Je savais que je ne pourrais pas dormir à moins de répondre à ce fichu message, alors, sans trop réfléchir, j'ouvris son e-mail et appuyai sur la touche permettant de répondre.

Chère Sadie,

J'apprécie que vous ayez pris le temps de tout m'expliquer.

Avouer que j'étais choqué d'apprendre l'étendue de vos échanges avec ma fille, bien qu'à distance, serait peu dire.

Et même si je ne comprends pas totalement le raisonnement vous ayant poussée à me laisser croire que vous étiez l'éducatrice canine, je ne pense plus que vos intentions étaient malveillantes. Alors, oublions cette partie.

Le vrai problème, c'est que votre absence inexpliquée a plongé ma fille dans une sorte de déprime. Je me fiche que ce fichu chien puisse sauter au-dessus de vous, s'asseoir ou se frotter à une tortue. Je veux juste voir ma fille heureuse. Et il est évident que votre présence ici, aussi brève fut-elle, l'a rendue heureuse, puisqu'elle avait trouvé quelqu'un à qui elle pouvait s'identifier. Je n'arrive pas à croire que je sois sur le point de dire ça. En fait, je vais peut-être devoir aller consulter… mais envisageriez-vous de revenir quelquefois pour « éduquer » Marmaduke ? De cette façon, vous pourriez planifier un départ plus doux que celui que je vous ai imposé. On pourrait dire à Birdie que vous avez eu besoin de faire une pause et que vous êtes revenue pour finir votre mission.

Je me rends compte que je suis sûrement aussi en train de devenir fou en vous suggérant ça. Je comprendrais tout à fait si vous ne souhaitez pas revenir, surtout après la façon dont je vous ai fichue dehors. Mais avec un peu de chance, vous comprenez pourquoi j'ai agi ainsi, étant donné ce que j'imaginais à ce moment-là. Quoi qu'il en soit, je suis désolé d'avoir été si dur avec vous en refusant de vous accorder la possibilité de vous expliquer.

Tenez-moi informé si vous acceptez ma proposition. Je vous paierai le double, même le triple, pour votre temps. En principe, vous n'aurez rien de plus à faire que garder

Marmaduke vivant. Puisque vous lui avez déjà sauvé la vie une fois, je vous fais confiance pour gérer ça. (J'ai fait de mon mieux pour détendre l'atmosphère et aller de l'avant.)

Cordialement,

Sebastian Maxwell

CHAPITRE 12

Sadie

J'étais sûrement plus nerveuse que la première fois que j'avais monté ces marches. Bien qu'aujourd'hui, je n'avais pas vraiment de raison de l'être. Tout avait été révélé. Sebastian et moi avions échangé quelques e-mails, et il m'avait invitée à revenir chez lui. Pourtant, pour une raison qui m'échappait, j'avais la trouille.

Je pris quelques grandes inspirations pour me détendre, puis je frappai. Un instant plus tard, Birdie ouvrit la porte. Son visage s'éclaira, et elle faillit me faire tomber quand elle enroula ses bras autour de ma taille pour me faire un câlin.

— Sadie ! Tu es revenue !

Même si nous n'en avions pas discuté, je m'étais dit que Sebastian avait dû prévenir sa fille que je serais de retour aujourd'hui.

— Salut ! Oui, je suis de retour. Tu ne savais pas que j'allais venir ?

La voix qui me répondit n'était pas celle de Birdie.

— J'ai pensé que ce serait une belle surprise pour elle, alors je n'en ai pas parlé.

Eh bien, nous étions deux à être surprises, alors. Parce que j'étais certaine que Sebastian allait s'absenter. Je me penchai pour enlacer Birdie, puis je levai les yeux vers lui. Il sourit, mais je pus lire l'hésitation sur son visage.

— Bonjour. Je ne m'attendais pas à ce que vous soyez là.

— Déçue ?

Bien au contraire. Même si je n'étais pas sûre de pouvoir incarner une éducatrice canine devant lui maintenant qu'il connaissait la vérité.

— Non, pas du tout, répondis-je en secouant la tête.

Marmaduke se glissa entre Sebastian et Birdie pour me sauter dessus. Il lécha mon visage avec sa grosse langue humide, ce qui fit rire la petite. Ce bruit me fit l'effet d'un baume posé sur la blessure qui ne m'avait pas quittée ces dernières semaines.

— Salut, mon pote, lançai-je en grattant les oreilles du chien. Moi aussi je suis contente de te voir. On dirait que tu as pris soixante centimètres en quelques semaines. Tu grandis trop vite.

Sebastian tira sur son collier.

— Couché, Marmaduke. *Platz !*

Étonnamment, il obéit.

— Euh, désolé pour ce qu'il a fait, s'excusa-t-il en observant ma poitrine. Son nouveau passe-temps est d'aller creuser dans les plantes. Je crois que c'est ce qu'il était en train de faire juste avant de venir.

Je baissai les yeux et aperçus deux énormes empreintes de pattes, une sur chaque sein. Je tentai d'essuyer mon T-shirt blanc.

— Ce n'est rien. Ça partira au lavage.

Sebastian fixa de nouveau les dégâts, puis secoua la tête et murmura quelque chose à voix basse, avant d'ouvrir grand la porte.

— Entrez.

Une fois dans le salon, il s'adressa à sa fille :

— Trésor, et si tu allais t'habiller ?

— D'accord ! accepta-t-elle en regagnant sa chambre en sautillant.

— Elle est contente de vous voir, déclara son père en croisant mon regard.

Je souris.

— C'est réciproque.

Ses yeux parcoururent mon visage, et j'eus le sentiment qu'il était en train d'évaluer ma sincérité. Il dut être satisfait de ce qu'il vit, car il hocha la tête.

— Merci d'avoir accepté de revenir.

— Je sais que je vous l'ai dit par e-mail, mais je suis vraiment désolée pour tout ce qui est arrivé. Un petit mensonge en a entraîné un autre, et très rapidement, je me suis retrouvée à ne plus savoir comment me sortir de là. Mais je vous le promets, je n'ai eu que de bonnes intentions envers votre fille.

— Juste envers ma fille ? demanda Sebastian en arquant un sourcil. Est-ce que ça veut dire que vos intentions ne sont pas bonnes envers moi ?

Euh, effectivement. J'ai de très mauvaises intentions vous concernant. Je sentis mes joues commencer à rougir. Heureusement, Birdie revint en courant, et j'en profitai pour me cacher le visage.

— Sadie, est-ce que tu sais faire des tresses ?

— Oui. Est-ce que tu veux que je t'en fasse une ?

— Oui, s'il te plaît ! se réjouit-elle en sautant sur place.

— Quel genre de tresse tu aimerais ?

Sebastian fronça les sourcils.

— Il y a plus d'une sorte de tresse ?

— Il y en a des centaines, répondis-je en riant.

Je me tournai vers Birdie.

— Que dirais-tu d'une tresse en épi de blé ? Ce sont mes préférées.

— J'adore les tresses en épi de blé ! s'exclama-t-elle en acquiesçant rapidement.

— Et si tu allais chercher une brosse ?

Lorsqu'elle quitta précipitamment la pièce, j'aperçus Sebastian en train de me fixer.

— Oh, mon Dieu, est-ce que j'ai fait une bêtise ? m'enquis-je en posant une main sur ma poitrine. J'aurais dû vous demander si vous étiez d'accord.

Il leva la main.

— Non, non, tout va bien. C'est gentil de votre part. J'ai toujours eu du mal avec les coiffures.

— Oh, d'accord. Si vous voulez, je pourrais vous montrer comment faire pendant que je la coifferai.

— En fait, ce serait super.

Quand Birdie revint avec une brosse, je m'assis sur le canapé, et elle se plaça entre mes jambes. Sebastian s'installa à côté de moi.

Bon sang, il sentait tellement bon. Je me demandai quel était son parfum. Il avait une odeur boisée, mais fraîche… peut-être avec une touche de cuir et de… c'était quoi, ça ? De l'eucalyptus ? Je pariais qu'il le rangeait dans la salle de bain. Je pourrais sûrement…

Bon sang, Sadie, qu'est-ce qui ne tourne pas rond chez toi ? me réprimandai-je intérieurement. *Tu es là pour Birdie. La dernière chose que tu dois faire, c'est te faire prendre en train de fouiller l'armoire à pharmacie.* Je me forçai à ignorer les phéromones qui flottaient dans l'air pour me concentrer sur les cheveux de Birdie.

Après les lui avoir démêlés, je les rassemblai en une couette, puis les divisai en deux mèches égales. Je soulevai la première et débutai les explications.

— Vous prenez juste un peu de cheveux de ce côté-là, et vous les faites passer par ici, avant de les ajouter au côté intérieur, comme ceci, indiquai-je en lui faisant la démonstration.

— D'accord.

— Je vous montre encore quelques fois, et ensuite, vous pourrez essayer.

Sebastian m'observa faire, alors que la tresse prenait un motif symétrique. Je poursuivis jusqu'à ce qu'il puisse voir pourquoi elle ressemblait à un épi de blé.

— Je comprends pourquoi elle s'appelle comme ça, indiqua-t-il.

Je souris.

— Birdie, est-ce que tu permets qu'on prenne quelques minutes supplémentaires pour que ton père puisse essayer ?

— Ses tresses sont pires que ses pancakes, répondit-elle en riant. Mais d'accord.

Je défis ce que je venais de faire et passai mes doigts dans ses cheveux tout en m'adressant à Sebastian.

— Birdie m'a dit que vous possédiez un restaurant. Comment se fait-il que vous ne fassiez pas de délicieux pancakes ?

Il prit un air grave.

— Ma femme était cheffe. Je gérais la partie commerciale du restaurant.

— Oh, je suis désolée, m'excusai-je en fronçant les sourcils.

Il hocha la tête.

— Bon, eh bien, je vais me pousser et vous allez pouvoir essayer.

Je laissai ma place à Sebastian pour qu'il puisse s'installer derrière sa fille, puis je m'approchai pour regarder et lui donner des instructions étape par étape.

— Séparez la queue de cheval en deux, prenez une petite mèche, et faites-la passer par ici pour l'ajouter sur le côté intérieur, comme je vous l'ai montré.

Il prit les cheveux de la petite, les sépara, mais il n'alla pas plus loin. Il s'accrochait aux mèches en riant.

— Je n'ai absolument rien compris.

Je souris, puis couvris sa main avec la mienne pour pouvoir guider ses mouvements et lui permettre de sentir le geste à faire pour réaliser la tresse. C'était tout à fait innocent, mais sentir ses mains sous les miennes était absolument grisant. Ça me secoua tellement que j'en oubliai comment faire cette tresse moi-même.

— Euh, vous mettez celle-ci par ici… non, attendez… ce n'est pas ça… elle va plutôt par là.

Honnêtement, il fallait que je le lâche si je voulais laisser une chance à Birdie de sortir d'ici sans qu'elle donne l'impression qu'un rat avait fait son nid dans ses cheveux.

Sebastian essaya sérieusement de continuer sans moi, mais il était totalement perdu.

Il finit par soupirer.

— Je vais vous laisser faire, sinon on va y passer la journée.

— Oui, il vaut peut-être mieux.

Je m'apprêtai à me réinstaller derrière Birdie, alors Sebastian et moi nous levâmes pour échanger nos places. Nous tentâmes tous les deux de contourner l'autre du même côté, alors je finis par le percuter.

— Désolé.

— C'est ma faute, ajoutai-je en souriant.

Je me décalai sur la gauche et Sebastian sur la droite, alors nous nous retrouvâmes dans la même situation. Cette fois-ci, ses yeux se posèrent sur mes lèvres, avant de pouvoir réussir la manœuvre.

Avais-je imaginé ce qui venait de se passer ? Non, je ne pensais pas.

Il se racla la gorge une fois que j'eus repris ma place derrière sa fille.

— Je vais… donner un peu d'eau à Marmaduke avant qu'on sorte.

S'il s'était vraiment passé ce que je pensais, Birdie semblait n'avoir rien vu.

— Tu vois, je te l'ai dit, déclara-t-elle. Pire que les pancakes.

Son père n'étant plus dans la pièce, je pus tresser les cheveux de Birdie en seulement quelques minutes, et elle courut se regarder dans le miroir dès que j'eus fini.

— C'est trop beau. Peut-être que tu pourrais m'apprendre à le faire toute seule. Je ne pense pas que papa soit très doué pour ça.

— Bien sûr, ça me semble être une meilleure idée.

— Il y a eu un imprévu au restaurant, annonça Sebastian en revenant de la cuisine. Je dois passer quelques appels. Allez promener Marmaduke toutes les deux et je vous rejoindrai pour la séance quand vous rentrerez.

— D'accord, papa !

J'ignorais pourquoi, mais j'eus la nette impression que cette histoire d'imprévu au restaurant était fausse. Cependant, il m'avait laissée revenir dans sa vie, alors je n'allais rien faire de stupide.

— On sera de retour d'ici une vingtaine de minutes, l'informai-je en lissant mon pantalon.

Une fois à l'extérieur, je tins la laisse du chien, et Birdie marcha à côté de moi.

— Je pensais que tu ne reviendrais pas, avoua-t-elle.

— Je suis désolée. J'ai eu... un imprévu. Je ne voulais pas te décevoir quand j'ai dû arrêter de venir.

Elle haussa les épaules.

— Ce n'est rien. Je suis juste contente que tu sois revenue.

— Alors, quoi de neuf ? Comment se sont passées ces dernières semaines avec Marmaduke ?

Birdie gloussa.

— Il a mangé la couverture du lit de papa, et il y avait des plumes partout. On aurait dit qu'il y en avait un million.

— Oh, mon Dieu. Comment il a réagi ?

— Il était en colère. Ce soir-là, je l'ai entendu dire à la dame qu'il voulait emmener Marmaduke dans une ferme loin d'ici.

— La dame ?

— Parfois, mon père parle à une dame le soir. Il le fait dans sa chambre parce qu'il croit que je ne l'entends pas.

Nous arrivâmes au coin de la rue, et je tendis la main pour m'assurer que Birdie ne continue pas d'avancer au feu rouge. En attendant que le bonhomme passe au vert, je creusai un peu plus.

— Cette dame est une amie à lui ?

— Il l'a trouvée sur Internet.

Je dus réprimer un rire.

— Sur Internet ? Comment ça ?

— Je crois qu'il cherche ma nouvelle maman, m'éclaira-t-elle en fronçant les sourcils. Une fille de mon école, Suzie, a dit que son père a acheté sa nouvelle femme en Russie.

J'écarquillai les yeux.

— Il a fait quoi ?

— Apparemment, sa maman lui a dit que son papa avait reçu sa femme par la poste, expliqua-t-elle en haussant les épaules. Elle vient de Russie.

— Chérie, je pense que la mère de Suzie dit ça ironiquement.

— Iro... quoi ?

— Ironiquement, répétai-je en souriant. Ça veut dire qu'elle plaisante, elle dit ça pour être drôle.

— Oh. Alors son père n'a pas vraiment acheté sa femme en Russie ? Je suppose que c'est logique. Parce que s'il voulait s'en acheter une, il en aurait probablement choisi une de son âge, pas vrai ? La belle-mère de Suzie est très jeune.

Ou alors... le père de Suzie a vraiment acheté sa femme. Quoi qu'il en soit, cette conversation avait pris une tournure étrange.

— Qu'est-ce qui te fait penser que ton père cherche une nouvelle femme ?

— Il y a quelques semaines, j'ai écouté à sa porte le soir, et je l'ai entendu lui dire qu'il voulait être clair sur ce qu'il recherchait, et qu'il ne voulait pas sortir avec elle.

Oh oh.

— Est-ce qu'il a dit ce qu'il recherchait ?

— Non, mais s'il ne veut pas sortir avec cette dame, alors qu'est-ce qu'il voudrait d'autre ?

Hors de question que j'aborde ce sujet. Peut-être qu'il était temps de parler d'autre chose. D'après ses lettres, je savais que cette Suzie était une fille de son école qui n'avait pas été gentille avec elle, alors je me dis que ce serait l'occasion de voir comment les choses allaient dans ce domaine.

— Est-ce que... Suzie est une amie à toi ?

Birdie fronça son petit nez comme si elle avait senti du poisson pourri.

— Pas du tout. Elle est horrible.

— Comment ça ?

— Elle se moque de tout le monde. De ce qu'ils portent, de leurs cheveux, et même des livres que les élèves choisissent à la bibliothèque pendant le temps calme.

Le bonhomme passa au vert, et nous traversâmes la rue.

— Tu sais pourquoi Suzie est méchante avec les autres ?

— Parce que son âme est noire ?

— Où as-tu entendu parler des âmes noires ? demandai-je en riant.

— En cours de religion. Enfin, ils ne nous parlent pas des âmes noires, mais ils disent que les gens bien ont des âmes pures. Et c'est le blanc qui est pur, alors je me suis dit que la sienne devait être noire.

Eh bien, sa logique était plutôt bonne. Toutefois, je voulais ramener la conversation à la vraie raison pour laquelle certains enfants brimaient les autres.

— En fait, en général, les enfants méchants ne s'aiment pas vraiment. Ils rabaissent les autres pour essayer de se sentir mieux dans leur peau.

Birdie s'esclaffa en entendant ça.

— Suzie s'aime énormément. Elle se croit meilleure en tout.

— C'est ce qu'elle *veut* te faire croire. Mais je te parie qu'au fond d'elle, elle va mal.

— Je ne sais pas...

Visiblement, elle n'était pas convaincue.

— Laisse-moi voir si je peux deviner quelques petites choses sur Suzie.

— D'accord…

— Est-ce qu'elle se préoccupe beaucoup de son apparence ? Du genre, est-ce qu'elle est toujours bien coiffée ? Est-ce qu'elle porte de belles tenues tous les jours, au lieu de mettre parfois un jogging et un T-shirt froissé comme nous autres ?

— Oui. Elle est *toujours* parfaite.

— Et est-ce qu'elle fait partie d'un groupe de filles qui se déplacent toujours ensemble ?

— Oui.

— Est-ce qu'elle lance des rumeurs sur les élèves ?

— Comment tu sais ça ? m'interrogea Birdie en tournant brusquement la tête vers moi. La semaine dernière, elle a dit à tout le monde qu'Amelia Aster mettait des couches pour dormir parce qu'elle fait pipi au lit. Mais c'est faux. Je suis amie avec Amelia et j'ai déjà dormi chez elle.

— Tu vois… Je sais tout ça, car ce sont les signes classiques des pestes qui ne s'aiment pas beaucoup.

— Il y en avait aussi dans ton école ?

— Bien sûr. Et j'ai même trouvé ce qui fonctionnait le mieux pour les faire arrêter de s'en prendre à moi.

— Quoi donc ?

— Il faut leur sourire.

— Leur sourire ? répéta-t-elle, l'air confus.

— Oui. Dès qu'une peste me disait quelque chose de méchant, je lui répondais par un sourire. Après un certain temps, à force de ne plus avoir de réaction de ma part, elle me laissait tranquille.

Un chat errant apparut de nulle part. Malheureusement, Marmaduke le vit avant moi, donc je n'étais pas préparée au moment où il déguerpit en courant. Ma main était enroulée autour de la laisse, alors il m'emporta avec lui.

— Marmaduke ! *Non ! Stop !*

Il ne m'écouta pas. Je courus devant six ou sept maisons en criant comme une folle pour tenter de suivre le mouvement. Ce fichu chien était sacrément rapide.

— *Nein !* hurla Birdie en me rattrapant.

Marmaduke s'arrêta aussitôt.

— Oh, mon Dieu. Merci. Je n'en reviens pas qu'il t'ait écoutée, observai-je en posant ma main sur mon cœur battant.

— J'ai travaillé avec lui tous les jours.

— Waouh, c'est génial. Tu t'es clairement bien débrouillée.

Birdie rayonna.

— Merci.

Le reste de la promenade se déroula sans encombre, et nous rentrâmes chez les Maxwell après environ vingt minutes.

— Comment c'était ? demanda Sebastian à sa fille.

— Bien. Marmaduke a essayé de chasser un chat.

Son père jeta un coup d'œil dans ma direction et fronça les sourcils.

— Comment ça s'est passé ? s'enquit-il.

— Eh bien, pour être honnête, pas très bien. Il m'a prise au dépourvu et je n'ai pas réussi à le maîtriser. Mais Birdie est parvenue à l'arrêter.

Elle haussa les épaules.

— Ce n'était pas grand-chose. C'est Sadie qui lui a appris cet ordre. Je n'ai fait que le hurler.

Sebastian m'offrit un sourire chaleureux, et mon cœur rata un battement.

Bon sang, je suis tendue aujourd'hui. Je détachai la laisse du collier de Marmaduke, et il fit quelques pas avant de s'étendre sur le tapis. Il comptait sûrement faire la sieste.

— Je pense que ce chien est suffisamment épuisé à présent, alors est-ce qu'on peut commencer ? J'ai pensé qu'on pourrait travailler sur « pas bouger » et « couché ». J'ai dû regarder une centaine d'heures de vidéos pour apprendre des techniques concernant ces deux ordres en particulier.

Sebastian resta dans la pièce, mais il s'assit sur le côté et me laissa gérer la séance avec Birdie. De temps à autre, je jetais un coup d'œil dans sa direction et je voyais qu'il nous observait. Après plus d'une heure de travail, il regarda sa montre et se leva.

— Je crois que vous avez dépassé l'heure prévue.

— Ce n'est pas grave. Ils se sont bien débrouillés aujourd'hui, vous ne trouvez pas ?

— C'est certain, confirma-t-il en nous rejoignant, avant de s'accroupir devant sa fille. Tout ce travail mérite bien une glace. Est-ce que ça te dirait d'aller chez Emack & Bolio avant que je parte au travail ?

— Oui ! s'exclama Birdie en affichant un grand sourire.

— Très bien. Commence par laver tes mains... et utilise du savon, d'accord ?

— D'accord, papa !

Birdie se tourna vers moi.

— Sadie, tu veux venir ? Ils font de la glace violette, et elle est encore plus belle avec des céréales dessus.

— Euh, ça a l'air délicieux, mais je devrais probablement y aller.

Elle fronça les sourcils.

— OK, mais tu vas revenir, hein ?

— Oui, sans aucun doute, confirmai-je en souriant.

— Quand ?

— Je verrai ça avec ton papa pendant que tu te laveras les mains.

La petite enroula ses bras autour de ma taille et me serra contre elle.

— Merci d'être revenue.

Cette fillette me faisait vraiment fondre. Je me penchai et tirai doucement sur sa tresse.

— Merci pour tous les efforts que tu as faits pendant les quelques semaines où je n'ai pas pu venir. Je suis très fière de toi.

Elle partit à la salle de bain, et son père afficha une drôle d'expression.

— Quoi ? demandai-je en essuyant ma joue. Marmaduke m'a encore salie ?

— Non, c'est juste que... Vous partagez un lien très fort, toutes les deux. Honnêtement, elle n'avait pas créé de lien avec une autre femme depuis la mort de sa mère.

— Est-ce qu'il y a... d'autres femmes dans sa vie ?

— Elle a une tante qui vit à Jersey. Elle nous rend visite de temps en temps et lui apporte toujours un cadeau attentionné, mais... je ne sais pas... ce que vous partagez toutes les deux est différent.

Je souris.

— Moi aussi je me sens proche d'elle. J'espère que ça ne vous dérange pas.

— Non, en fait, c'est super, déclara-t-il en glissant ses mains dans ses poches et en baissant les yeux. Je suppose que je ne me suis rendu compte que dernièrement à quel point il manquait une femme dans sa vie.

Une femme dans sa vie... Ça me rappela quelque chose.

— Vous pensez qu'on peut discuter dehors un instant ? l'interrogeai-je en désignant la porte d'un signe de tête.

— Oui, bien sûr, accepta-t-il en fronçant les sourcils.

Une fois à l'extérieur, la porte fermée derrière nous, je ne sus pas vraiment comment aborder le sujet.

Sebastian attendait que je formule mes pensées, l'air troublé.

— Est-ce que tout va bien ? s'enquit-il.

— Oui, tout va bien. C'est juste que... Birdie m'a dit quelque chose, et je pense que vous devriez le savoir.

— Quoi donc ?

— Eh bien, apparemment, elle sait que vous parlez à une femme le soir, sur Internet.

Son visage s'assombrit.

— *Merde.* Que vous a-t-elle dit exactement ?

— Elle croit que vous essayez d'acheter une nouvelle femme... une nouvelle mère pour elle.

— Quoi ? répliqua-t-il, les yeux écarquillés. Pourquoi penserait-elle ça ?

— Parfois le soir, elle écoute vos conversations derrière la porte de votre chambre. Elle vous a entendu dire à une femme que vous ne vouliez pas sortir avec elle, alors elle s'est dit que vous cherchiez une épouse et non pas un simple rencard.

Sebastian ferma les yeux et secoua la tête.

— Je voulais dire que je cherchais...

Il ouvrit les yeux et son regard croisa le mien.

— Je rencontre de temps en temps des femmes en ligne. J'essaie d'être franc à propos de... Eh bien, quand j'ai dit que je ne voulais pas sortir avec elle, je voulais dire que je ne voulais pas de relation émotionnelle.

Il fronça les sourcils.

— Je ne veux rien de plus que la partie physique, si vous voyez ce que je veux dire.

— Oui, bien sûr. C'est ce que j'en ai déduit, mais je ne l'ai pas expliqué à Birdie parce qu'évidemment, ce n'était pas à moi de lui dire que son père cherchait juste un coup d'un soir.

Sebastian passa une main dans ses cheveux.

— Il n'y en a pas eu beaucoup. Je ne veux pas que vous pensiez...

— Pas besoin d'explications, l'interrompis-je en levant les mains. Nous sommes des adultes. Avec des besoins. Croyez-moi, je comprends.

Je ris nerveusement.

— Ou peut-être que je comprends parce que justement, j'en aurais bien besoin aussi.

— Passage à vide ? déduisit Sebastian en arborant un sourire.

— Le profil des personnes aimant ma page sur les sites de rencontres ressemble à un registre des délinquants sexuels.

Ma remarque nous fit rire tous les deux.

— Oui, ce n'est pas facile.

Sebastian parcourut rapidement mon corps du regard, avant de croiser de nouveau le mien. Lorsqu'il s'aperçut que je l'avais vu me reluquer, il se racla la gorge.

— Alors... on se revoit quand ?

Formulation intéressante.

— Même jour, même heure, semaine prochaine ?

— Ce serait parfait. Et merci de m'avoir prévenu que Birdie m'espionnait. C'est gentil.

— Pas de souci. À la semaine prochaine.

Je descendis les marches et m'éloignai. Plus j'avançais, plus j'avais envie de me retourner pour voir si Sebastian me regardait. Avant de tourner au coin de la rue, je cédai et jetai un coup d'œil en arrière. Il n'avait pas bougé de l'endroit où je l'avais laissé.

Je soupirai. *Non, ce n'est pas facile. Mais ça ne me dérangerait pas de me jeter sur cet homme.*

CHAPITRE 13

Sebastian

— Elle est belle, n'est-ce pas ?

— Mmmh ?

Je fis semblant de ne pas avoir entendu la question de Magdalene. Nous étions seuls à la cuisine puisque Sadie et Birdie étaient parties au parc avec Marmaduke.

Nous n'avions pas fixé de jour particulier pour les séances de Sadie. Elle avait en quelque sorte accepté de venir dès que son emploi du temps le lui permettait. Il s'avérait que nous étions dimanche, et c'était la deuxième visite de Sadie depuis son retour. Nous n'avions pas discuté d'une date de fin, mais elle n'avait pas l'air pressée d'arrêter de venir. Tant que Birdie était heureuse, je ne serais pas à l'origine de la fin de cet arrangement.

— Sadie. Elle est très jolie, répéta-t-elle.

Comme si je ne l'avais pas entendue la première fois.

Je bus une dernière gorgée de café.

— En fait, je suis en retard à un rendez-vous avec un fournisseur d'huile d'olive importée au restaurant, alors...

— Vous essayez de changer de sujet. Je comprends.

Je me figeai juste au moment de sortir de la cuisine, puis me tournai.

— Vous vouliez que je dise quoi ? Bien sûr qu'elle est belle.

— Et gentille... ajouta-t-elle en essuya le plan de travail. Et elle a l'air d'être quelqu'un de bien.

— Où voulez-vous en venir, Magdalene ?

— Nulle part... J'ai juste remarqué que vous... la regardiez, et...

— Au revoir, Magdalene.

Je souris pour qu'elle voie que je n'étais pas en colère, mais il fallait que je mette un terme à ce sujet de conversation.

Le fait qu'elle m'ait surpris en train de reluquer Sadie n'était pas une bonne nouvelle. J'avais d'ailleurs pris sur moi pour ne *pas* le faire, mais ce n'était pas facile. Il était compliqué de ne pas la regarder, de ne pas admirer sa beauté naturelle dès que nous nous trouvions dans la même pièce. Sadie était séduisante sans aucun effort. Elle n'avait pas besoin de maquillage. Sans parler de son corps. Il était parfait. Oui, je l'avais remarqué aussi. *Rajoutez-en une couche, Magdalene.*

Après être passé par mon bureau pour récupérer mes clés et mon portefeuille, j'étais sur le point de passer la porte d'entrée quand elle m'arrêta une nouvelle fois.

— Monsieur Maxwell ?

— Oui ? répondis-je en me tournant.

Elle baissa les yeux.

— C'est juste que... ça fait quatre ans, et je me demande si...

— Je comprends que vous avez de bonnes intentions, mais je ne veux pas être en couple... ni chercher une remplaçante. Personne ne prendra jamais le rôle d'Amanda. C'est ce que vous sous-entendiez ?

— Bien sûr que non. Mais vous méritez d'être heureux... et c'est ce qu'aurait voulu madame Maxwell.

Je ris.

— Madame Maxwell n'aurait pas été heureuse de me voir reluquer la jolie blonde qui vient éduquer notre chien, Mags. Si vous pensez le contraire, c'est que vous ne connaissiez pas très bien ma femme.

— Je suis désolée, s'excusa-t-elle en secouant la tête. Je n'aurais pas dû être indiscrète.

— Je sais que vous vouliez bien faire, mais j'ai enfin trouvé un équilibre, et il n'inclut rien de sérieux en matière de relations amoureuses. J'ai à peine assez de temps pour ma fille.

Elle ferma les yeux et acquiesça.

— Compris. Tant que vous êtes heureux.

Je n'allais pas relever ce commentaire. « Heureux » n'était pas vraiment le mot approprié. Mon état était stable, peut-être. Je tenais le coup, sûrement. Je n'avais pas encore fait brûler la maison, certainement. Mais est-ce que j'étais heureux ? Je n'avais pas le temps de l'être. Le bonheur n'habitait plus ici.

Magdalene était présente dans notre famille depuis très longtemps. Quand elle ne surveillait pas Birdie, elle faisait le ménage et cuisinait pour nous.

À ce stade, elle était la seule constante dans nos vies. Elle en savait aussi beaucoup trop. J'étais conscient qu'elle avait trouvé les préservatifs dans mon tiroir à sous-vêtements, parce qu'une fois, elle avait refermé le paquet avec soin. Manifestement, elle était au courant que je n'étais pas abstinent. Peut-être que ça lui donnait le mauvais message, qu'elle pensait que puisque mon sexe fonctionnait à nouveau, il y avait sûrement de l'espoir pour mon cœur. Toutefois, ça ne fonctionnait pas comme ça. Visiblement, Birdie n'était pas la seule à souhaiter la présence d'une « amie spéciale » par ici.

***

Plus tard ce soir-là, ma fille arriva en courant dans le bureau, où j'étais en train de faire un travail d'inventaire pour Bianco's.

— Papa... il faut que tu appelles Sadie, déclara-t-elle d'un air paniqué.

— Pourquoi ?

— Elle a oublié son iPad mini, révéla-t-elle en levant la tablette qu'elle avait dans les mains.

Je lui pris l'objet pour y jeter un coup d'œil.

— Oh, eh bien, je suis sûr qu'elle pourra s'en passer jusqu'à sa prochaine visite.

— Non ! Elle m'a dit qu'elle l'utilisait pour son travail. Elle prend toutes ses notes dessus. Tu sais, par rapport à ses rendez-vous. Elle m'a laissée l'emprunter pour regarder quelque chose sur son compte Hulu pendant qu'elle discutait avec Magdalene. Je l'ai posée pour aller voler des biscuits dans le placard pendant qu'elles ne regardaient pas. Ensuite, j'ai parlé avec elles dans la cuisine, et elle est partie sans la récupérer. Je viens seulement de voir que je l'avais laissée dans ma chambre.

Je poussai un soupir las.

— D'accord. J'ai son numéro, je vais l'appeler. Je lui dirai qu'elle est ici si elle veut passer la chercher.

— Merci, papa.

Elle enroula ses bras autour de mon cou, et je serrai son petit corps contre moi.

— Va dormir, il est tard, ajoutai-je en caressant son dos.

Birdie quitta la pièce, et j'entendis ses pas dans le couloir.

Je fixai le téléphone dans mes mains pendant plusieurs secondes, avant de faire défiler l'écran jusqu'au nom de Sadie.

Lorsqu'elle décrocha, j'entendis beaucoup de bruit en arrière-plan.

— Allô ? finit-elle par prononcer.

— Bonsoir... c'est Sebastian Maxwell.

— Oh, bonsoir, répondit-elle en couvrant les bruits étouffés. Tout va bien ?

On aurait dit qu'elle se trouvait dans un restaurant bondé ou un bar.

— Je vous appelle parce que vous avez oublié votre iPad à la maison. Birdie a insisté pour que je vous prévienne.

— Oh, mince, c'est vrai. Je l'ai laissée l'emprunter et j'ai complètement oublié de le reprendre avant de partir.

— Bon, je ne vous retiens pas plus longtemps. Je voulais juste vous prévenir qu'il était là si jamais vous le cherchiez.

— Ça vous dérange si je passe le chercher ce soir ?

Je ne m'attendais pas à ça, alors j'hésitai.

— Pas du tout.

— Merci. Désolée pour le dérangement. Je peux être là d'ici une demi-heure.

— D'accord, acceptai-je en passant une main dans mes cheveux.

— Super, merci. À tout à l'heure.

Après avoir raccroché, je restai à mon bureau, à secouer nerveusement mes jambes, à basculer sur mon fauteuil, à jouer avec mon stylo et à chiffonner du papier. Tout sauf me concentrer sur mon travail. Je finis par laisser tomber, et je me rendis au salon avec l'iPad en prévision de l'arrivée imminente de Sadie.

Lorsqu'elle frappa enfin à la porte, rien n'aurait pu me préparer à ce que je vis de l'autre côté. En l'ouvrant, je me retrouvai face à Sadie qui portait une petite robe noire, avec seulement une cape de fourrure sur les épaules. Ses bottes en cuir lui arrivaient aux genoux, et ses longs cheveux blonds étaient plus ondulés que d'habitude. Elle était extrêmement sexy, et honnêtement, j'eus le souffle coupé un instant. Mon regard s'attarda sur ses yeux. Un lampadaire les éclairait juste assez pour faire briller le bleu de ses iris dans le noir. Putain, elle était magnifique. L'image de ces yeux en train de me fixer alors qu'elle se trouvait sous moi me traversa l'esprit. *Sérieusement, Sebastian ?*

Elle avança de quelques pas, même si je ne l'avais pas vraiment encore invitée à entrer. Toutefois, il faisait froid dehors, alors j'aurais fini par le faire.

— Vous êtes sacrément bien habillée. Un rendez-vous galant ce soir ?

Elle baissa les yeux sur son corps, et sembla presque gênée par sa tenue.

— Oh, mon Dieu. Non. *J'étais* à un rendez-vous. Ou plutôt… à une mission pour le travail. Pas un vrai rencard.

— Ah, j'aurais dû m'en douter.

— J'y étais quand vous m'avez appelée. Je vous avoue que c'était l'excuse parfaite pour pouvoir m'échapper.

— Pas étonnant que vous ayez été tellement pressée de venir récupérer votre iPad si tard. Encore un vainqueur, c'est ça ?

— Disons juste qu'il est allé aux toilettes un nombre incalculable de fois. Soit il avait une diarrhée terrible, soit il est toxico. Quoi qu'il en soit, j'en ai suffisamment vu.

— Ouch, répliquai-je en éclatant de rire.

— Oui, espérons juste qu'il se soit lavé les mains avant de les mettre dans la corbeille à pain.

Elle soupira.

— Bref… Je vais récupérer mon iPad et reprendre mon chemin.

— Oh. Il est juste là.

Je me grattai la tête, pris d'un soudain trou de mémoire.

J'allai le chercher après l'avoir repéré sur la table basse, mais je trébuchai dans la manœuvre. La présence de Sadie me rendait nerveux.

— Merci encore, souffla-t-elle en prenant l'objet que je lui tendis enfin. Je n'en reviens pas de l'avoir laissé ici. Si je n'avais pas toutes mes notes du début de la semaine dessus, j'aurais pu attendre ma prochaine visite pour le reprendre, mais j'ai une deadline à respecter.

Elle regarda par-dessus mon épaule.

— Je suppose que Birdie dort.

— Oui. Ou alors, elle fait semblant jusqu'à ce qu'elle décide de sortir en douce de sa chambre pour venir voler quelques gâteaux.

— Évidemment, confirma-t-elle en souriant, et tout son visage s'éclaira.

Puis son sourire disparut, et elle recula en direction de la porte.

— Bon, je vais vous laisser tranquille. Merci encore.

Elle s'attarda un peu, comme si elle n'était pas encore prête à partir.

Dès qu'elle se retourna, je ressentis un sentiment étrange, comme si la température venait de baisser de plusieurs degrés. Et bon sang, je voulais que la chaleur revienne.

Ne fais pas ça.

Ne fais pas ça.

— Sadie… l'arrêtai-je.

— Oui ? demanda-t-elle en se retournant aussitôt.

— Il fait froid dehors. En général à cette heure-ci, je fais du thé… pour essayer de me détendre et de décompresser. Est-ce que ça vous dirait de rester pour en boire un avec moi avant de repartir ?

Et revoilà ce sourire.

— Après la soirée que j'ai passée… une tasse de thé bien chaud me semble être une bonne idée.

— Super. Je, euh, je promets de ne pas aller aux toilettes toutes les deux minutes.

— Sérieusement, qui fait ça ? répliqua-t-elle en s'esclaffant.

Sadie me suivit jusqu'à la cuisine et s'assit à table. Je remplis la bouilloire avec de l'eau filtrée du robinet, avant de poser deux tasses sur le comptoir.

— J'ai du thé noir, ça ira ? lui proposai-je.

— Oui. Je peux boire de la théine en soirée sans avoir de soucis pour m'endormir.

— Moi aussi. Même du café.

— Pareil, ajouta-t-elle en souriant.

— Vous prenez du lait... ou du sucre ? J'ai aussi du miel.

— Juste un peu de lait, merci.

En attendant que l'eau se mette à bouillir, je m'appuyai contre le granite et croisai les bras.

— Alors, combien de fois par semaine faites-vous vos *recherches* ?

— Vous voulez savoir combien de rendez-vous désastreux je subis ? rectifia-t-elle en riant. Quelques-uns, tout au plus. C'est bien suffisant. C'est franchement effrayant, tout ça.

Je me sentis étrangement protecteur envers elle.

— Vous les rencontrez toujours en public, n'est-ce pas ?

— Toujours.

Pour être honnête, j'étais surpris qu'elle ne trouve pas quelqu'un qui lui plaise.

— Vous savez... je suis étonné que vous n'ayez pas de chance de ce côté. Vous êtes clairement séduisante, intelligente... Pourquoi tous ces mecs minables ?

— Sincèrement, c'est New York, le problème. Il y a plus de femmes que d'hommes ici, alors ça rend les choses plus délicates. Les bons ne sont pas faciles à trouver, et ils ont l'embarras du choix. Quand je ne travaille pas, j'évite tout bonnement de sortir.

— J'ai rencontré ma femme à l'université, alors je n'ai jamais eu à m'inscrire sur des sites de rencontres. C'est l'une des choses que j'aimais dans le mariage, de ne pas avoir à me soucier de toute cette logistique.

— Ça prend énormément de temps.

La bouilloire se mit à siffler, alors je préparai son thé. Je versai une touche de lait, puis l'eau chaude, avant de faire infuser le sachet.

Je posai les tasses sur la table et m'assis.

— Merci, déclara-t-elle en soufflant sur le liquide.

— Alors, tout s'est bien passé aujourd'hui avec l'animal? demandai-je.

— Vous parlez du chien, et pas de l'énergumène que j'ai rencontré ce soir, n'est-ce pas?

— Oui, je faisais référence à Duke.

— Duke, répéta-t-elle en recrachant presque son thé. J'adore ce surnom.

Elle regarda autour d'elle.

— D'ailleurs, où est-il?

— Il dort en même temps que Birdie. Est-ce que ça vous surprend?

— Absolument pas. C'est trop mignon, observa-t-elle d'un air rayonnant. Et oui, cette journée a été l'une des meilleures. Il écoute tellement bien Birdie à présent, ce qui était le but de tout ça, pas vrai?

— Vous êtes sûre ? Je pensais qu'au départ, le but était de… sauver une barrette papillon, non ? la taquinai-je.

Son visage rougit, ce qui était sacrément adorable. Elle baissa les yeux sur sa tasse en secouant la tête.

— Je l'ai bien cherché.

— Je plaisante. Vous le savez, n'est-ce pas ?

— Au moins, vous en riez et n'appelez pas la police.

— Je ne l'aurais pas fait. C'était une menace en l'air.

— C'est déjà ça.

— Vous serez ravie d'apprendre que je repense parfois à ce qui s'est passé, et que je rigole face au ridicule de la situation, avouai-je en éclatant de rire subitement. Quand vous avez découvert qu'il était censé apprendre des ordres en allemand… vous avez dû paniquer intérieurement.

Elle riait aussi à présent.

— Vous n'imaginez même pas.

— Je dois vous féliciter d'avoir tenté de vous y attaquer. Ça demande un sacré courage.

— Du courage et un brin de folie.

Nos regards se croisèrent un instant. Je me sentais vraiment bien à ses côtés. J'avais toujours eu l'impression de la connaître, alors que je savais que je ne l'avais jamais rencontrée avant toute cette histoire avec Birdie. En parlant de ma fille, j'avais des tas de questions à poser à Sadie pendant que j'avais son attention. Même si je ne voulais pas me montrer trop intrusif, je tentai ma chance :

— Vous permettez que je vous demande votre avis sur quelque chose ?

— Bien sûr. Je pense avoir réussi à sauver quelques neurones malgré mon rencard de ce soir. Je serais ravie de vous offrir ceux qui restent.

— D'accord, c'est gentil, répondis-je en riant.

— Qu'y a-t-il? demanda-t-elle après avoir bu une gorgée de son thé.

Je posai mon menton sur mon poignet.

— Je sais que vous avez dit que votre mère est morte quand vous aviez six ans et demi, tout comme Birdie. En repensant à votre enfance seule avec votre père, qu'est-ce que vous auriez aimé que votre père fasse différemment?

Elle hocha plusieurs fois la tête en réfléchissant.

— C'est une question intéressante. Je comprends pourquoi vous vous demandez ça étant donné que vous êtes dans la même situation.

— Vous avez la chance d'avoir du recul. J'essaie simplement d'éviter de faire des erreurs dans l'avenir que je pourrais nous épargner. Birdie est encore si jeune. Je n'imagine pas comment ce sera quand viendra l'adolescence. S'il y a un moyen de prendre les devants...

Elle avait l'air de se concentrer, comme si elle avait du mal à trouver une réponse qui pourrait me satisfaire.

— Je ne peux pas dire que je changerais quelque chose en particulier sur la façon dont mon père a géré les choses avec moi. J'ai toujours été consciente qu'il faisait de son mieux. Qu'aurais-je pu demander de plus? Ce que les parents ont du mal à comprendre parfois... c'est que leurs enfants peuvent lire en eux. Je savais toujours quand mon père était déprimé, même quand il essayait de me le cacher. J'aurais vraiment aimé qu'il prenne plus de temps pour lui sans s'inquiéter de savoir comment tout ça pourrait m'affecter. Nous, les filles… on est plus fortes que vous ne le pensez. Et au bout du compte, on veut juste voir nos pères heureux. Parce que c'est ce qui nous rend heureuses aussi.

— Je vois, murmurai-je. D'accord.

On disait toujours que les gens entraient dans nos vies pour une raison. Peut-être que Sadie et moi étions voués à nous rencontrer parce que son expérience personnelle reflétait la nôtre. Je n'avais jamais croisé quelqu'un qui comprenait notre situation aussi bien qu'elle. Lui parler m'apporta un vrai sentiment de réconfort et me fit me sentir moins seul. C'était une première depuis la mort d'Amanda.

— Birdie voit tous vos efforts et à quel point vous l'aimez. Et elle peut aussi sentir quand vous allez mal.

— Je commence à m'en rendre compte de plus en plus.

Sadie m'adressa un sourire compatissant.

— Quand on a diagnostiqué un cancer à mon père, je…

— Attendez… votre père aussi a eu un cancer ?

Je n'avais pas voulu l'interrompre, mais j'étais choqué de l'apprendre.

— Oui. On lui a diagnostiqué un cancer du côlon pendant mon adolescence. Difficile à croire, hein ? Dieu merci, il est en rémission à présent.

Je secouai la tête, incrédule.

— Je n'imagine même pas à quel point vous avez dû avoir peur… et lui aussi.

— C'est vrai. Ça a remis ma foi en question. Je ne comprenais pas comment ça pouvait m'arriver deux fois. Mais j'ai fait de mon mieux pour ne pas m'apitoyer sur mon sort. Il avait besoin de toute ma force pour traverser cette épreuve, pas seulement mentalement, mais aussi physiquement. Alors j'ai mis ça de côté. On a passé quelques années dans l'incertitude, et quand il a fini par s'en sortir, j'ai eu l'impression d'avoir évité le pire. Et j'étais encore plus reconnaissante de l'avoir.

Son attitude me bluffait.

— Waouh. Le cancer vous a suivie pendant toute votre enfance.

— Effectivement. À tel point que je suis allée faire des tests génétiques parce que j'étais certaine d'être destinée à en avoir un aussi. Ce qui est absurde.

— Je ne trouve pas ça bizarre. Des tas de cancers ont des origines génétiques. Ces tests sont une décision très mature.

— Euh, est-ce que je vous ai dit que j'avais été adoptée ? ajouta-t-elle en riant. Je savais que je n'avais pas les mêmes gènes que ma mère et mon père, pourtant, j'étais certaine que je n'y échapperais pas non plus. Vous ne trouvez toujours pas ça bizarre ?

— Je vois, répliquai-je en souriant. Je suppose que ça change un peu la donne.

— Ma mère ne pouvait pas avoir d'enfants. Elle a eu un premier cancer des ovaires à vingt-trois ans. Ils ont essayé d'en avoir un naturellement pendant des années après sa rémission, mais la chimio avait fait beaucoup de dégâts.

— C'est fou de voir à quel point votre histoire me rappelle la nôtre. Ma femme et moi avons aussi eu du mal à concevoir naturellement et avons dû demander une aide à la procréation.

— Oh, waouh. C'est dingue. Ça explique encore plus pourquoi Birdie et moi avons créé ce lien si facilement. Nous sommes toutes les deux spéciales, car nos parents ont dû redoubler d'efforts pour nous avoir.

Je souris.

— Bref, je suis désolé d'avoir dérivé sur une conversation déprimante, mais votre recul m'a vraiment aidé. Amanda est décédée il y a quatre ans, mais être père célibataire me donne l'impression d'avancer en territoire inconnu tous les jours.

Je fermai les yeux un instant en pensant à ce que ma vie était devenue, puis je les rouvris et m'adressai à elle comme dans un état second.

— J'ai passé ma jeunesse à essayer de me créer un avenir, à me sentir invincible, porté par l'adrénaline, pour finalement avoir une carrière, une famille... Une vie parfaite, n'est-ce pas ? Et puis une chose comme le cancer fait son apparition au moment où la vie commence à peine et nous coupe le souffle. C'était trop difficile à concevoir. La seule façon que j'avais de gérer le fait qu'elle soit malade, c'était de me dire que ce n'était pas réel. De répéter, aussi bien pour elle que pour moi, que tout irait bien. Les jours passent et on essaie d'être fort pour tout le monde. C'était comme si j'étais dans un état de choc permanent. Et c'était mieux comme ça, car ressentir tout ce qui était en train de se passer n'était pas envisageable. J'étais dans le même état quand elle est morte. Ça ne m'a pas frappé, enfin pas vraiment, avant un certain temps. Vous savez, bien après que les gens ont arrêté de venir apporter de la nourriture. Je me suis réveillé un matin, l'émission *TODAY* passait à la télévision. Un matin comme un autre, en somme. Mais c'est ce jour-là que je me suis rendu compte que ma vie telle que je la connaissais n'existait plus. Ou du moins, c'était l'impression que j'avais. Mais ça ne pouvait pas vraiment être terminé, pas vrai? Parce que je n'avais pas le droit de me laisser aller… pour Birdie. Alors je me suis ressaisi, j'ai tout repris à zéro, tout en essayant de ne pas me laisser envahir par l'émotion pour ne pas dérailler.

Je frottai mes yeux et soupirai.

— Quoi qu'il en soit, c'est une vie étrange parfois.

Bon sang. Cette conversation était vraiment déprimante.

Son regard était perçant. On aurait dit qu'elle allait pleurer. J'espérais que ça n'arriverait pas. Je n'aurais pas pu le supporter.

— Je comprends chaque mot que vous avez prononcé, Sebastian. Chaque mot. Évidemment, je n'ai jamais perdu un conjoint, mais j'ai vu mon père traverser cette épreuve. Et je saisis parfaitement ce sentiment de suivre le mouvement.

J'avalai le reste de mon thé tiède en me disant que j'aurais préféré que ce soit du scotch, puis reposai ma tasse.

— Ce thé fut sacrément déprimant. Je parie que vous auriez préféré continuer la soirée avec le squatteur de toilettes.

— Mon Dieu, non, rétorqua-t-elle en soupirant. Savez-vous à quel point il est rare d'avoir une conversation profonde entre adultes dans laquelle je peux m'identifier?

— Je ne voulais vraiment pas vous piéger avec ça.

— Dès que vous avez envie d'en parler, je serai ravie de vous écouter. Je suis sérieuse, précisa-t-elle en me faisant un clin d'œil. Mais il se pourrait que je vous raconte pas mal de choses aussi. C'est le risque à prendre.

— C'est noté, merci.

Sadie inclina la tête et m'étudia en silence. Elle avait l'air d'hésiter à me dire quelque chose.

— Est-ce que je peux vous poser une question ? finit-elle par se lancer.

— Je suis presque sûr de vous devoir une réponse après ce que je viens de vous demander.

Elle m'adressa un immense sourire.

— Super. Si vous deviez regarder une femme nue danser, est-ce que vous préfèreriez qu'elle le fasse sur du Sir Mix-a-Lot ou sur du Lewis Capaldi ?

— Vous êtes une femme intéressante, Sadie, répondis-je en riant. Ce n'est pas *du tout* une question que j'aurais pu imaginer.

— C'est une bonne ou une mauvaise chose ?

— C'est une très bonne chose, avouai-je en sondant son regard. Et j'aime vraiment *les belles fesses*.

Il lui fallut un instant pour comprendre ce que j'avais voulu dire. J'ignorais pourquoi elle avait posé cette question, mais le sourire sur son visage me laissait entendre que j'avais choisi la bonne réponse, et j'aimais beaucoup ça.

Nous finîmes par sortir les biscuits de Birdie pour continuer à discuter. Elle me raconta un peu son enfance à la campagne, les drôles d'instruments météorologiques de son père, et elle me posa des questions sur le restaurant, sujet dont j'aurais pu lui parler toute la nuit. Sadie me confia que même si elle ne prévoyait pas de quitter le magazine, elle espérait finir par abandonner la rubrique des rencontres pour essayer quelque chose de nouveau. Discuter avec elle était... facile.

Et ça me fit du bien de me confier aussi. Mais maintenant que j'étais sorti de ma brève stupeur émotionnelle de tout à l'heure, j'en étais revenu à fixer ses lèvres pendant qu'elle parlait. Ça me semblait mal pour des tas de raisons. Si c'était juste de l'attirance physique, peut-être que j'aurais pu justifier mon comportement. Mais il y avait aussi un pincement dans ma poitrine que je ne voulais pas ressentir. Que je ne *pouvais* pas ressentir.

Et voilà le retour du Sebastian renfermé dans trois, deux, un...

Ma chaise racla sur le sol lorsque je la repoussai.

— Bon, je ne voudrais pas vous retenir.

Elle sembla surprise que j'insinue qu'il était temps pour elle de partir. Elle avait eu l'air de se sentir si bien. Tout comme moi avant de me rendre compte de ce qui se passait. Je me sentais bien. *Trop bien.*

— En effet. Je, euh, je ferais mieux d'y aller, déclara-t-elle en regardant son téléphone.

Je finis par lui appeler un Uber.

Après son départ ce soir-là, je déposai nos tasses sales dans l'évier et remarquai la marque même rouge à lèvres sur la sienne. Et mon sexe tressaillit.

Voilà que j'étais excité par une marque de rouge à lèvres, maintenant ? Il était définitivement temps que je m'envoie en l'air. Mais pas avec Sadie.

Je répète. Pas avec Sadie.

CHAPITRE 14

Sadie

— Alors, quoi de neuf avec Birdie ? J'ai l'impression que tu t'es renfermée depuis que tu as repris tes visites chez les Maxwell.

Devin se laissa tomber sur une chaise de l'autre côté de mon bureau, un café à la main.

— Mieux encore, quoi de neuf avec le papa canon ? demanda-t-elle en remuant les sourcils.

Je n'avais pas dit grand-chose à ce sujet ces derniers temps. Même si j'avais partagé des tas d'anecdotes avec elle depuis la toute première lettre, quelque chose avait changé après l'envoi du message où j'avais tout avoué et où Sebastian m'avait laissée reprendre mes visites. Je ne faisais plus semblant d'être quelqu'un d'autre, alors les choses étaient devenues un peu plus... comment dire... réelles. Et plus personnelles aussi, comme quelque chose que je ne devrais pas partager.

Mais après la soirée où j'étais allée chercher mon iPad et où j'avais passé du temps à discuter avec

Sebastian, je ressentais le besoin de parler de ce qui avait lieu. Dieu seul savait à quel point j'avais analysé cette soirée sans pouvoir comprendre ce qui avait mal tourné.

— En fait… j'ai passé du temps seule avec Sebastian il y a quelques jours.

Devin écarquilla les yeux.

— Oh, mon Dieu ! Et c'est *maintenant* que tu me le dis ? Pourquoi est-ce que je n'ai pas eu droit au récit détaillé dès le lendemain ?

— Ce n'est pas ce que tu crois, précisai-je en souriant. J'ai oublié mon iPad et Sebastian m'a appelée pour me prévenir. J'étais en plein milieu d'un rencard raté, alors je me suis servie de son appel comme excuse pour y mettre fin, et je suis allée chez lui pour récupérer ma tablette. On s'est retrouvés à boire du thé et à discuter pendant un long moment. Je trouvais notre conversation intéressante et sincère, pourtant, on arrivait à plaisanter et à rire ensemble. À un moment donné, j'aurais pu jurer l'avoir vu fixer mes lèvres avec *ce* regard… tu sais lequel… celui où tu écoutes la conversation, et d'un seul coup, ton corps prend le relai du cerveau et commence à se concentrer sur ce que tu pourrais ressentir en posant tes lèvres sur cette bouche.

— Oh, waouh. Ce genre de regard. Oui, je vois tout à fait.

— Eh bien, peu de temps après avoir pensé qu'il s'agissait de ce regard, il s'est levé et a mis brusquement fin à la conversation. Et l'instant d'après, je me retrouvais à l'arrière d'un Uber malodorant, avec un chauffeur qui mangeait un curry de chèvre en conduisant.

— Mmmh... est-ce que tu sais où il l'a trouvé ? J'adore ça, et le restaurant où j'avais mes habitudes a fermé.

— Euh, non, désolée.

Devin haussa les épaules.

— Bref... revenons-en au papa canon. Il est évident que tu lui plais et que ça le fait un peu paniquer.

— Mais pourquoi ? Il a côtoyé d'autres femmes. Il me l'a avoué quand je lui ai dit que sa fille l'écoutait parler à des inconnues le soir. Alors son problème, ce n'est pas l'abstinence.

— Tu cherches l'homme parfait, Sadie, répliqua Devin en fronçant les sourcils. Tout le monde peut s'en rendre compte rapidement. Voilà pourquoi tu n'as pas eu de relation longue qui dépasse les quelques mois. Tu ne veux pas d'un homme de passage, ou juste un type au hasard pour s'occuper de toi. Je suis sûre que Sebastian l'a ressenti.

Je soupirai.

— Ça ne me gênerait pas que Sebastian s'occupe de moi.

— Ça, ça me plaît, reprit mon amie, les yeux brillants. Alors, pourquoi ne pas lui faire passer le message ? Vous êtes adultes. Tu lui plais, et il nous plaît.

Je ris en l'entendant dire qu'il « nous » plaisait. Cependant, je ne savais pas trop en ce qui concernait le fait de proposer ça à Sebastian.

— Et si j'avais mal interprété les choses et qu'en réalité, il était en train de fixer le morceau de salade que j'avais entre les dents depuis le dîner ?

— Fais un test. Penche-toi pour refaire ton lacet quand il est derrière toi, et regarde s'il fixe tes fesses. Encore mieux, montre-lui cet ensemble de lingerie rouge et noir en dentelle que tu as acheté chez Victoria's Secret le mois dernier.

— Bien sûr... Je n'aurais qu'à retirer mon haut et mon jean pendant que j'entraînerai son dogue allemand. Super idée.

Devin se leva.

— Tu trouveras quelque chose. Je suis quasiment certaine que tu pourras facilement avoir l'assurance que tu plais à Sebastian. Ce n'est pas le problème.

— Ah bon ? répliquai-je en fronçant les sourcils.

— Le problème, c'est que tu auras trop peur pour agir, même une fois que tu sauras avec certitude qu'il veut coucher avec toi. Tu ne fais jamais ce genre de choses.

— J'ai déjà eu des coups d'un soir, et tu le sais.

Elle sirota son café.

— Oui, mais seulement quand tu savais que ce n'était pas un homme pour toi. Dans ta tête, ça ne pouvait être rien d'autre que ça. Mais avec Sebastian, je pense que tu vois qu'il y a un vrai potentiel. Tu auras trop peur de jouer avec le feu, peu importe à quel point ça pourrait être chaud, parce que tu seras trop inquiète à l'idée de pouvoir te brûler.

— C'est ridicule.

— Prouve-moi le contraire, me défia Devin en s'approchant de la porte de mon bureau. J'adorerais voir ça.

***

Le vendredi soir, j'avais un cours de yoga de quarante-cinq minutes à dix-sept heures trente, puis une séance de dressage avec Marmaduke à dix-neuf heures trente. Je m'étais dit que j'aurais le temps de rentrer chez moi pour prendre une douche rapide et me faire une queue de cheval avant de repartir en direction du nord. Toutefois, j'envisageai de changer de plan en sortant du studio. Je n'avais pas retiré ma tenue de yoga, et un type super mignon regarda dans ma direction, alors que je me tenais devant l'entrée pour jeter un coup d'œil à mes messages sur mon téléphone. Il avait tellement de mal à me quitter des yeux qu'il finit par trébucher.

— Ça va ? lui demandai-je en l'observant par terre.

Il semblait gêné. Il se leva, essuya son pantalon, et m'adressa un sourire en coin.

— Oui, mais vous ne devriez pas marcher dans la rue habillée comme ça. Certaines personnes pourraient se faire mal.

Je rougis un peu, et après son départ, je baissai les yeux sur ma tenue. Je portais un crop top Lululemon violet foncé, et un legging assorti avec une bande en résille sur le côté de chaque jambe. Il était moulant, ce qui était parfait pour le yoga. J'avais aussi une veste assortie, mais elle était dans mon sac de sport étant donné qu'il faisait plus de vingt-et-un degrés dehors, même si nous étions à la fin du mois d'octobre. Nous avions eu droit à un bel été indien ces deux derniers jours. Quoi qu'il en soit, la réaction de cet homme me donna une idée. Enfin, c'était surtout l'idée de Devin.

Peut-être que je devrais oublier le passage à la maison pour me changer et me rendre directement chez les Maxwell habillée comme ça.

Je repris mon téléphone et hésitai à envoyer un message à Sebastian pour savoir si je pouvais arriver un peu plus tôt, mais quelques secondes plus tard, je levai les yeux au ciel en pensant à ce que je venais d'envisager. *Qu'est-ce qui ne tourne pas rond chez moi ?* Je n'avais pas besoin de recourir à ce genre de tactiques pour attirer l'attention d'un homme. Ceux qui ne s'intéressaient pas à moi sans que j'aie besoin de me mettre à moitié nue ne l'étaient pas vraiment. Waouh... je parlais *vraiment* comme mon père.

Je soupirai, puis me dirigeai vers le métro. Une fois à bord du wagon, j'aperçus un autre homme me regarder. Cette tenue attirait définitivement l'attention. Ça me faisait me demander ce que Sebastian ferait si j'arrivais vraiment habillée comme ça. Serais-je déçue s'il ne remarquait rien, ou tomberait-il, lui aussi ?

Oh, mon Dieu.

Sebastian *avait* trébuché la dernière fois ! J'avais complètement oublié ça. C'était juste après m'avoir ouvert la porte, en allant chercher mon iPad. Enfin, ça devait être une coïncidence. Je ne l'avais vu reluquer mon corps qu'une seule fois avant ça. Même si ce soir-là, j'étais bien habillée pour mon rencard. Et là encore, il y avait un tapis dans le salon des Maxwell. Je serais prête à parier que le bord était plié après un quart d'heure de folie de Marmaduke, et que Sebastian ne l'avait pas remarqué. Oui... ça devait être ça.

Je sortis mon portable pour faire défiler mes e-mails et m'occuper l'esprit pendant le trajet de six arrêts, afin d'éviter de penser à Sebastian Maxwell. Ça fonctionna pour les deux premiers arrêts, mais ensuite, le métro s'arrêta brusquement. Quelques minutes plus tard, nous n'avions toujours pas bougé et une voix étouffée se fit entendre dans les haut-parleurs :

— Mesdames et messieurs. Le train devant nous semble avoir un problème technique, alors nous allons devoir rester ici pour le moment. Je vous tiendrai au courant dès que j'en saurai plus.

Les occupants de la rame poussèrent un soupir collectif, et des plaintes murmurées résonnèrent tout autour de moi. Après dix minutes supplémentaires, la voix du conducteur se fit de nouveau entendre :

— Bon, il semblerait qu'ils aient besoin d'un peu plus de temps pour réparer la rame en panne. Nous allons devoir faire demi-tour jusqu'à la station de la 23ᵉ Rue pour que vous puissiez prendre une autre ligne, mais il y a un autre véhicule derrière nous, alors il va devoir passer le premier. Des agents seront à disposition de ceux qui ne connaissent pas notre charmant réseau. J'espère que vous avez apprécié ce divertissement pour bien commencer le week-end.

Tout le monde gémit. Il fallut attendre presque une demi-heure avant de pouvoir enfin reculer à faible allure. Il était déjà dix-neuf heures vingt lorsque nous arrivâmes à la station de la 23ᵉ Rue. Dès que je sortis dans la rue, j'appelai les Maxwell, et Birdie décrocha.

— Allô ?

— Salut, Birdie. C'est Sadie. Est-ce que ton père est là ?

— Non, il est au travail. Est-ce que tu viens toujours ?

Je souris en entendant son ton inquiet.

— Oui, bien sûr. Je serai juste en retard parce qu'il y a eu un souci dans le métro. Je pourrais peut-être parler à Magdalene pour voir si je peux venir un peu plus tard que prévu.

— Bien sûr !

— Bonsoir, Sadie, me salua la baby-sitter.

— Bonsoir, Magdalene. Je suis un peu en retard. Est-ce que ça irait si je venais à vingt heures trente ? Ce n'est pas trop tard pour Birdie ?

— Euh, en fait, elle ne dort pas à la maison cette nuit. Une de ses amies en bas de la rue organise une soirée pyjama pour son anniversaire. Elles seront six. Ça commence à vingt heures, mais j'allais l'accompagner après votre séance. Je suppose qu'elle pourrait y aller à vingt-et-une heures trente. Elle est partie aux toilettes. Vous voulez que je lui demande si elle est d'accord ?

Je soupirai.

— Non, je ne veux pas qu'elle rate une partie de la fête. Je peux prendre le métro et venir maintenant, mais j'aurai quand même environ dix minutes de retard.

— Aucun problème.

— Merci, Magdalene.

Je traversai rapidement les deux rues pour rejoindre la ligne qui me faisait arriver près de chez eux, puis je me glissai dans une rame juste avant que les portes commencent à se refermer. Le wagon était bondé, sans places assises, alors j'avançai jusqu'à une barre pour pouvoir me tenir, alors que nous nous mettions à avancer.

Contrairement à mon trajet précédent, celui-ci se passa sans encombre, et j'arrivai chez les Maxwell avec seulement sept minutes de retard. Je frappai et attendis, en m'attendant à ce que Magdalene me fasse entrer.

Seulement, ce ne fut pas Magdalene qui me fixa lorsque la porte s'ouvrit.

CHAPITRE 15

Sebastian

Bon sang.

Je déglutis. Mais qu'est-ce qu'elle portait ?

— Euh, bonsoir. Je ne m'attendais pas à ce que vous soyez là. Birdie a dit que vous étiez au travail.

Mon attirance incontrôlable pour Sadie m'agaçait, et je reportai ma frustration sur elle.

— C'est pour ça que vous êtes en retard ? Quand le chat n'est pas là, les souris dansent ?

— *Non.* J'ai appelé Magdalene pour lui dire que le métro était bloqué. J'avais prévu de rentrer chez moi pour me doucher après mon cours de yoga. Mais puisque cet incident m'a fait perdre une heure, je suis venue ici le plus rapidement possible pour ne pas mettre Birdie en retard à la fête d'anniversaire à laquelle elle est attendue.

Elle a un piercing au nombril. Tellement brillant…

Putain. Je me forçai à relever les yeux vers ceux de Sadie, et je m'aperçus qu'elle me regardait avec impatience. Elle avait dit quelque chose ? Je tentai de rembobiner les dix dernières secondes dans ma tête, et je me souvins... d'une histoire de métro, non ?

Peu importe.

— Entrez, l'invitai-je en m'écartant du passage. Magdalene vient juste de faire une longue promenade avec Marmaduke, alors il est vautré par terre dans le salon.

Nous avançâmes dans la maison, et il leva les yeux. Il aperçut Sadie, et il se mit à remuer sa langue qu'il venait de sortir.

Oui, je connais ce sentiment, mon pote.

Birdie sortit de sa chambre en courant pour prendre Sadie dans ses bras, et celle-ci se pencha pour l'étreindre, m'offrant au passage une vue imprenable sur ses fesses. *Bordel.* Elle était aussi belle de face que de dos. Mes yeux étaient encore rivés à son derrière quand elle se retourna pour me parler, et je faillis me faire prendre.

— Avez-vous pu trouver le clicker dont je vous ai parlé la semaine dernière ? me demanda-t-elle.

Ma fille se précipita vers la table basse pour récupérer cet engin de malheur, puis se mit à le faire cliquer.

Clic-clic. Clic-clic. Clic-clic.

Ce son m'avait tapé sur les nerfs presque toute la semaine depuis que je l'avais ramené de l'animalerie. Je regardai Sadie en me sentant toujours agacé, même si je me racontais des histoires si je pensais que mon humeur du moment était liée à ce clicker.

— Peut-être que la prochaine fois, vous pourriez utiliser quelque chose d'un peu moins pénible pour vos séances.

Sadie posa ses mains sur ses hanches. *Ses hanches très bien formées.*

— Il y a un problème ? lança-t-elle.

— Je serai dans mon bureau si vous avez besoin de moi, grommelai-je en passant une main dans mes cheveux.

Heureusement, je gardais de l'alcool dans cette pièce. Cette journée avait été longue. Mon gérant m'avait prévenu de son départ dans deux semaines, ce qui voulait dire que j'allais devoir trouver un remplaçant et passer beaucoup plus de temps au restaurant jusqu'à ce que le nouveau soit formé. Ensuite, un petit feu d'huile de friture s'était déclaré dans la cuisine, rendant inutilisable l'une de nos friteuses. Et pour finir, notre commande de légumes avait été échangée avec celle d'un autre restaurant, qui avait visiblement prévu de servir du maïs avec tous ses plats. J'étais rentré plus tôt en me disant que je n'aurais pas l'occasion de le faire ces deux prochaines semaines. Et puis, bizarrement, j'avais mal dormi ces derniers jours. Alors j'ouvris une bouteille de vin que je gardais dans un buffet avec le reste de l'alcool, et m'en servis un grand verre en m'asseyant dans mon fauteuil.

Bon sang, elle est sacrément sexy.

J'avalai une grande gorgée du liquide bordeaux.

J'avais ressenti le besoin urgent de prendre ce diamant à son nombril entre mes dents et de tirer fort dessus.

J'avalai une autre gorgée.

Et ce cul. Peut-être qu'elle pourrait encore apprendre à Duke à sauter au-dessus d'elle. J'étais prêt à parier qu'elle m'offrirait une sacrée vue si elle se mettait à quatre pattes dans cette tenue.

Une autre gorgée.

Elle appelait ça comment, déjà ? *Flunk machin. Flunkerfesse. Flunkerbsht.* C'était ça. « Saute » se disait « flunkerbsht ». Je me mis à rire. Ce mot était presque dingue à prononcer.

Flunkerbsht.

J'ai envie de flunkerbsht *la prétendue éducatrice canine.*

Je secouai la tête et bus encore.

Je n'avais pas réussi à arrêter de penser à elle de toute la semaine. Le soir où elle était venue chercher son iPad, elle s'était montrée si vulnérable et s'était ouverte quand je lui avais posé des questions sur son père. J'avais pu lire l'émotion et la sincérité dans ses grands yeux bleus. Ça faisait longtemps que je n'avais pas vu une femme ouvrir son cœur si ouvertement. Sans parler que d'autres parties d'elle valaient le détour. Comme par exemple l'ensemble qu'elle portait aujourd'hui, c'était certain.

Bon sang, cette tenue.

J'avalai le reste de mon vin.

Je vidai la moitié de la bouteille durant la demi-heure qui suivit. Entendre Sadie et Birdie rire dans l'autre pièce m'avait tellement dérangé que j'avais mis la musique à fond et fermé les yeux. De ce fait, je n'avais pas entendu le coup donné à la porte lorsqu'elles avaient fini.

— Hé, lança Sadie en entrouvrant juste assez pour pouvoir passer sa tête. Désolée, vous ne répondiez pas. On a terminé. Birdie est allée chercher son sac pour la soirée pyjama. Est-ce que vous voulez que je la dépose chez son amie en bas de la rue ?

Ses yeux se posèrent sur la bouteille de vin et mon verre vide, puis elle afficha un sourire en coin.

— Je vois que vous êtes très occupé.

— Non, ça ira, répliquai-je en pinçant mes lèvres. Je suis parfaitement capable d'accompagner ma fille, merci.

Sadie plissa les yeux. Nous nous fixâmes pendant trente bonnes secondes, puis elle ouvrit la porte et entra dans la pièce.

— Est-ce que tout va bien ? demanda-t-elle en refermant derrière elle. Vous avez l'air... contrarié.

Ne la reluque pas.

Garde tes yeux sur son visage.

— Tout va bien.

Elle pencha la tête et m'étudia.

— Vous êtes sûr ?

Mon regard se posa sur son ventre. C'était plus fort que moi.

Bordel, tu es un vrai con, Maxwell.

Relève les yeux.

Plus haut.

Allez, tu peux le faire.

Sadie garda le silence. Je ne pouvais même pas dire si elle me regardait ou non, parce que mon regard parcourait son corps... traçant la courbe de sa taille, salivant sur son ventre plat... fantasmant sur ce diamant brillant au niveau de son nombril.

Elle avança de quelques pas en direction de mon bureau.

Peut-être que c'était le vin, mais mon cœur commença à s'emballer. Je tentai de poser les yeux sur son visage, et cette fois-ci, j'y parvins. Enfin, en quelque sorte. Ils se levèrent, mais malheureusement, ils s'arrêtèrent au niveau de sa poitrine.

Elle fait quoi, un bonnet C ?

Génial.

Vraiment génial.

Je parie que son décolleté devient moite quand elle fait du yoga.

Des gouttes de sueur coulant entre ses somptueux seins ronds jusqu'à son nombril.

Quand j'arrivai enfin à relever suffisamment les yeux pour qu'ils croisent les siens, elle se tenait juste devant mon bureau. Elle se balançait légèrement d'un pied sur l'autre.

— Qu'est-ce que vous faites, Sebastian ?

Mon regard se riva au sien, et son petit sourire narquois me laissa entendre qu'elle avait entendu toutes mes pensées.

— Rien, répondis-je en déglutissant.

— Rien, hein ? Alors vous restez juste ici à... observer, alors ?

Le coin de ses lèvres s'étira.

Quelle insolente.

Elle savait exactement ce qu'elle faisait.

Je me redressai sur mon siège et me raclai la gorge.

— Si vous avez terminé, vous pouvez y aller.

— C'est à ça que vous pensez en étant assis là ? À quel point vous avez envie que je… parte ?

Un coup donné à ma porte me fit cligner plusieurs fois des yeux.

Je fus complètement perdu quand je levai les yeux et aperçus Sadie passer la tête dans mon bureau.

Qu'est-ce que… ?

Elle n'était pas… ?

Je jetai un coup d'œil à l'endroit où j'aurais pu jurer qu'elle se trouvait. Il me fallut quelques secondes pour retrouver mes esprits et prendre conscience que j'avais dû m'assoupir et rêver à cause du vin.

Bon sang.

— On a terminé, m'informa-t-elle en souriant. Si vous voulez, je peux déposer Birdie à sa soirée pyjama puisque je vais passer devant de toute façon.

— Euh, d'accord. Ce serait gentil, merci. Laissez-moi juste lui dire bonne nuit.

Je me rendis au salon. Birdie avait déjà son sac sur le dos, ainsi qu'un oreiller et un sac de couchage dans les mains.

— On dirait que tu es prête, observai-je en m'accroupissant devant elle. Et si tu faisais un câlin à ton père ?

Ma fille arbora un grand sourire et enroula ses bras autour de mon cou.

— Je t'aime, papa.

— Je t'aime aussi, mon trésor.

— Marmaduke s'est bien débrouillé aujourd'hui ! Maintenant, quand Sadie appuie sur le clicker, il s'assied.

— Ah oui ?

Elle hocha la tête.

— Bon, je vais te laisser aller à ta fête, ajoutai-je en tirant doucement sur sa queue de cheval.

Birdie se tourna et commença à s'éloigner, mais elle fit demi-tour pour revenir vers moi en courant.

— Je serai juste en bas de la rue si tu as besoin de moi, me rassura-t-elle en posant sa petite main sur ma joue.

Mon cœur se serra et je souris.

— Merci, je m'en souviendrai.

Elle m'embrassa une fois de plus, puis se précipita en direction de la porte.

— Vous voulez que je dise quelque chose aux parents ? me demanda Sadie.

— Non. J'enverrai un message à Renée pour prendre des nouvelles plus tard.

— D'accord.

Apparemment, cette sieste et le rêve qui allait avec m'avaient fait du bien. Je parvenais à avoir une conversation civilisée avec Sadie sans la dévorer du regard comme je l'avais fait dans ce songe. Toutefois, lorsqu'elle se retourna pour suivre Birdie vers la sortie, je ne pus m'empêcher de reluquer de nouveau ses fesses dans ce legging. Après tout, il était juste là sous mes yeux. Quel homme sain d'esprit n'aurait *pas* jeté un coup d'œil ?

— Oh, j'ai failli oublier...

Sadie se retourna, et je relevai rapidement les yeux.

Merde.

Elle m'a vu.

Si je n'avais pas été certain de m'être fait prendre la main dans le sac, le sourire entendu qu'elle afficha aurait confirmé qu'elle savait ce que je venais de faire.

Elle n'essaya même pas de le cacher. Elle tendit la main pour me donner le clicker.

— C'est à vous.

Je détournai le regard en lui prenant l'objet.

— Super, merci.

Après son départ, j'appuyai ma tête contre la porte.

T'es un crétin, Maxwell. Il faut que tu t'envoies en l'air.

Puisque j'avais la soirée pour moi tout seul, peut-être que c'était exactement ce que je devrais faire. Ça faisait un moment que je parlais avec une certaine Irina, une directrice dans le domaine de la publicité très occupée que j'avais rencontrée en ligne, et qui cherchait exactement la même chose que moi. Cependant, je l'avais ignorée ces dernières semaines. Peut-être qu'il était temps de la recontacter.

Je tentai de me motiver en retournant dans mon bureau, où je gardais mon ordinateur portable.

Irina.

Elle était sexy.

Longs cheveux roux.

Une femme qui savait ce qu'elle voulait.

C'était exactement ce qu'il me fallait.

Oui, c'est ça.

Je vais demander à Sadie ce qu'elle fait ce soir.

Irina. Je voulais dire Irina.

En arrivant à mon bureau, je décidai de me servir un autre verre de vin, avant de me connecter pour voir si *Irina* était disponible.

Je m'assis, puis sirotai ma boisson en fermant les yeux. J'avais besoin de prendre un instant pour me vider la tête.

Toutefois, au lieu d'y voir plus clair, des images de Sadie envahirent mon esprit.

Encore.

Elle était tellement sexy.

Ce cul.

Ce ventre plat.

Ce foutu diamant scintillant.

Ses grands yeux magnifiques.

Et cette bouche. La façon dont ses lèvres s'étaient étirées quand elle m'avait vu reluquer ses fesses... Bon sang... je paierai cher pour cette bouche.

Je ris tout seul et ouvris les yeux.

Heureusement qu'elle était partie, car Dieu seul savait quelle bêtise j'aurais pu faire ce soir. Cette femme me faisait perdre la tête.

J'avalai une autre grande gorgée de mon vin et ouvris mon ordinateur.

Juste au moment où la sonnette retentit...

CHAPITRE 16

Sadie

Il ouvrit la porte, et j'oubliai tout. Faire demi-tour pour venir sonner chez lui avait été une décision de dernière seconde. Je n'avais juste pas eu envie de partir. Le problème, c'était que j'aurais dû trouver une excuse pour expliquer mon retour *avant* de passer à l'action.

La respiration de Sebastian accéléra à chaque seconde qu'il prenait pour me regarder.

— Tout va bien ?

Je déglutis, mais continuai à avoir un blanc.

J'étais censée dire quoi ? Je ne pouvais pas lui avouer la vérité. *Je vous ai vu me reluquer et j'ai pensé que vous voudriez peut-être aussi me toucher.*

Il brisa la glace.

— Est-ce que c'est le moment où je vous prends pour l'éducatrice canine et vous sermonne pour votre retard ? Ça me rappelle quelque chose, moi qui ouvre la porte, et vous qui avez l'air étonnée.

Il arbora un sourire en coin qui me calma un peu, alors je ris nerveusement.

— Pendant que vous réfléchissez, pourquoi ne pas entrer ? proposa-t-il avec un signe de tête. Il a fait chaud aujourd'hui, mais l'air est en train de se rafraîchir.

— Merci, répondis-je en frottant mes bras.

Marmaduke accourut à la porte et se mit à me sauter dessus. Ce n'était pas exactement le mâle que je voulais sur moi.

Par chance, il se calma rapidement avant de se diriger vers le coin de la pièce pour donner des coups de reins à une peluche.

Tu n'es pas le seul à être excité ce soir, mon pote.

Sebastian se contenta de me fixer, toujours en attente d'une explication de mon retour soudain.

Bordel. Un peu de courage, Sadie. Tu donnes des conseils en matière de rencards dans ta rubrique, et on dirait que tu ne sais même pas comment te comporter en présence d'un homme qui te plaît.

— Je suis revenue parce que je me suis demandé si vous vouliez de la compagnie ce soir, lâchai-je.

Sebastian glissa ses mains dans ses poches, comme si mon aveu le mettait mal à l'aise.

Sa réaction me fit un peu paniquer, alors j'essayai d'en rire.

— C'est bête, n'est-ce pas ? Vous avez probablement autre chose de prévu. Si c'est le cas, je peux par...

— Vous préférez le blanc ou le rouge ? me demanda-t-il soudain.

Il me fallut quelques secondes pour comprendre sa question. Il parlait du vin.

Je peux rester ?

— En fait, le rouge que vous buviez avait l'air bon.

— Je reviens, indiqua-t-il.

J'eus du mal à rester en place pendant que Sebastian retournait à son bureau, puis revenait au salon avec la bouteille et son verre. Il les posa sur la table basse, avant de se rendre à la cuisine.

Lorsqu'il revint, je l'observai me servir un grand verre et vider le reste de la bouteille dans le sien.

— Merci, soufflai-je.

Je m'assis à un bout du canapé. Il s'installa ensuite à l'autre bout, le plus loin possible de moi.

— Alors, qu'aviez-vous prévu de faire ce soir si je ne m'étais pas incrustée ? l'interrogeai-je en buvant une gorgée de ma boisson.

Ses lèvres s'étirèrent.

— Je n'avais pas encore vraiment décidé.

— Ça doit être rare que Birdie ne soit pas là.

— Oui. Il me semble qu'elle n'est allée dormir ailleurs qu'une seule fois avant aujourd'hui.

Sebastian était particulièrement mignon ce soir. Il était habillé de manière plus décontractée que d'habitude. Un T-shirt bleu marine épousait son torse large. Il portait un jean et était pieds nus. Ces derniers étaient grands et beaux — enfin, s'il était possible d'utiliser cet adjectif pour qualifier des pieds d'homme. Donc, ses pieds et lui étaient magnifiques en tout point.

— Est-ce que j'ai marché dans quelque chose ? demanda-t-il.

Mince. Il m'avait vue.

— Oh, non. J'étais juste en train… d'admirer vos pieds.

Je grimaçai. *Je n'aurais peut-être pas dû l'avouer.*

— Merci, répondit-il en arquant les sourcils. Enfin, je crois.

Il posa son bras sur le dossier du canapé et resta de son côté.

— Alors, où allez-vous pour faire votre sport, Sadie ?

— Quelques fois par semaine, j'assiste à un cours de yoga de quarante-cinq minutes. C'est près de chez moi.

— Super. Je devrais faire quelque chose dans ce genre pour me détendre.

— C'est excellent pour se débarrasser du stress… mais je le fais pour la souplesse.

Il se racla la gorge.

— Donc vous êtes… souple ?

— Très, répondis-je avec une assurance intentionnelle. Aujourd'hui, elle nous a fait travailler cette pose où nos jambes reviennent vers notre tête.

Il avait l'air d'être à deux doigts de recracher son vin.

— Ça a l'air très… audacieux. Est-ce que c'est… la posture du chien ? Les chiens, c'est votre truc, ajouta-t-il en faisant un clin d'œil.

Je ris.

— Non. Dans la posture du chien, on fait face à nos jambes. Là, on doit les ramener au-dessus de notre tête. Ça s'appelle la posture de la charrue.

Il écarquilla les yeux.

— Vous ramenez vos jambes au-dessus de votre tête et ça s'appelle la posture de la *charrue* ?

Je venais seulement de comprendre l'ironie de ce terme.

Il a l'esprit mal placé. J'adore ça.

— Il faut croire que c'est du gâchis de compétence étant donné qu'il ne se passe rien dans cette zone.

Sebastian ne dit rien et avala le reste de son vin, puis il leva la bouteille.

— Vous en voulez encore ?

— Je veux bien un autre verre, oui.

— Cette bouteille est vide. Vous voulez essayer autre chose ou j'ouvre une autre bouteille de cabernet ?

— J'aime beaucoup celui-ci. Il s'appelle comment ?

Il vérifia l'étiquette, et j'aurais pu jurer voir son visage rougir. Apparemment, il ne s'était pas rendu compte du nom avant que je lui pose la question.

Il ne disait rien.

— Alors ? insistai-je.

— C'est du... Pornfelder.

Il rit bizarrement, tout en ouvrant une bouteille pour remplir nos verres.

Je ne pus me retenir de rire à mon tour.

— Quel nom !

— On dirait que quelqu'un l'a inventé. Un peu comme *flunkerbsht*.

Je ne sentais plus mon visage tellement j'étais gênée.

— En effet.

— D'ailleurs, vous devriez déposer cette marque, ajouta-t-il en levant son verre.

Il but encore quelques gorgées, et lorsqu'il éloigna le verre de son visage, je vis ses yeux se baisser sur mon nombril, avant de remonter. J'adorais le surprendre en train de me regarder. Il lança aussitôt un nouveau sujet de conversation pour éviter de parler du fait que je l'avais vu fixer mon piercing.

— Vous ne m'avez jamais dit comment vous avez atterri dans l'écriture.

Je me repositionnai sur mon siège pour me mettre un peu plus à l'aise.

— Eh bien, j'ai étudié le journalisme à la fac, mais pendant plusieurs années, je n'ai rien fait de ce diplôme. Je faisais juste des jobs bizarres. À un moment donné, j'ai accepté un stage pour l'entreprise à qui appartient le magazine, et le journaliste pour lequel je travaillais m'a laissée essayer de rédiger quelques articles. J'ai fini par être engagée en tant que rédactrice, et j'ai été ballottée dans plusieurs services depuis. Je m'occupe de la rubrique des *Vœux de Noël* depuis des années, mais le thème de mes articles principaux a changé plusieurs fois. J'en ai fait sur l'étiquette des affaires pendant quelques années, puis j'ai changé pour écrire la rubrique sur les essentiels beauté. Écrire sur le maquillage est vite devenu ennuyeux.

— Mais ça fait un moment que vous vous occupez de la rubrique des rencontres, n'est-ce pas ?

— Oui, confirmai-je en souriant. Depuis plusieurs années. Celle-ci est restée. Ils ont l'air de penser que je suis la mieux placée pour l'écrire, et elle est devenue assez populaire.

— Je vois pourquoi. Les femmes doivent aimer vivre par procuration à travers une belle femme talentueuse qui vit en ville. C'est comme cette série que ma mère regardait... celle avec la fille qui a joué dans *Hocus Pocus.*

J'éclatai de rire.

— Sarah Jessica Parker, oui. *Sex and the City.* Même si je ressemble plus à la pauvre Carrie Bradshaw.

— Vous épatez toutes ces filles, déclara-t-il en me fixant avec intensité.

La chaleur se répandit dans tout mon corps. Il venait juste de me faire un compliment, et je ne savais pas du tout comment gérer ça. En fait, j'avais envie de lui sauter dessus, mais je ne savais pas s'il le prendrait bien.

— Est-ce que vous vous voyez continuer ce travail ? me demanda-t-il.

— Même si je me plains, ça me plaît vraiment. Je ne m'imagine pas vraiment avoir des horaires de bureau.

— Que se passera-t-il quand vous trouverez quelqu'un avec qui vous aurez envie de partager votre vie ? Vous vous occuperez toujours de la rubrique des rencontres ?

Sa question fit battre mon cœur.

— Avec ma chance, ça ne risque pas d'arriver... Mais si c'était le cas, alors j'arrêterais. Il faut que ce soit vrai. Si mon cœur appartenait à quelqu'un, quel serait le but de faire semblant avec d'autres ? Ça ne fonctionnerait pas, et ce ne serait pas juste pour mon partenaire non plus.

— Alors vous demanderiez à changer ?

Sa curiosité à ce sujet me donna ce qui était probablement un sentiment d'espoir illusoire.

— Oui. J'écrirais simplement pour l'un des autres services s'ils voulaient de moi.

— Comme la rubrique de Noël... indiqua-t-il en souriant.

Pour la première fois, je remarquai qu'il avait des petites fossettes.

— C'est saisonnier, alors ça ne m'occuperait pas toute l'année... mais je la garderais quand même, tant qu'ils me la laisseront. C'est tellement gratifiant.

— Je suis content que vous aimiez votre travail, affirma-t-il.

— Moi aussi, parce que bon, le dressage des chiens... ça n'ira pas très loin.

Il se mit à rire.

— Exactement.

Je finis mon vin et soupirai.

— Vous savez, les choses pourraient être pires. Ce n'est pas vraiment la vie que je m'étais imaginé avoir à presque trente ans, mais j'ai la chance d'être heureuse dans l'ensemble, en bonne santé, et qu'une partie de ma vie soit stable : ma carrière.

— Et le reste ?

— Eh bien, j'ai toujours pensé que je serais posée à cet âge-là, que j'aurais peut-être un enfant. Je ne sais pas si ce sera faisable.

Il me fixa un moment avant de reprendre la parole.

— Mais vous en avez envie ? Vous voulez fonder une famille, avoir une maison, un chien...

— Oui, affirmai-je sans hésiter. Mais seulement avec la bonne personne.

Il hocha la tête et sembla plongé dans ses pensées. Je me demandai s'il était en train de penser à Amanda, au fait qu'il *avait* toutes ces choses à une époque...

la maison, la famille, l'épouse magnifique. Mais maintenant, elle n'était plus là. Rien de tout ça n'avait vraiment de sens sans sa moitié, la personne qu'il aimait. Et son absence signifiait qu'il devait à la fois jouer le rôle du père et de la mère pour Birdie, ce qui ne devait pas être simple vu son travail exigeant.

— Est-ce que vous allez bien, Sebastian ? me sentis-je obligée de lui demander. Je ne parle pas de ce moment précis, mais plutôt en général, avec cette vie de père célibataire.

— Vous voulez savoir si je fais juste semblant de tenir le coup, alors qu'intérieurement, je déprime ? s'enquit-il, le regard pensif. Pour être honnête, c'est parfois le cas. Mais je fais en sorte de garder un rythme soutenu pour ne pas me laisser engloutir par la déprime. Elle est juste là, en arrière-plan.

Je déglutis, ne sachant pas vraiment quoi répondre.

— Ça doit être difficile d'aller de l'avant après avoir connu un si beau mariage. Je sais que c'était dur pour mon père.

Il ferma les yeux et secoua la tête.

— Birdie pense que sa mère et son père ont connu un mariage parfait, mais ma femme et moi avons eu notre lot d'épreuves. Quand ma fille avait deux ans, on s'est même séparés pendant quelque temps.

J'écarquillai les yeux. C'était la dernière chose que je m'attendais à l'entendre dire. Je pensais qu'ils formaient une famille parfaite.

— Waouh. Je l'ignorais.

— Évidemment, ma fille n'est pas au courant, et j'aimerais que ça reste ainsi.

— Bien sûr. Je ne lui en aurais pas parlé, assurai-je en secouant la tête. Est-ce que je peux vous demander ce qui s'est passé ?

— Il va me falloir plus de vin pour ça.

Sebastian remplit de nouveau son verre, puis me resservit.

— Il a fallu un moment avant que le restaurant devienne ce qu'il est aujourd'hui, expliqua-t-il en soupirant. On travaillait beaucoup tous les deux, on venait d'avoir un bébé. On mettait toute notre énergie dans notre entreprise et pour notre fille, et je pense qu'au final, il ne nous en restait plus assez pour donner à notre couple l'attention dont il avait besoin. Je suis en partie responsable, mais...

Sebastian sirota son vin.

— Je suppose que ma femme avait besoin de parler à quelqu'un d'autre chose que de couches et de problèmes d'argent. Et, eh bien, elle s'est rapprochée d'un serveur du restaurant. Un soir, ils ont un peu trop bu et ils se sont un peu *trop* rapprochés.

— Oh, mince, je suis désolée.

Il hocha la tête.

— On a essayé de faire une thérapie de couple, mais je n'arrivais pas à dépasser ça, alors après quelques mois, on s'est séparés. J'ai déménagé et je me suis pris un petit appartement dans le coin pour pouvoir rester près de ma fille. On venait juste de s'habituer à vivre séparément quand Amanda a découvert que son cancer des ovaires était de retour pendant un examen de routine. Ça nous a fait relativiser. Je n'ai jamais cessé d'aimer ma femme, et elle avait besoin de moi.

— Alors vous vous êtes remis ensemble ?

Il acquiesça.

— On a vécu de belles années après ça. Mais Amanda a toujours pensé que j'avais fait en sorte que les choses fonctionnent à cause de son cancer.

— Ce n'était pas le cas ?

Sebastian afficha un sourire triste.

— Je ne sais pas comment ça se serait passé si elle n'avait pas été malade. Mais ça n'a aucune importance. Parfois dans la vie, on a besoin d'un petit coup de pouce pour se retrouver là où est notre place. Sa maladie a joué ce rôle. On a fait en sorte que ça marche, et j'étais impressionné par la force qu'elle avait quand je la voyais se battre tous les jours. Je me sens coupable qu'elle soit partie en pensant que j'étais resté à cause de son état, avoua-t-il en secouant la tête. Je l'aimais. Je l'aimais vraiment.

Je ne voulais pas pleurer, mais je ne pus contrôler les larmes qui m'échappèrent.

Quand il les remarqua, il prit un air affolé.

— Oh, mince. Qu'est-ce que j'ai fait ? Je ne voulais pas vous faire pleurer.

J'essuyai mon nez sur mon bras et reniflai.

— Non, je suis désolée. C'est juste que… c'est triste, mais c'est beau, Sebastian. D'avoir eu quelqu'un que vous aimiez, même pour une courte période, c'est beau. C'est incroyable que vous ayez pu lui pardonner pour raviver cet amour. Et elle vivra toujours à travers Birdie.

— Je ne sais pas ce qu'il y a chez vous qui me donne envie de m'ouvrir, déclara-t-il en frottant ses yeux. Passons à quelque chose de plus léger, vous voulez bien ?

Je réfléchis à un sujet plus « léger ».

— Birdie jure que Marmaduke sait dire « hello ».

Ses lèvres s'étirèrent en un petit sourire.

— Ah oui ?

— Oui. On l'a même enregistré. Attendez.

Je sortis mon téléphone et lançai une vidéo que j'avais filmée, dans laquelle Marmaduke faisait ce son qui ressemblait étrangement à « hellooooo ».

— J'ai demandé à passer à une conversation plus légère, pas à quelque chose de ridicule, répliqua-t-il en riant.

Nous étions tous les deux en train de rire à présent, et Dieu merci, la tristesse ambiante sembla disparaître un peu.

— Je peux utiliser vos toilettes ? demandai-je.

— Bien sûr.

Mes jambes chancelèrent lorsque je me levai pour me rendre à la salle de bain. Je me mis un peu d'eau sur le visage et me regardai dans le miroir. Le vin commençait à faire effet, tout comme l'impact physique et émotionnel de cette soirée. L'attirance que je ressentais pour Sebastian était presque douloureuse. J'avais juste envie de tout lui faire oublier le temps d'une soirée, mais plus que ça, je voulais aussi qu'il me désire. J'étais quasiment certaine que je lui plaisais, mais aussi qu'il me respectait. Ce qui voulait dire qu'il ne me considèrerait pas comme une conquête d'un soir. Il n'avait pas forcément la tête à plus que ça en ce moment, ce qui signifiait qu'il n'y aurait probablement pas de place pour quelqu'un comme moi dans sa vie.

Quand je sortis des toilettes, Sebastian m'attendait toujours à la même place sur le canapé. Je commençais à penser que si quelque chose devait se passer entre nous, j'allais devoir le pousser un peu, tâter le terrain. Au moins, en fonction de sa réaction, je saurais si j'avais une chance d'obtenir quelque chose avec lui. Je m'assis, mais cette fois-ci, je fis preuve d'audace et m'installai juste à côté de lui. La chaleur de son corps était palpable. Il serra les dents en me regardant. Sa respiration devint irrégulière lorsqu'il laissa ouvertement son regard descendre sur mon décolleté, avant de revenir à mon visage. Contrairement aux autres fois où il avait jeté des coups d'œil dans ma direction, on aurait presque dit qu'il souhaitait que je le voie faire. Je voulais sentir sa bouche sur moi, mais j'en avais déjà fait suffisamment en m'asseyant si près. Le vin me montait clairement à la tête, amplifiant le besoin physique que je ressentais.

Désormais, il observait mes lèvres.

— Ça ne vous dérange pas que je sois si près de vous ? demandai-je.

Il secoua la tête, la respiration bien plus saccadée qu'avant. Il était impossible que ma présence le laisse indifférent. J'en étais certaine, à présent.

— Je vous trouve magnifique, Sadie. Aussi bien à l'intérieur qu'à l'extérieur, murmura-t-il d'un ton bourru.

— Mais... continuai-je en mordillant ma lèvre.

— Ne le prenez pas mal... mais vous me plaisez presque *trop*. J'ai du mal à me contrôler quand je suis près de vous, comme si je pouvais devenir accro à votre présence, et...

— Et vous avez pris la décision de ne laisser ça arriver avec personne.

— C'est la meilleure chose à faire pour de nombreuses raisons...

Mon cœur se serra en entendant enfin la confirmation de ce que je craignais déjà.

— J'ai juste pensé que peut-être... il pouvait y avoir quelque chose entre nous.

— Il y *a* quelque chose, répliqua-t-il avec un regard perçant. Je ne veux simplement pas y donner suite.

— D'accord.

Je baissai les yeux en direction de ses pieds nus, et je les relevai quelques instants plus tard.

— Qu'est-ce que vous auriez fait ce soir si je n'étais pas là ?

— Pourquoi est-ce important ?

— Ça ne l'est pas. Je suis juste curieuse, avouai-je en me penchant un peu. Ne me mentez pas. Dites-moi ce que vous auriez vraiment fait.

— Très bien, accepta-t-il en acquiesçant.

Après avoir avalé une grande gorgée de vin, il reprit enfin la parole.

— J'allais appeler une femme qui ne veut rien d'autre que passer une nuit avec moi. J'allais aller chez elle puisque je ne ramène jamais personne dans cette maison, puis j'allais coucher avec elle – en prenant mes précautions – avant de rentrer chez moi, sans me sentir plus satisfait qu'avant de partir. Ce qui est exactement ce dont j'ai besoin.

Son aveu me laissa quelque peu sans voix.

— Quand avez-vous... été avec quelqu'un pour la dernière fois ? l'interrogeai-je.

— Ça fait un moment. Deux mois, peut-être, répondit-il en soupirant. Et vous ?

— Bien plus longtemps que ça.

Sebastian déglutit avec peine.

— Pourquoi ?

— Parce que je ne peux pas simplement coucher avec quelqu'un. J'ai besoin de plus que ça. J'ai besoin d'une connexion, de pouvoir regarder cette personne dans les yeux et d'aimer ce que je vois à l'intérieur autant qu'à l'extérieur. Avoir une connexion mentale est très important pour moi.

Mes émotions semblaient jaillir de moi. D'une certaine manière, j'avais l'impression que c'était ma seule opportunité de les exprimer.

— Vous me plaisez beaucoup... à tout point de vue, révélai-je, ce qui me choqua moi-même. Mais je comprends totalement pourquoi vous avez besoin de compartimenter les choses. Je comprends pourquoi ça pourrait vous faire peur d'ouvrir non seulement votre cœur à quelqu'un, mais aussi de laisser cette personne entrer dans votre vie. Je pense que j'agirais de la même manière à votre place.

Il resta assis en silence, pendant que je poursuivais :

— Je suis désolée, Sebastian. Je suis désolée que les choses ne soient pas plus faciles. Je suis désolée que vous ayez perdu votre femme et que vous vous retrouviez à dormir seul. J'espère que vous pourrez de nouveau être heureux un jour. Même si j'aurais aimé vous connaître un peu plus, je comprends que cette place soit toujours occupée dans votre cœur.

— C'est *très* difficile de compartimenter les choses avec vous, Sadie, avoua-t-il en fixant une nouvelle fois ma bouche.

Mon cœur s'emballa.

— Est-ce que vous voulez que je parte ? murmurai-je.

— Non, refusa-t-il en prenant ma main.

La sensation de sa grande main chaude sur la mienne était la meilleure chose que j'avais ressentie depuis très longtemps.

— Alors je reste. *En tant qu'amie.* Tant que vous voudrez de moi, je resterai. Et quand vous serez prêt à vous retrouver seul, je partirai.

Il baissa les yeux sur nos mains.

— Je n'aime vraiment pas être seul. Je déteste ça. Je déteste être là quand Birdie n'est pas à la maison, parce que je me retrouve à devoir affronter ce qui me reste. Et mis à part ma fille, il ne me reste rien. Je ne veux pas de cette vie. Je veux me sentir à nouveau heureux. C'est juste que je n'ai pas encore trouvé comment y arriver.

— Je pense que ça arrivera tout seul. Être heureux n'est pas quelque chose qu'on peut avoir sur commande. Ça arrive par hasard, quand on vit sans chercher à ce que ça se produise.

Ce qu'il prononça ensuite me brisa le cœur.

— Amanda ne m'a jamais dit si elle était d'accord pour que je passe à autre chose, et je pense que c'est en partie ce qui me retient. Je ne voudrais jamais qu'elle me regarde en ayant l'impression que je l'ai remplacée. Et ça me hante.

Il me lâcha la main, les yeux larmoyants.

— Bon sang, vous n'êtes pas venue pour ça ce soir. Bordel.

— S'il vous plaît, ne vous excusez pas, l'implorai-je. Votre honnêteté me fait du bien. Vous n'imaginez pas à quel point c'est incroyable de voir à quoi ressemble le véritable amour, à travers l'amour et le respect que vous portez à votre femme. Vous m'avez donné de l'espoir, Sebastian. Sincèrement.

Il me fixa droit dans les yeux.

— Vous voulez savoir le pire ?

— Allez-y.

— Alors que je suis assis là à vous parler de ma femme, je ne peux quand même pas m'empêcher d'avoir envie de vous embrasser.

Ses mots déclenchèrent en moi ce qui ressemblait à un incendie. Quelles montagnes russes émotionnelles !

— Personne n'a dit que les sentiments devaient suivre une logique, affirmai-je, le désir pesant lourd sur ma poitrine.

— Vous m'avez demandé ce que j'avais prévu de faire ce soir... commença-t-il. Je ne vous ai raconté que la moitié de l'histoire. Ce que je ne vous ai pas dit, c'est qu'après votre départ, je n'arrêtais pas de penser à vous, à votre sourire contagieux, et à quel point vous êtes sexy. Aucune femme n'aurait pu vous sortir de ma tête. Et quand vous êtes revenue, j'ai failli ne pas m'en remettre. C'était comme si vous aviez lu dans mes pensées.

Je m'approchai de lui jusqu'à ce que mon visage ne soit plus qu'à quelques centimètres du sien. L'attirance physique était vraiment intense. En temps normal, je n'étais pas aussi entreprenante, mais peut-être que ça avait un lien avec le fait de n'avoir jamais été aussi attirée par quelqu'un. Oui, j'aurais aimé avoir plus qu'une simple relation sexuelle avec Sebastian. Mais s'il n'était pas prêt à aller plus loin, serais-je toujours partante pour partager une nuit avec lui? La réponse était oui.

Peinant à respirer, je partageai avec lui ce que je ressentais à ce moment-là.

— Si vous me voulez, vous pouvez m'avoir. Je ne poserai aucune question. J'en ai besoin autant que vous. On peut juste se servir l'un de l'autre pour évacuer nos frustrations.

Il déglutit, puis laissa échapper un gémissement avant de secouer la tête.

— Vous avez bu, Sadie, et moi aussi. On ne peut pas faire ça.

J'acquiesçai en silence. Il n'avait pas tort. Toutefois, vu ce qu'il venait de dire, je fus complètement choquée quand il sembla perdre le contrôle, et qu'il prit mon visage en coupe pour m'attirer à lui quelques secondes plus tard. La chaleur de sa bouche sur la mienne envoya des ondes de choc dans tout mon corps. Sebastian gémit dans ma bouche, et son gémissement vibra jusque dans ma gorge. Il avait le goût du vin mélangé à la meilleure saveur que j'avais jamais goûtée. Une saveur virile, totalement lui, et il m'en fallait plus. Je me fichais qu'il ait bu, tout ce qui m'importait, c'était de profiter de chaque seconde de ce qui était en train de se passer. Il m'installa sur lui et je m'assis en le chevauchant. J'aurais pu jouir rien qu'avec le simple frottement de son érection à travers son pantalon. Sans parler que rien qu'avec ce contact restreint, je pouvais dire qu'il était bien bâti. Mes jambes tremblèrent lorsque ses doigts passèrent le long de mon dos.

— Putain, murmura-t-il dans ma bouche. Tu es tellement sexy. J'ai envie de te dévorer.

Mon entrejambe se contracta en entendant ces mots. Si on m'avait dit que je devais mettre ma vie en jeu pour le sentir en moi sur-le-champ, j'aurais pu envisager de le faire.

Pile au moment où j'eus l'impression d'être sur le point de craquer, Sebastian sembla sortir de sa transe et s'écarta.

Il se couvrit la bouche et se leva.

— Je ne peux pas, Sadie. Je ne peux vraiment pas. J'ai envie de toi, mais je ne peux pas te prendre comme ça. Tu as trop bu, et moi aussi.

Mes lèvres étaient gonflées, mes mamelons dressés. Mon corps était plus que prêt. Alors naturellement, j'étais déçue, mais c'était mieux ainsi.

— Tu veux que je parte ? demandai-je en haletant.

Il secoua vigoureusement la tête tout en gardant ses distances.

— Non. Je ne me sentirais pas bien de te renvoyer chez toi maintenant. Reste, s'il te plaît. Tu peux dormir dans mon lit, et j'irai dans celui de Birdie.

L'espoir monta en moi.

— Tu es sûr ?

— J'insiste. Hors de question que je te laisse monter dans une voiture avec un inconnu alors que tu es ivre, même si c'est un Uber.

Son inquiétude me donna un sentiment de chaleur, de protection.

— Merci.

— Viens, je vais te montrer la chambre, m'invita-t-il avec un signe de tête, avant de me guider au bout du couloir.

Un grand lit king-size surmonté d'une tête de lit en bois foncé occupait le centre de l'espace, et était recouvert d'une couette en satin gris. Nous avions une magnifique vue sur la lune depuis la fenêtre. Aussi chaleureuse qu'était cette pièce, être ici me semblait intrusif et interdit.

— Fais comme chez toi. Prends une douche chaude dans la salle de bain si tu veux.

— D'accord... répondis-je en souriant. Merci.

Après son départ, je soupçonnai vaguement que je ne le reverrais pas de la nuit. Il avait pris une sage décision. Je le respectais pour ça, mais ça n'éteignait pas du tout l'incendie qui faisait rage en moi.

Ce soir-là, je pris une douche dans sa belle salle de bain et m'allongeai sur son immense lit conjugal. C'était un peu étrange d'être étendue dans le lit où Sebastian avait couché avec sa femme. Je pouvais totalement comprendre la sensation de vide qu'il décrivait. Et je me languissais de lui. J'avais eu des sentiments pour cet homme bien avant de le rencontrer, mais maintenant que j'avais vu personnellement à quel point il était passionné, ça me faisait encore plus craquer pour lui.

CHAPITRE 17

Sebastian

J'avais été à deux doigts de faire une bêtise hier soir. À tel point que j'avais pu la sentir arriver. Et la sentir, *elle*, aussi. Je soupirai. Elle sentait divinement bon. Même si je savais que les effets de l'alcool avaient disparu, je me sentais en quelque sorte encore ivre d'elle.

C'était un miracle que j'aie réussi à dormir, mais le vin avait dû m'assommer, car peu après deux heures du matin, je m'étais endormi dans le lit de Birdie. Enfin, pas avant d'être allé faire un tour dans la salle de bain pour me masturber en imaginant Sadie dans cette posture de la charrue, les jambes au-dessus de sa tête. Il m'avait fallu à peine trente secondes pour jouir plus fort que je ne l'avais fait depuis des mois sur la porte de la douche. Mieux valait le faire ici plutôt qu'en elle, et croyez-moi, si elle n'avait pas bu, ça aurait très bien pu arriver.

J'enfilai un T-shirt blanc et un jean, puis je me rendis à la cuisine. L'odeur du café infiltra mes sens.

Mon cœur faillit s'arrêter en la voyant dans ma cuisine. Je ne m'étais pas rendu compte à quel point ça me manquait de me réveiller en présence d'une femme. Peut-être que ce fut à ce moment-là que je pris conscience d'à quel point j'avais été seul. Mais ce n'était même pas ça. Elle portait ma chemise. Ma chemise blanche. Et pas de foutu pantalon. Elle remuait un peu ses fesses, alors qu'il n'y avait pas de musique.

— Bonjour, lançai-je.

Sadie sursauta.

— Bonjour, répondit-elle en souriant. Je me suis permis de préparer le petit déjeuner.

Elle baissa les yeux sur sa tenue.

— J'ai emprunté l'une de tes plus longues chemises. Je n'avais pas vraiment envie de remettre mes vêtements sales après avoir pris ma douche hier soir. J'espère que ça ne te dérange pas.

Que pouvais-je répondre ? Ça avait l'air de convenir à mon sexe, car il durcit rien qu'à la voir porter ma chemise. En réalité, je commençais à avoir l'impression d'être un homme des cavernes. Le sommeil n'avait pas du tout diminué ma faim.

Je ne lui répondis pas. J'étais trop occupé à la fixer.

— Je me suis dit que la moindre des choses à faire était de te préparer un bon petit déjeuner, étant donné que tu m'as laissé ta chambre hier soir.

Elle était beaucoup trop aimable, compte tenu du fait que j'avais dévoré sa bouche avant de l'envoyer se coucher toute seule hier soir.

L'odeur des œufs, du café et d'une pointe de cannelle emplissait l'air. Et bizarrement, au lieu de me sentir coupable et tiraillé ce matin, je continuais à me sentir euphorique.

— C'est super, merci, soufflai-je en arrivant à ses côtés.

Juste à ce moment-là, la sonnette retentit.

— Qu'est-ce qui se passe ? lançai-je en tournant les yeux vers la porte.

— Tu attends quelqu'un ? me demanda-t-elle.

— Non.

Lorsque j'ouvris, je me retrouvai face à Birdie et une femme que je reconnus comme étant la mère de son amie. Ma fille n'était pas censée rentrer avant cet après-midi.

— Bonjour ! Que s'est-il passé ?

— J'ai une conjonctivite, m'apprit Birdie en me regardant.

— Je suis désolée, monsieur Maxwell, s'excusa la femme. C'est contagieux, alors j'ai pensé qu'il valait mieux que je la ramène chez elle.

Merde.

Renée remarqua mon air éreinté.

— Est-ce que... le moment est mal choisi ? J'ai essayé de vous appeler avant de venir, mais je suis tombée directement sur la messagerie.

C'est parce que charger mon téléphone est bien la dernière chose à laquelle j'ai pensé en allant me coucher hier soir.

— Non, ce n'est pas grave, affirmai-je en secouant la tête. Tout va bien. Je comprends totalement.

J'avais peut-être prononcé ces mots, mais mon corps bloquait toujours le passage.

Mais qu'est-ce que je vais faire ? La dernière chose que Birdie devait voir, c'était une Sadie à moitié nue dans notre cuisine. C'était gênant à bien des égards. Comment j'allais lui expliquer ?

— Apparemment, il y a des cas de conjonctivite dans leur classe. Il ne faut généralement rien de plus que des gouttes dans les yeux pour s'en débarrasser. Birdie a dit qu'elle ne l'avait même pas remarqué, n'est-ce pas, trésor ?

Ma fille haussa les épaules.

— Ça ne fait pas mal du tout.

Marmaduke choisit ce moment pour venir à la porte. Il força le passage et faillit faire tomber Birdie sur la première marche.

— Salut, Marmaduke. Je t'ai manqué ? demanda-t-elle en se penchant pour le caresser, même s'il était presque aussi grand qu'elle.

Renée sourit.

— J'ai laissé mon mari seul avec sept filles, alors je ferais mieux d'y retourner.

— D'accord, euh, merci de l'avoir ramenée.

Elle fit demi-tour pour descendre les escaliers, et je jetai un coup d'œil par-dessus mon épaule pendant que Birdie était occupée avec le chien. *Aucun signe de Sadie.*

— Euh, tu sais quoi, chérie ? Je m'apprêtais à aller promener Marmaduke. Je vais chercher sa laisse et on y va ensemble ? J'appellerai le médecin pour prendre rendez-vous quand on rentrera.

— D'accord, papa.

— Je reviens dans une minute. Tu peux rester ici pendant que je vais chercher la laisse dans la cuisine ?

— Elle est juste là, à côté de ta tête, papa, indiqua Birdie en riant et en pointant l'objet du doigt.

Mince. Évidemment, il fallait que cette fichue laisse soit suspendue au crochet dans l'entrée, juste à côté de la porte.

Birdie se releva et essuya ses genoux.

— Je vais poser mon oreiller et mon sac de couchage dans ma chambre.

— *Non !* Ne fais pas ça.

Elle fronça ses petits sourcils.

— Pourquoi je ne peux pas y aller ?

— Euh.

Réfléchis ! Réfléchis ! Oh, j'ai trouvé !

— Parce qu'il y a peut-être des bactéries dessus. À cause de ta conjonctivite.

Je souris en prononçant cette excuse, mais ma fille me regarda bizarrement, comme si elle se demandait « Pourquoi tu me regardes comme un cinglé en souriant, alors que ma conjonctivite est peut-être sur mes affaires ? ». Quoi qu'il en soit, je pris l'oreiller et le sac de couchage et les jetai derrière moi, dans le salon.

Puis je sortis et fermai la porte aussi vite que possible.

— Prête ?

— Euh... papa... tu as oublié la laisse, non ? demanda-t-elle en baissant les yeux. Et tes chaussures !

Bon sang.

— Mince. Bon... accorde-moi une minute.

Je rouvris la porte, juste assez pour attraper la laisse et une paire de chaussures, avant de la refermer.

— Allons-y.

Birdie descendit les escaliers. Je regardai plusieurs fois par-dessus mon épaule, mais il n'y avait toujours aucun signe de Sadie. Avec un peu de chance, elle avait compris ce qui s'était passé et serait au moins habillée quand on rentrerait.

***

Je gagnai du temps pendant une bonne demi-heure en faisant faire une très longue promenade à Marmaduke, jusqu'à ce que Birdie me dise qu'elle avait besoin d'aller aux toilettes. En arrivant à la maison, j'ouvris la porte avec hésitation. Les affaires de Birdie étaient exactement là où je les avais laissées. Je regardai autour de moi, la maison semblait silencieuse. Pendant que Birdie partait aux toilettes, je jetai un coup d'œil dans la cuisine. Pas de Sadie. Alors j'allai dans la chambre et la salle de bain attenante. Personne. En m'apprêtant à repartir vers le salon, j'aperçus ma chemise pliée au milieu du lit, celle qu'elle portait ce matin et qu'elle avait prise pour dormir cette nuit.

Elle était partie. Je poussai un soupir de soulagement, et mes épaules se détendirent. Toutefois, même si j'étais ravi de protéger ma fille, je me sentais un peu mal d'avoir laissé Sadie partir sans lui avoir rien dit. Surtout après ce qui s'était passé hier soir. Elle méritait mieux que ça.

Alors après avoir appelé le médecin de Birdie pour prendre un rendez-vous afin de faire vérifier son œil, je laissai mon téléphone charger un peu, puis décidai d'envoyer un message à Sadie.

Sebastian : Désolé pour le départ précipité. Birdie est rentrée plus tôt que prévu avec une conjonctivite. Je vais l'emmener chez le médecin.

Quelques minutes plus tard, mon téléphone bipa à l'arrivée d'une réponse.

Sadie : Aucun problème, je comprends parfaitement. Bonne chance chez le médecin !

J'hésitai à aborder ce qui s'était passé entre nous hier soir, mais qu'est-ce que j'aurais pu dire ?

Merci de m'avoir laissé me frotter contre toi alors que j'étais ivre.

Je ne veux pas me doucher pour garder ton odeur partout sur moi.

Je me dis qu'il valait mieux laisser certaines choses de côté parfois, et je tapai quelque chose d'innocent.

Sebastian : Merci. On se reparle bientôt.

Je remis ensuite mon portable à charger.

Je me forçai à prendre une douche rapide et à me raser, avant de me préparer pour emmener Birdie à son rendez-vous. J'attrapai la première chemise qui me tomba sous la main dans mon armoire, puis je pris un T-shirt dans ma commode pour mettre en dessous. Cependant, la chemise pliée sur le lit attira de nouveau mon attention.

Je ne devrais pas.

Ce serait tordu.

Je regardai la porte de ma chambre, tout en me tenant à un mètre cinquante de la chemise, et je la fixai comme si elle allait me mordre si je m'approchais trop.

Toutefois, elle me narguait, même de loin.

Touche-moi.

Sens-moi.

Porte-moi.

Juste une fois, ça ne fera pas de mal.

J'essayai de l'ignorer, mais ensuite, je me mis à me raisonner.

Je devrais probablement la sentir juste une fois pour voir si elle a besoin d'être lavée.

Oui... je devrais faire ça.

Une seule fois.

Juste une seule.

J'avançai jusqu'au lit, saisis la chemise et la portai à mon nez. J'inspirai profondément, et l'odeur de Sadie envahit mes sens. Ça sentait exactement comme elle.

Bordel.

Putain.

J'inspirai une deuxième fois.

Néanmoins, j'aurais dû m'écouter... *Une seule fois...* Parce que lorsque je recommençai... Birdie entra brusquement et me surprit le visage enfoui dans le tissu.

— Qu'est-ce que tu fais, papa ? m'interrogea-t-elle en fronçant les sourcils.

— Je... euh, je m'assurais juste que ma chemise était propre.

Elle rit.

— Est-ce qu'elle l'est ?

— Euh, oui, je crois, répondis-je en restant là à la fixer.

— Tu te sens bien, papa ? Tu agis vraiment bizarrement aujourd'hui.

— Oui, je vais bien, trésor. Désolé.

— Viens, il est l'heure d'aller chez le médecin, déclara-t-elle en me tendant la main.

— D'accord... laisse-moi prendre une chemise.

— Qu'est-ce qui ne va pas avec celle-là ?

— Elle est sale.

— Tu viens de dire qu'elle était propre, répliqua-t-elle en riant.

— Oh. Oui... elle est propre. C'est juste que... elle est tachée.

Je roulai la chemise en boule et la jetai sur le lit, puis ramassai celle que j'avais sortie de mon armoire.

— Je vais mettre celle-ci.

Plus tard ce soir-là, je fus soulagé quand Birdie me dit qu'elle était fatiguée et qu'elle voulait aller se coucher. Nous étions tous les deux épuisés de nos soirées pyjama de la veille. J'avais vraiment besoin de décompresser, et j'avais hâte d'aller dans ma chambre, de me reposer, et peut-être de regarder un peu la télé. Cependant, après avoir zappé sur toutes les chaînes sans rien trouver, je décidai qu'il me fallait plus qu'une émission stupide pour me détendre. J'avais besoin d'un orgasme.

Alors je me levai, verrouillai la porte de ma chambre, et ouvris le tiroir de ma table de chevet, où je cachais du lubrifiant. Seulement, au moment où j'allai le sortir, je remarquai une feuille de papier pliée au-dessus du flacon. Sans réfléchir, je la récupérai et la dépliai.

Cher Sebastian,

J'ai passé une bonne soirée. Si tu viens chercher dans ce tiroir ce qui se trouve sous ce message, j'espère que tu penseras à moi en l'utilisant.

Sache que j'ai pensé à toi en faisant la même chose dans ton lit hier soir.

Affectueusement,

Sadie

P.S. : Tu devrais peut-être laver les draps ;)

CHAPITRE 18

Sadie

On se reparle bientôt.

C'était ce que disait son dernier message, mais visiblement, nous n'avions pas la même définition du mot *bientôt*.

Ça faisait cinq jours, et j'attendais toujours.

J'avais traversé les différentes étapes du deuil, comme si je venais de perdre quelqu'un. Au départ, j'étais dans le déni et refusais de croire que Sebastian n'allait pas me contacter. Je vérifiais mon téléphone toutes les vingt minutes, même si j'avais monté le volume au maximum et ajouté le vibreur... juste au cas où il m'aurait envoyé un message ou essayé de m'appeler pendant que je dormais. Je savais que lui et moi n'avions pas les mêmes attentes, mais même un coup d'un soir méritait une conversation après les faits.

Après les premiers jours de silence, j'avais été en colère. Comment osait-il ne pas m'appeler ou m'écrire après ce qui s'était passé? J'étais consciente que c'était moi qui avais commencé tout ça, mais il avait été plus que consentant. L'érection qui appuyait contre ma hanche en avait été la preuve.

Et puis le sixième jour, il m'avait enfin contactée. Le numéro de Sebastian était apparu sur mon téléphone. J'avais été si excitée que je l'avais lâché maladroitement, et que l'écran s'était fissuré lorsqu'il était tombé par terre. Mais bon... au moins, il avait fini par m'appeler.

Seulement quand j'avais décroché, la voix à l'autre bout du fil n'était pas du tout la sienne. C'était celle de Magdalene. Elle avait appelé pour programmer ma prochaine séance de dressage parce que Birdie avait demandé quand j'allais revenir. Apparemment, l'homme de la maison était trop occupé pour appeler lui-même.

Après ça, j'étais passée aux étapes suivantes... celles qui étaient censées arriver après le déni et la colère, à savoir le marchandage, la dépression, et l'acceptation. Cependant, en réalité, ce n'était pas vrai. Je ne passai aucune autre étape. Enfin, sauf si être furieuse était celle qui venait après la colère.

À présent, nous étions samedi matin, et je me trouvais devant le brownstone des Maxwell, prête à lui montrer ce que je pensais de son comportement, alors que je frappais pour venir faire ma séance hebdomadaire.

Sauf que lorsque la porte s'ouvrit, ce n'était pas Sebastian.

Ni même Birdie.

Ou encore Magdalene.

C'était une femme portant un peignoir, les cheveux enroulés dans une serviette.

Elle me sourit et me tendit la main.

— Vous devez être Sadie. Je suis Macie. Seb m'a dit que vous seriez là à onze heures, mais j'ai dû perdre la notion du temps sous la douche. La pression est incroyable dans cette maison.

Seb ? Douche ? J'avais l'impression d'avoir reçu un coup. Toute ma colère disparut soudain, et je passai la troisième étape pour aller directement à la quatrième : la dépression.

— Euh, bonjour.

La femme ouvrit grand la porte.

— Entrez. Faites comme chez vous pendant que je vais m'habiller rapidement.

Je hochai la tête et la suivis à l'intérieur, même si tout ce dont j'avais envie, c'était de faire demi-tour pour partir. Elle traversa le couloir... en direction de la *chambre de Sebastian*. En état de choc, je restai là à fixer la porte fermée, et je ne bougeai pas jusqu'à ce qu'elle ressorte.

— Voilà, c'est mieux.

Elle portait à présent un jean moulant et un T-shirt, et elle avait retiré la serviette de ses cheveux. De longues mèches rousses encadraient son joli visage.

— Birdie et Magdalene devraient rentrer d'une minute à l'autre.

Je clignai plusieurs fois des yeux en me rendant compte que je n'avais même pas remarqué qu'elles n'étaient pas là.

— Oh, d'accord. Est-ce que... vous logez ici ?

— Seulement jusqu'à demain. Je n'avais pas prévu de venir, mais c'était tellement gentil de la part de Sebastian de m'inviter que je n'ai pas pu dire non, répondit-elle en souriant. En général, c'est moi qui insiste pour passer.

La jalousie se répandit dans mes veines et je serrai les dents. Cette femme ignorait visiblement qu'à peine une semaine plus tôt, c'était moi qui avais dormi dans la chambre dans laquelle elle venait de s'habiller. Je ne pus m'empêcher de la mettre au courant.

— J'espère qu'il a lavé les draps avant que vous... commençai-je en désignant la chambre de Sebastian d'un signe de la main. Avant que vous fassiez ce que vous avez fait là-dedans. Parce que j'étais nue dans ce lit il y a moins d'une semaine.

La femme haussa brusquement les sourcils. Elle était sur le point de répondre lorsque la porte s'ouvrit. Birdie et Marmaduke entrèrent précipitamment en faisant un sacré grabuge. Magdalene leur emboîta le pas quelques secondes plus tard, essoufflée.

— Ils ont couru pour remonter la rue, expliqua-t-elle en souriant. Je ne fais pas le poids face à une fille de dix ans et un coureur à quatre pattes.

La rousse occupant la chambre de Sebastian s'approcha et aida Birdie avec sa veste. Dès qu'elle fut retirée, la petite se rua vers moi pour me faire un câlin. Ce fut comme une vengeance. Au moins, c'était moi que Birdie préférait.

— Sadie, est-ce qu'on peut travailler sur « fais une roulade » aujourd'hui ?

— Bien sûr. Tout ce que tu veux.

— Tante Macie peut nous aider ?

— Qui ça ? demandai-je en fronçant les sourcils.

— Tante Macie.

Un sentiment d'effroi m'envahit. La rousse nous rejoignit et posa ses mains sur les épaules de Birdie, tout en posant son regard sur elle.

— Je n'ai pas encore pu expliquer qui j'étais, trésor, expliqua la femme en levant les yeux vers moi. Comme ma nièce l'a dit, je suis sa tante.

Je fermai les yeux. *Bon sang, ce n'est pas possible. S'il vous plaît, je vous en supplie, dites-moi que c'est la sœur de Sebastian. Je ne demande que ça.*

J'ouvris les yeux et déglutis.

— La sœur de Sebastian ?

Elle secoua la tête.

— Non, la sœur de sa femme.

***

J'avais envie de me cacher dans un trou.

À la fin de ma séance de dressage avec Birdie, Magdalene nous informa qu'elle allait l'emmener chez une amie pour qu'elles puissent jouer ensemble. Je me dis que j'allais sortir en douce avec elles, même si je savais que je devais des excuses à Macie. Mais apparemment, je n'allais pas m'en sortir aussi facilement.

— Sadie... vous avez une minute ?

Mince... J'étais si près de la porte. Je soupirai et acquiesçai, puis pris Birdie dans mes bras pour lui dire au revoir, avant de dire à Magdalene que je la verrais la semaine prochaine.

Quand la porte se referma, je pris une grande inspiration et me retournai pour faire face à Macie.

— Je suis désolée pour tout à l'heure.

— Vous voulez une tasse de thé, ou un café, peut-être ? proposa-t-elle en m'offrant un sourire chaleureux.

— Est-ce qu'il est trop tôt pour un verre de vin ?

Macie se mit à rire.

— Une fille comme je les aime. Venez, allons piller la réserve d'alcool de Sebastian. Je suis quasiment sûre qu'on pourra y trouver du Baileys pour corser nos cafés.

Je plaisantais quand je parlais du vin, mais visiblement, ce n'était pas le cas de Macie. Elle se rendit dans le bureau de Sebastian, y récupéra une bouteille, puis se rendit à la cuisine pour nous faire deux cafés et y ajouter l'alcool crémeux.

De retour au salon, nous nous installâmes toutes les deux sur le canapé.

— Je suis mortifiée par mes propos, avouai-je en secouant la tête. Honnêtement, je ne sais pas ce qui m'a pris. Évidemment, j'ignorais que vous étiez sa belle-sœur, je vous ai juste vue aller dans sa chambre pour vous changer, et vous avez dit qu'en général, c'était vous qui insistiez pour venir et... enfin... je suis vraiment désolée.

Elle balaya mon commentaire d'un geste de la main.

— Ce n'est rien. Je comprends. À votre place, j'aurais probablement fait la même chose. Peut-être même pire. Une fois, j'ai surpris mon ex en train de me tromper, et j'ai arraché les extensions bon marché de son joujou.

Je ris, tout en étant nerveuse.

— Merci.

Macie sirota son café.

— Alors... Depuis combien de temps vous vous fréquentez ?

— On ne se fréquente pas, confessai-je en secouant la tête. Enfin, pas vraiment. On a juste... Un soir, on a... et ensuite...

Macie leva une main.

— Pas besoin d'explications. Mon beau-frère est un homme compliqué. Ma sœur me manque terriblement, et je sais que Sebastian et elle s'aimaient, mais je suis certaine qu'elle voudrait qu'il aille de l'avant. Son deuil a été assez long. Je n'ai pas pu m'empêcher de remarquer que Birdie et vous semblez avoir un lien fort.

— Oui, je crois que c'est le cas, confirmai-je en souriant. J'ai perdu ma mère quand j'étais petite, au même âge qu'elle, en réalité. Alors j'ai l'impression de pouvoir m'identifier à ce qu'elle traverse... des choses simples comme... avoir quelqu'un qui pourrait faire du shopping avec elle, la coiffer, et simplement partager ces moments qu'une fille partage avec sa mère.

Macie fronça les sourcils.

— J'aurais dû être plus présente ces dernières années.

— Oh, mon Dieu. Je suis désolée. Je ne voulais pas sous-entendre que vous n'étiez pas là pour elle, m'excusai-je en sentant mon visage rougir de honte. Je n'arrête pas de faire des gaffes avec vous aujourd'hui.

Elle arbora un sourire triste.

— Ce n'est pas grave. C'est juste que je me sens mal parce que vous avez totalement raison. La vérité fait parfois mal à entendre, mais ce n'est pas votre faute. Ma nièce passe à côté de ces moments avec sa mère, et elle devrait avoir un modèle féminin, ajouta-t-elle en me fixant. C'est ce que j'ai vu en vous aujourd'hui. Elle vous admire.

— C'est une petite fille formidable.

Macie croisa mon regard.

— C'est vrai. Et je présume que son papa vous plaît, non ?

C'était vraiment bizarre d'avoir cette conversation avec la sœur de son épouse décédée, mais elle se montrait très gentille alors que je m'étais conduite comme une imbécile. Alors, je fus honnête.

— C'est un homme bien et un bon père, avouai-je en hochant la tête.

— Est-ce que je peux vous donner un conseil ?

— Bien sûr.

— Si vous pensez qu'il pourrait se passer quelque chose... n'hésitez pas à le pousser un peu. Beaucoup d'hommes ont peur de l'engagement, mais Sebastian n'en fait pas partie. Il est plutôt du genre *pour le meilleur et pour le pire*. Malheureusement, la vie lui a offert plus de *pire* que de *meilleur*, ces derniers temps. Le problème avec lui, c'est que de toute évidence, ses choix ne l'affectent pas seulement lui. Et il a peur de prendre des décisions qui pourraient faire du mal à sa fille.

Je souris.

— Je l'ai poussé un peu la semaine dernière. Et même si on a fait un pas en avant sur le moment, on dirait qu'il en a fait quatre en arrière après ça.

— Alors, s'il a fait quatre pas en arrière... faites-en deux en avant et poussez-le à en faire de même. Est-ce que vous êtes déjà sortis ensemble ?

Je secouai la tête.

— Essayez de commencer par ça. Petit à petit.

— Je ne sais pas, répondis-je en soupirant.

Macie tapota ma main.

— Vous trouverez une solution. En attendant, merci d'être là pour ma nièce.

— Avec plaisir.

Après avoir terminé nos cafés, Macie me raccompagna à la porte.

— Oh, encore une chose... Demain, j'emmène Birdie manger et voir une pièce en ville. C'est une surprise, mais on va voir *Le Roi Lion*. En tête-à-tête.

Je souris.

— C'est super. Je suis certaine qu'elle va adorer.

— On part vers dix heures. On ne reviendra pas avant au moins dix-neuf heures. Sebastian va au restaurant vers quinze heures les dimanches, alors il sera seul à la maison entre dix et quinze heures, indiqua-t-elle en me faisant un clin d'œil. J'ai pensé que cette information vous serait utile.

***

Le lendemain matin, je ne cessai de repenser à ma conversation avec Macie. Peut-être qu'elle avait raison.

229

Avec le recul, mon père aurait bien eu besoin qu'on le pousse un peu aussi. Il avait passé tellement d'années à s'inquiéter de faire ce qui était bien pour moi et à culpabiliser d'aller de l'avant. J'aurais aimé qu'une femme qui tenait à lui le force un peu à chercher son propre bonheur.

Alors je pris une grande inspiration et sortis mon téléphone. Sans réfléchir davantage, je tapai un message et l'envoyai. Sauf que j'avais agi tellement vite pour éviter de changer d'avis, que je n'avais pas remarqué mon erreur.

Ce que je voulais envoyer, c'était :

Sadie : Salut, est-ce que tu es libre ? Tu accepterais de me rencontrer ce matin ?

Mais en réalité, j'avais envoyé ça :

Sadie : Salut, est-ce que tu es libre ? Tu accepterais de me dévorer ce matin ?

Je fermai les yeux et secouai la tête. J'observai le message passer de « envoyé » à « reçu », puis « lu », et je me mis à rire aux éclats. J'avais été tellement de mauvaise humeur cette semaine que ça faisait du bien de ne pas trop me prendre au sérieux. Les points de suspension se mirent à s'agiter, s'arrêtèrent, puis réapparurent. J'imaginais la tête de Sebastian au moment où il avait lu ce message, et ça m'amusa beaucoup. Pendant que j'attendais de voir à quoi allait ressembler sa réponse, je pris conscience du ridicule de cette semaine et je ris comme une folle.

Toutefois, je m'arrêtai net en voyant la réponse s'afficher sur mon écran. Mes yeux faillirent sortir de leurs orbites, et je dus les cligner plusieurs fois pour pouvoir lire le message une seconde fois.

Sebastian : Sois là à onze heures.

Oh. Mon. Dieu.

Est-ce qu'il venait d'accepter que je m'invite chez lui pour un cunnilingus ?

Il fallait croire que oui.

Était-il possible qu'il ait compris mon erreur de mot et ce que j'avais voulu dire à l'origine dans mon message ?

Je relus notre court échange une nouvelle fois.

Sadie : Salut, est-ce que tu es libre ? Tu accepterais de me dévorer ce matin ?
Sebastian : Sois là à onze heures.

Ça me semblait plutôt clair.

Seulement, qu'allais-je faire à présent ?

CHAPITRE 19

Sebastian

Je ne quittais pas le message des yeux. Elle ne voulait pas vraiment dire « dévorer », pas vrai ? Je ris en me disant que je n'en savais rien. Après le petit mot qu'elle avait laissé à côté de mon lit, je ne pouvais pas savoir avec certitude si Sadie avait voulu être aussi sexuellement explicite. Je ne savais pas non plus si j'avais *envie* que ce soit le cas ou non. En revanche, ce dont j'étais sûr, c'était qu'imaginer la dévorer me rendait dur comme la pierre.

La sonnette retentit presque en même temps que l'horloge afficha onze heures. Je me rendis à la porte pour l'accueillir en me sentant un peu tendu, surtout après les pensées qui venaient de me traverser l'esprit.

Sadie était superbe, vêtue d'un caban en laine blanche. L'automne était enfin en train de s'installer. Ses joues étaient rouges à cause du froid, et ses longs cheveux étaient lâchés.

— Entre.

Avant que je puisse dire quoi que ce soit, elle baissa les yeux, les releva vers moi, et se mit à parler – rapidement.

— Je, euh, je me suis rendu compte que mon message disait « me dévorer », alors que je voulais écrire « me rencontrer ». Je ne voulais pas que tu penses que je voulais dire *me dévorer*. Enfin... si tu voulais le faire... je ne me plaindrais pas, mais je ne voulais pas que tu croies que je suggérais quoi que ce soit. Tu sais... ce fichu correcteur automatique. Je ne te raconte même pas tous les ennuis qu'il m'a attirés dans le passé. Je...

— Sadie, détends-toi. J'avais compris. J'étais sûr à quatre-vingts pour cent que tu voulais dire « rencontrer ».

Elle souffla, faisant voleter ses cheveux au passage.

— Oh, super. Et les vingt pour cent restants ?

— Eh bien, c'est en quelque sorte ce que j'aime chez toi... qu'il *puisse* y avoir un doute. Tu as tendance à être audacieuse. Tu n'as pas peur de dire ce que tu veux. Cette demande aurait été *intéressante*.

J'imaginai lui arracher sa veste, la porter jusqu'au canapé, avant d'écarter ses jambes pour y enfouir mon visage. Cette image n'était pas du tout déplaisante. Et si elle avait voulu dire « me dévorer », Dieu seul savait ce que je me serais autorisé à faire immédiatement.

Sortir un peu serait une bonne idée.

— En parlant de dévorer, l'heure du déjeuner approche, Sadie. Est-ce que tu aimes la nourriture italienne ?

— J'adore ça, répondit-elle en souriant.

— Ça te dit d'aller à mon restaurant ? En réalité, j'ai rarement l'occasion d'en profiter en tant que visiteur. En général, j'y vais les dimanches après-midi pour traiter des affaires et faire l'inventaire. On pourrait d'abord manger ensemble.

— Ce serait super, accepta-t-elle d'un air rayonnant.

— Je prends juste ma verge.

— Pardon ? répliqua-t-elle en haussant les sourcils.

— Je prends juste ma veste, répétai-je en lui faisant un clin d'œil. Je voulais te montrer à quel point il est facile de faire un lapsus.

Cette blague risquée en valut totalement la peine quand j'entendis son rire.

***

Cet après-midi-là au Bianco's, mes employés s'intéressèrent un peu trop à mon invitée. Dès que je croisais le regard d'un serveur ou d'une serveuse, ils étaient en train de nous observer en souriant.

Il était vrai que mon équipe ne m'avait jamais vu ramener quelqu'un d'autre que ma fille au restaurant depuis le décès d'Amanda. Évidemment, dès qu'ils avaient aperçu Sadie, ils en avaient tous tiré des conclusions. Je ne savais pas vraiment moi-même si leurs suppositions étaient vraies. Étais-je en train de sortir avec Sadie ? Était-ce un vrai rencard ? Je n'en avais aucune idée. Ce qui était sûr, c'était que ça y ressemblait beaucoup : l'adrénaline, l'excitation qu'on pouvait ressentir lors du début d'une relation. Tout était là. Je supposais que la seule chose qui m'empêchait de vivre pleinement cette expérience, c'était ma propre conscience.

Mon chef de rang, Lorenzo, revint à notre table pour prendre notre commande.

Son sourire niais trahissait ses pensées.

— Que désirez-vous, madame ? demanda-t-il en se tournant vers elle.

Elle ferma son menu.

— Je pense que je vais goûter aux pâtes à la bolognaise de Birdie.

— Ma fille sera ravie d'apprendre que tu as choisi ce plat, affirmai-je en souriant.

Lorenzo hocha la tête.

— Merveilleux choix. Et vous, monsieur Maxwell ? m'interrogea-t-il en tournant les yeux vers moi.

Bon sang, ça semblait surréaliste de commander dans mon propre restaurant.

— Vous savez quoi, Lorenzo ? Je prendrai la même chose.

Il reprit les menus et s'éloigna en affichant toujours un grand sourire. Il se retourna à un endroit où Sadie ne pouvait pas le voir et leva ses deux pouces en l'air à mon attention. Je souris et secouai la tête. *Faire venir Sadie ici était peut-être une erreur.* Tout le monde était un peu trop enthousiaste.

— C'est très joli ici, observa l'intéressée en regardant autour d'elle. Tu as fait un travail incroyable avec le décor.

Des cheminées étaient présentes aux quatre coins du restaurant. Des briques apparentes et un éclairage tamisé offraient un cadre reposant.

— Amanda a beaucoup contribué au choix du décor, alors je ne peux pas m'en attribuer tout le mérite.

Tu pourrais peut-être apprendre à ne pas évoquer ton épouse décédée à chaque fois que l'occasion se présente, tu ne crois pas ?

— Eh bien, elle a très bon goût.

Mon regard erra dans la pièce.

— Cet endroit était notre second enfant. Continuer de le faire tourner a été un vrai défi, mais aussi une bénédiction. C'est la seule chose qui m'a vraiment aidé à traverser les moments difficiles.

— C'est sûr que le travail peut compenser dans ces cas-là.

— Les restaurants sont des entreprises à risques, surtout dans cette ville où les bonnes adresses courent les rues. Il y a énormément de compétition, alors il faut trouver un moyen de sortir du lot.

Sadie arborait un regard émerveillé.

— C'est dingue, vraiment. Je crois que l'amour et la passion font toute la différence. Cet établissement prospère parce qu'il a été créé par deux personnes qui s'aimaient, se respectaient, et qui ont uni leurs efforts. Si on ajoute à ça le fait que la plupart des plats sont des recettes de ta grand-mère, ça fait de cet endroit plus qu'un simple restaurant. On retrouve l'histoire, l'amour et l'âme en un même lieu. Je peux le sentir rien qu'en étant assise ici.

Sadie semblait à deux doigts de pleurer. Elle ne disait pas seulement ça pour me flatter. Elle le pensait vraiment. *Sa* passion était définitivement remarquable.

— Je ressens toujours ça aussi quand je suis ici. Je suis ravi que tu l'aies remarqué.

Après l'arrivée de nos plats, notre déjeuner fut fluide et agréable. Nous avions bu du vin, alors heureusement que je n'avais pas prévu de beaucoup travailler cet après-midi. Nous n'étions pas saouls. Nous étions loin de l'état dans lequel nous nous étions retrouvés quand elle avait passé la nuit à la maison. Je dirais juste que nous étions... légèrement pompettes et heureux.

Après avoir mangé, je posai ma main au creux de ses reins lorsque nous quittâmes la table. Initier ce contact, aussi petit soit-il, était énorme pour moi. Je n'avais même pas eu de mal à décider de le faire. Ça m'avait paru naturel, presque comme un geste protecteur pour repousser tous les regards indiscrets rivés sur nous. J'étais tenté d'être seul avec elle, mais je me souvins d'une chose que je voulais lui montrer avant de partir.

— Viens, je veux te montrer quelque chose, déclarai-je.

Je l'accompagnai au sous-sol, puis me servis de ma clé pour déverrouiller notre énorme cave à vin.

Elle en resta bouche bée.

— Waouh, on dirait le paradis.

— Oui, j'en suis plutôt fier. La plupart du temps, les clients ignorent son existence. Nos clients VIP descendent souvent pour choisir leur vin, mais tout le monde n'a pas le droit de venir ici.

— Ça ressemble à quelque chose que je me serais imaginé en Europe.

— Eh bien, en fait, on l'a construite en pierre et en brique pour imiter les caves qu'on retrouve en Europe, alors tu n'es pas très loin de la réalité.

— Ça a dû être un sacré projet de mettre tout ça en place.

— C'est vrai. Il a fallu s'assurer d'avoir les étagères appropriées pour les bouteilles, et bien sûr, il faut que la température soit adaptée aux vins pour les préserver. Alors on a dû installer un système de régulation de la température haut de gamme, ainsi qu'un générateur de secours.

— Waouh, tellement de choses à penser.

Son regard s'était arrêté sur une bouteille de cabernet.

— Est-ce que tu veux choisir une bouteille pour qu'on la ramène chez moi ? lui proposai-je.

— Oh, non, ce n'est pas nécessaire.

— J'insiste.

Elle sourit, puis se mit à passer son index le long des bouteilles, en avançant le long du mur de la cave. Je la suivis et ne pus m'empêcher d'inspirer son odeur incroyable.

— J'ai pris ma décision, annonça-t-elle en finissant par se tourner vers moi.

J'attendis sa réponse, impatient de voir ce qu'elle avait choisi.

Au lieu de sortir une bouteille de l'étagère, elle prit mon visage en coupe.

— C'est ça que je choisis.

Ses lèvres se posèrent aussitôt sur les miennes, et ma langue se glissa dans sa bouche chaude. Je ne fus plus capable de penser à quoi que ce soit. La seule chose que j'avais en tête, c'était à quel point c'était bon de l'embrasser de nouveau.

— C'est *toi* que je veux ramener à la maison, et non pas une bouteille de vin, souffla-t-elle sur mes lèvres.

J'étais dur comme la pierre, alors que ses seins doux étaient appuyés contre mon torse.

— Partons d'ici, lançai-je en la prenant par la main.

Ce n'était certainement pas mon cerveau qui avait parlé.

Je la guidai dehors, et je ne savais même pas où nous allions aller quand je hélai le premier taxi qui passait, en me faisant presque écraser dans la manœuvre.

Quand le chauffeur nous demanda notre destination, nous nous contentâmes de nous regarder. Elle dut voir la faim dans mes yeux, car elle lui donna ce que je présumais être son adresse.

Pendant le trajet jusqu'à son appartement, j'étais partagé entre le désir et le fait de me demander si je faisais le bon choix d'aller chez elle.

Après avoir payé le taxi, je lui pris la main et elle me fit monter les escaliers jusqu'à chez elle. La porte était à peine ouverte qu'elle avait déjà jeté son manteau, puis son sac à main tomba par terre quand je l'attirai contre moi. C'était comme si mon esprit n'était plus dans mon corps. Je la soulevai et enroulai ses jambes autour de ma taille. Elle aspira la peau de mon cou et se frotta contre mon sexe gonflé. Je la portais toujours, impatient de trouver sa chambre.

— Première porte sur la gauche, me souffla-t-elle à l'oreille d'une voix rauque.

Le chemin me sembla interminable.

Je n'avais jamais eu autant envie de quelqu'un de toute ma vie. Je lui retirai son haut, et j'admirai ses beaux seins ronds déborder de son soutien-gorge en dentelle mauve. Je baissai la tête pour pouvoir sucer sa peau, mais j'avais besoin de goûter son téton. Je dégrafai rapidement son soutien-gorge et le laissai tomber au sol.

— Bon sang, tes seins sont magnifiques, observai-je en m'occupant d'eux chacun leur tour.

Sadie pencha la tête en arrière de plaisir. Je mourais d'envie de découvrir quels bruits elle ferait si je descendais davantage ma bouche.

— Tu veux toujours que je te *dévore* aujourd'hui ? lui murmurai-je à l'oreille.

Elle rit malgré sa respiration rapide et hocha la tête.

— Oh que oui.

Sadie tomba sur le lit et je m'installai au-dessus d'elle. Je lui retirai son pantalon, puis sa culotte. J'écartai ensuite ses jambes, et je fis ce que j'avais rêvé de faire toute la journée, à savoir porter ma bouche entre ses cuisses. Elle avait si bon goût. Je n'avais fait ça à personne depuis ma femme. Je m'étais contenté de sexe ordinaire et protégé. Toutefois, sentir la peau chaude de Sadie contre ma langue, la goûter et éprouver son excitation était la chose la plus intime que j'avais faite depuis une éternité.

Elle gémit alors que ma langue s'animait contre son clitoris, dessinant des cercles et aspirant la peau sensible qui s'y trouvait. Elle glissa ses mains dans mes cheveux, tandis que je redoublais d'efforts pour lui donner du plaisir. Ma queue était si dure que j'aurais pu jouir dans mon pantalon avant même d'en avoir fini avec elle.

Sadie remua ses hanches pour répondre aux mouvements pas vraiment doux de ma langue. Je savais qu'elle était proche de l'orgasme, alors je devais décider si je voulais la laisser jouir sur mon visage, ou si je préférais me joindre à elle.

Quand elle sembla sur le point de basculer, je reculai brusquement.

— Tu veux jouir sur ma bouche ou tu préfères que je sois en toi ?

— Je veux te sentir en moi, haleta-t-elle.

Sa réponse était claire comme de l'eau roche, et c'était tout ce que j'avais besoin d'entendre.

Heureusement que je me promenais toujours avec un préservatif dans mon portefeuille. Je pouvais sincèrement affirmer que je n'en avais jamais utilisé un de façon si inattendue avant aujourd'hui. Je sortis l'emballage de ma poche arrière et l'ouvris avec mes dents, impatient d'être en elle. Je baissai mon pantalon, libérant ainsi brusquement mon érection. L'extrémité était totalement couverte de liquide pré-séminal. Les yeux de Sadie étaient rivés sur mon sexe, et quand elle humecta ses lèvres, je me dépêchai d'enfiler le préservatif.

J'aurais dû être plus doux avec elle, mais mon instinct me poussa à la pénétrer d'un seul mouvement brusque. Le bruit de plaisir qu'elle poussa quand je m'enfonçai en elle jusqu'à la garde me confirma que c'était ce qu'elle voulait, elle aussi. Je n'avais jamais été assez à l'aise, mis à part avec ma femme, pour me laisser totalement aller lors d'un rapport sexuel. Il n'y avait aucune appréhension, aucune hésitation de ma part, seulement un désir brut.

— Sebastian... murmura-t-elle encore et encore.

Chaque fois qu'elle prononçait mon prénom, je poussais plus fort pour mériter chacun de ses gémissements.

— Putain, Sadie. C'est... Putain...

J'arrivais à peine à parler. J'avais l'impression d'avoir perdu la raison.

— Tire plus fort sur mes cheveux... soufflai-je, sans hésiter une seconde à lui dire ce que je voulais. Écarte encore plus tes jambes...

Elle m'obéit et agita plus rapidement ses hanches. Visiblement, quelqu'un aimait recevoir des ordres au lit, et j'étais ravi de rendre service.

— Dis-moi quand tu es prête, Sadie.

Quelques secondes plus tard, son corps trembla et elle empoigna mes fesses.

— Je vais jouir, m'informa-t-elle.

C'était à peine audible, mais j'avais entendu.

Je me laissai aller en la pénétrant profondément, avant de remplir le préservatif. Sa main resta sur mes fesses pendant tout ce temps, me guidant pendant que je jouissais. Je n'oublierais jamais les bruits qui lui échappèrent lors de son orgasme. Cette fille avait bouleversé ma vie en seulement quelques minutes.

Nous haletions presque en rythme lorsque je m'effondrai sur elle. C'était sincèrement la meilleure expérience sexuelle de ma vie. Et même si c'était complètement sauvage et brut, je savais que si j'avais été capable de me laisser aller à ce point, c'était parce que j'avais confiance en elle. C'était différent de tout ce que j'avais vécu depuis Amanda. Et pour être totalement honnête, c'était même différent de tout ce que j'avais connu avant elle. Cependant, je n'allais pas me mettre à penser à ma femme maintenant, car ce serait vraiment bizarre.

Il me fallut quelques minutes avant de pouvoir trouver le courage de me retirer. Si j'avais pu, je serais resté en elle bien plus longtemps que ça. Mais je ne savais pas si c'était prudent vu la quantité de sperme que j'avais envoyé dans le préservatif.

Après m'en être débarrassé, je revins à ses côtés et posai ma tête sur ses seins nus. Je pouvais sentir son cœur battre la chamade contre mon oreille. Ce fut la première chose qui me confirma que ce qui venait de se passer entre nous était bien plus que le meilleur coup de ma vie.

CHAPITRE 20

Sadie

Je ne savais pas ce qui était mieux entre ce qui s'était passé cet après-midi et la vue des fesses bronzées et musclées de Sebastian lorsqu'il se leva du lit pour remettre son pantalon. Il se tourna juste assez pour que j'aperçoive son érection remuer, avant de disparaître dans son boxer. Bon sang. Son corps était vraiment parfait. Ses jambes étaient si fuselées, sa peau si hâlée, et ses abdos semblaient avoir été taillés dans la pierre. Je n'arrivais pas à croire que je venais de coucher avec lui. Je n'arrivais pas à croire non plus que nous avions réussi à ne pas recommencer. Cependant, il n'avait qu'un seul préservatif, et même si je prenais la pilule et que je le lui avais dit, envisager de le faire sans protection n'était pas possible pour Sebastian. Alors au lieu de ça, je l'avais pris dans ma bouche jusqu'à ce qu'il jouisse dans ma gorge. Les sons gutturaux qui lui avaient échappé pendant que je lui faisais une fellation étaient carrément sexy. C'était le moins que je puisse faire étant donné que je l'avais excité en frottant mon sexe humide contre sa jambe. Sans oublier le cunnilingus incroyable qu'il m'avait offert un peu plus tôt.

— Tu es un bel homme, ne pus-je m'empêcher de lui faire remarquer, tout en continuant à le regarder s'habiller.

Il me rendit mon sourire en enfilant son haut, puis revint au lit à mes côtés, alors que j'étais toujours nue sous la couette.

— Il faut que je rentre chez moi avant le retour de Birdie, déclara-t-il en déposant un baiser sur mon nez.

Je jetai un coup d'œil au réveil, et remarquai qu'il était trop tôt pour qu'il soit obligé de partir. Elle n'était pas censée rentrer avant dix-neuf heures. J'avais espéré qu'il veuille rester un peu plus longtemps. Toutefois, je ne voulais pas passer pour une fille collante, car ce n'était pas très attirant. Sebastian ne semblait pas être le genre d'homme qui apprécierait ça, d'autant plus qu'il avait déjà une petite fille à dorloter, donc il n'en avait pas besoin d'une autre.

— Oui, tu ferais mieux de rentrer, confirmai-je en mettant donc mes besoins et ma vulnérabilité de côté.

Il se leva, et j'en fis autant pour aller prendre l'un de mes peignoirs et me couvrir. Enfin, pas avant d'avoir surpris Sebastian en train de me reluquer jusqu'à ce que ma peau soit couverte. Si quelque chose le faisait hésiter, ce n'était définitivement pas un manque de compatibilité physique avec moi.

Il resta là à me fixer un moment, comme s'il ne savait pas quoi dire.

— On se parle bientôt, d'accord ?

— D'accord, répondis-je après avoir déposé un baiser chaste sur ses lèvres.

Après son départ, je mentirais si je disais que je ne me sentis pas un peu vide. Nous étions passés de la meilleure partie de jambes en l'air que j'avais jamais vécue, à cette impression étrange de détachement. Ce qui était bizarre parce que je m'étais sentie extrêmement liée à lui toute la journée, pas seulement sexuellement, mais à tous les égards. Néanmoins, notre rapport sexuel semblait avoir changé quelque chose.

Comme si quelqu'un là-haut avait compris que j'avais besoin de soutien, Devin m'envoya un message pendant que j'étais en train de ruminer.

Devin : Je m'ennuie et mon copain est sorti avec ses amis. Tu veux de la compagnie ?
Sadie : Oui... mais n'apporte pas de vin. J'ai suffisamment bu pour aujourd'hui.
Devin : Parle pour toi ! Ça en fera plus pour moi.
Sadie : LOL. D'accord. À tout de suite.

Elle frappa à la porte en reproduisant son rythme habituel. Lorsque je lui ouvris, Devin observa mon visage, puis mon cou.

— Qu'est-ce que tu as fait ? Ou devrais-je dire... *qui* tu t'es fait ?

Je devais admettre que je n'avais pas forcément prévu de lui parler de Sebastian. Je n'avais pas encore décidé si c'était une bonne idée, même si je mourais d'envie de me confier. Alors je me demandai comment elle pouvait être aussi certaine qu'il s'était passé quelque chose.

— De quoi tu parles? demandai-je en faisant l'innocente.

— Tu t'es regardée dans une glace? Tu as des marques dans le cou et sur la poitrine.

Je me précipitai devant le miroir du couloir. *Mince.* Sebastian m'avait fait plusieurs suçons.

— Crache le morceau. Qu'est-ce qui s'est passé?

Elle devina avant même que je puisse le lui avouer.

— Oh, mon Dieu. Oh. Mon. Dieu! s'exclama-t-elle en secouant la tête. C'était Sebastian Maxwell, pas vrai?

Le fait que je garde le silence ne fit que confirmer sa supposition.

— Bordel.

Elle posa la bouteille de vin sur le comptoir et l'ouvrit.

— Je me sers un verre, et après tu me racontes tout.

Nous nous installâmes dans le salon, et je mis Devin au courant de tout ce qui s'était passé aujourd'hui, en omettant les détails les plus intimes (même si elle aurait voulu les entendre et qu'elle les aurait appréciés). Je lui racontai donc que nous avions couché ensemble, mais je gardai les détails pour moi.

— Bon sang, je n'en reviens pas. Pourquoi tu n'as pas l'air contente? C'est la meilleure chose qui nous soit arrivée.

Nous?

Je fronçai les sourcils.

— Ça *l'était*. La meilleure chose au monde. Je n'avais encore jamais ressenti ça avec personne.

— Mais… ajouta-t-elle en tirant ses propres conclusions de mon expression.

— Mais quelque chose a changé avant son départ, et je n'ai pas compris ce que c'était. Je pense qu'il venait de prendre conscience de ce qui s'était passé entre nous.

— Comment ça ? Il a compris qu'il s'était envoyé en l'air avec toi ?

— Ce n'est pas la première fois qu'il couche avec quelqu'un depuis la mort de sa femme, mais j'ai eu l'impression que c'était la première fois qu'il le faisait avec quelqu'un pour qui il pourrait avoir des sentiments. Je me suis dit qu'il s'était peut-être senti coupable ou qu'il regrettait. Je ne sais pas vraiment.

Elle soupira.

— Évidemment, ça ne peut pas être simple, n'est-ce pas ?

— Non. Et en l'occurrence, je ne m'attends pas à ce que ça le soit. Pour être honnête, je suis encore un peu choquée que ça se soit passé, alors j'imagine ce qu'il doit ressentir, toutes les émotions qu'il a dû éprouver une fois qu'il a pris conscience de tout ça. J'espère juste qu'il va bien.

Elle fit tournoyer son vin dans son verre en secouant la tête.

— Waouh.

— Quoi ?

— La plupart des femmes se sentiraient abandonnées à ta place. Mais toi, tu es en train de penser à ce que *lui* ressent ? Tu tiens vraiment à lui, hein ?

Je n'eus même pas besoin d'y réfléchir.

— Oui. Oui, je tiens à lui, et ça me terrifie parce que je sais qu'il y a un vrai risque que ça se finisse mal pour moi.

***

Vu les messages que nous nous envoyions, toute personne qui aurait emprunté mon téléphone aurait pu penser que cet homme était mon frère. Je soupirai et fis défiler l'écran pour relire notre conversation des deux derniers jours.

Tard le dimanche soir, après le départ de Devin, j'avais reçu :

Sebastian : Salut. Désolé d'être parti si vite cet après-midi. J'ai passé un moment très sympa.

Sympa ?

Ce n'était pas le mot que j'aurais utilisé pour décrire un rapport sexuel renversant. Phénoménal ? Génial ? Incroyable ? « Sympa »... c'était plutôt un terme que me dirait ma grand-tante. *Merci d'être passée à la maison de retraite aujourd'hui, Sadie. C'était sympa de te voir.*

Pourtant... j'avais suivi son exemple et lui avais répondu.

Sadie : Salut. Pas de souci. J'ai passé un moment sympa aussi.

Puis lundi soir, je n'avais pas arrêté de me demander ce qui se passait dans la tête de Sebastian, alors j'avais décidé que c'était à mon tour d'initier le contact. J'avais essayé d'être drôle.

Sadie : Salut, est-ce que tu me sens bien aujourd'hui ?

Les points de suspension s'agitèrent un instant, puis disparurent, avant de réapparaître. Il finit par me répondre.

Sebastian : Journée chargée, et toi ?

J'avais été déçue qu'il ne morde pas à l'hameçon de ma faute intentionnelle, mais je tapai quand même une réponse.

Sadie : Ça va !

Nous n'avions eu aucun contact mardi et mercredi, mais hier soir, je m'étais emballée quand mon téléphone avait vibré à l'arrivée d'un message.

Sebastian : Tu es disponible samedi soir ?

J'imaginais... un repas... un film... du sexe, peut-être ?

Sadie : Je suis libre après dix-neuf heures !

Mais mon cœur se serra en lisant son message.

Sebastian : Tu penses pouvoir venir faire une séance dressage à dix-neuf heures trente ou vingt heures ? Birdie n'arrête pas d'insister. Apparemment, elle a appris un nouvel ordre à Duke, et elle a hâte de te le montrer. Elle ne veut même pas que je sois le premier à le voir.

Je souris en imaginant l'enthousiasme de Birdie, même si j'étais encore déçue qu'il ne mentionne rien à propos de nous deux. Pourtant, je n'y fis encore aucune allusion dans ma réponse.

Sadie : Pas de souci. J'ai hâte aussi !

Une demi-heure plus tard, j'étais toujours contrariée par la banalité de notre échange, alors je décidai de voir si j'arrivais à le faire réagir. C'était stupide, une réaction impulsive parce que j'étais vexée, et je le regrettai juste après avoir appuyé sur le bouton d'envoi.

Sadie : Ce sera plutôt vers vingt heures, je viendrai directement après mon... truc pour le travail.

Je me rongeai un ongle en attendant de voir comment il allait répondre à ça. Il savait quel genre de travail je faisais à une heure pareille. Cette fois-ci, l'événement *six minutes en tête-à-tête avec un ami* avait lieu au moment de l'happy hour. En réalité, après tout ce qui s'était passé avec Sebastian ces deux dernières semaines, je ne me sentais pas emballée à l'idée d'y aller. Même si je n'avais pas rencontré Sebastian Maxwell, vivre huit rencards de six minutes avec des hommes consommant une grande quantité d'alcool ne m'aurait pas semblé intéressant. Toutefois, je m'y étais inscrite deux mois plus tôt, car la partie *avec un ami* m'intriguait, et j'avais pensé que ça pourrait faire un article amusant. Lors des speed datings ordinaires, je passais dix minutes à discuter avec un inconnu avant de passer au suivant. Après six ou huit mini rendez-vous différents, je devais écrire sur un papier si j'étais intéressée par un vrai rencard avec l'un d'entre eux. Si eux aussi écrivaient mon prénom, alors l'organisateur transmettait à chacun les coordonnées de l'autre. L'événement de demain soir fonctionnerait de la même manière, sauf qu'il y aurait un petit changement. Les hommes et les femmes cherchant à faire des rencontres devaient venir avec un de leurs amis, et ce seraient les accompagnants qui parleraient lors des tête-à-tête. Ils se poseraient chacun des questions à propos de leurs amis. Ça semblait un peu dingue, mais je savais que m'y rendre avec Devin rendrait les choses intéressantes. Et puis, au moment de mon inscription, j'ignorais que les Maxwell allaient entrer dans ma vie. Ce qui me semblait surréaliste à présent, étant donné que j'avais l'impression de les connaître depuis une éternité.

J'observai mon téléphone et je vis mon message passer de « envoyé » à « reçu », puis « lu ». Les points de suspension firent leur apparition, et je retins mon souffle en attendant de lire la réponse de Sebastian.

Sebastian : Truc pour le travail ?

Je souris. J'avais retenu son attention, mais lorsque je me mis à taper, je devins nerveuse. Pourquoi ? Je n'en savais rien. Ce n'était pas comme si nous avions une relation exclusive. Même si pour moi, ce que je vivais avec lui n'était pas anodin. Je regrettai de l'avoir titillé, alors que c'était exactement ce que j'avais cherché. Comment je me sentirais si Sebastian me disait qu'il avait un rencard ? *Argh*. Il fallait que je revienne sur mes pas... que je rembobine et que je reprenne du début.

Sadie : Oui. Des recherches pour un article.

Mais il n'était pas dupe.

Sebastian : Un rencard ?

Eh bien, théoriquement, j'en avais huit, mais ce n'était sûrement pas le moment de clarifier ce point.

Sadie : Techniquement, oui. Même si ce n'est pas vraiment le cas. C'est juste un nouveau type de speed dating pour un article à venir.

Je me préparai à sa réponse, mais alors que nous échangions sans trop de délais, Sebastian devint soudain silencieux. Dix minutes s'écoulèrent avant que mon téléphone vibre de nouveau. Et quand je lus son message, mon cœur s'arrêta.

Sebastian : Amuse-toi bien.

***

— Alors, quel est le métier de Tyler ? demanda Devin en sirotant son deuxième Cosmo.

— Il est pilote sur des vols long-courriers entre ici et Sydney, répondit Ethan, l'ami de Tyler.

— Waouh, c'est un boulot sympa. Est-ce que Tyler peut avoir des réductions pour ses amis et sa famille ? Si c'est le cas, il se pourrait que j'enfreigne les règles et que je te donne tout de suite le numéro de Sadie.

Tout le monde rit. C'était notre cinquième rendez-vous de la soirée, et Devin avait pris son rôle au sérieux en matière de sélection des rencards éventuels. Cependant, ce n'étaient pas les hommes qui avaient rendu cette soirée amusante, car soyons réalistes, aucun d'entre eux ne m'intéressait. Ce qui était drôle, c'étaient les trucs farfelus qui sortaient de la bouche de Devin. Peut-être que si je m'étais un peu plus impliquée, j'aurais remarqué à quel point Tyler était mignon.

— Est-ce que ton ami a des surnoms ? demanda Devin.

Tyler adressa un regard menaçant en guise d'avertissement.

— Oh que non, lança-t-elle. Crache le morceau. Maintenant, on veut savoir.

Ethan arbora un grand sourire.

— On l'appelle Trev.

— Le diminutif de Trevor ?

Ethan secoua la tête.

— Non, le diminutif de Trevi, comme la fontaine. On l'appelle comme ça parce que le jour de sa première cuite, on devait avoir treize ans, il était tellement bourré qu'il a fait pipi au lit après s'être endormi.

Je ris avec les autres, tandis que Tyler frappait le bras de son ami.

— Tu es censé m'aider à trouver un rencard, pas faire fuir les prétendantes, crétin.

— Est-ce que ton copain regarde une émission dont il ne voudrait pas que tu me parles ?

Ethan afficha de nouveau un grand sourire, et Tyler ferma les yeux. Ça allait être marrant.

— Il regarde cette émission qui s'appelle *Les je ne sais plus quoi de l'amour*.

J'écarquillai les yeux.

— Le feuilleton *Les feux de l'amour* ?

Ethan éclata de rire.

— On avait une coloc à la fac qui regardait ça. Tyler était fou amoureux, mais elle avait un petit copain. Il a commencé à regarder juste pour pouvoir passer du temps avec elle. À Noël, il lui a même offert un billet pour aller rencontrer un des acteurs dans une librairie.

— Oooh, c'est trop mignon, s'extasia Devin. Il s'est passé quoi avec elle ?

Tyler gémit et fit semblant de taper sa tête sur la table, avant qu'Ethan réponde.

— Elle est sortie avec le type de la série après la rencontre. Le lendemain, elle a quitté son petit ami pour pouvoir être avec l'acteur. Aux dernières nouvelles, ils ont deux enfants ensemble.

— Oh, mon Dieu, lâchai-je en riant. Est-ce qu'il plaisante ?

Le pauvre Tyler hocha la tête.

— J'aurais préféré.

Son sourire en coin était modeste, mais néanmoins adorable et sincère. Je lui souris en retour, et l'espace d'un instant, il se passa quelque chose entre nous.

Une minute plus tard, l'organisateur nous informa que le temps était écoulé et demanda aux femmes de se déplacer d'une table sur la droite. Tyler me serra la main et attira mon attention.

— C'était très sympa de partager six moments incroyablement embarrassants avec toi.

— J'ai trouvé ça sympa aussi, déclarai-je en riant.

Devin me donna un coup d'épaule lors du changement de table.

— Il était super mignon. J'espère qu'il nous choisira.

Les trois tête-à-tête suivants furent moins agréables. Un des types articulait mal, et les deux autres n'avaient définitivement pas le même humour que Devin. J'étais ravie d'en avoir fini. Devin sortit les cartes de compatibilité qu'on nous avait données à l'entrée.

— Je vote pour les numéros un, trois et cinq, indiqua-t-elle.

— Je ne pense pas que l'homme avec qui tu vis sera ravi d'apprendre que tu as trois rencards. Peut-être que tu devrais te limiter à un seul.

— Je suis sérieuse, insista-t-elle en fronçant les sourcils.

Je soupirai.

— Je ne veux sortir avec aucun de ces types, Dev.

— Je sais, trésor, mais tu as dit toi-même que tu ne savais pas où tu en étais avec Sebastian. Alors, pourquoi ne pas laisser une chance à l'un de ces hommes ? Au moins au numéro cinq. Il était adorable.

— Je ne crois pas, non.

L'organisateur passa récupérer la carte sur laquelle j'étais censée lister mes compatibilités, alors je la lui tendis.

— Vous ne l'avez pas encore remplie.

— Si, c'est fait, affirmai-je en souriant. Merci pour cette chouette soirée.

Une fois dehors, je pris Devin dans mes bras pour lui dire au revoir, et je la remerciai de m'avoir accompagnée.

— Je pourrai au moins écrire un bon article à propos de cet événement. C'était vraiment amusant. Mon dernier speed dating était trop gênant, mais avoir mon amie à mes côtés m'a permis d'être beaucoup plus détendue.

— Ce n'est pas ma présence qui t'a détendue. Tu n'avais pas l'intention de sortir avec qui que ce soit avant même de mettre les pieds ici, alors tu n'avais aucune pression.

— Peut-être, avouai-je en haussant les épaules.

— Tu sais que j'étais dans la team Sebastian depuis le tout premier jour, non ?

— Je sais. Que s'est-il passé depuis ? Avant, tu m'encourageais à lui courir après, et maintenant, tu veux que je sorte avec quelqu'un d'autre.

Elle serra mon bras.

— Je ne veux pas qu'un homme incapable de t'aimer t'empêche de rencontrer quelqu'un qui le fera.

Je fronçai les sourcils.

— Je ferai en sorte que ça n'arrive pas. Je te le promets.

J'étais sérieuse en prononçant cette phrase, mais le problème, c'était que je ne pouvais pas choisir de qui j'étais en train de tomber amoureuse.

***

— Je peux essayer encore une fois ? demanda Birdie en sautant sur place.

Je regardai Magdalene qui avait été très patiente toute la soirée, et elle hocha la tête.

— *Parle* Marmaduke ! s'écria-t-elle après avoir cliqué deux fois. *Gib laut !*

Le chiot immense se mit à aboyer sans relâche. Ce soir, nous avions commencé à l'entraîner à aboyer sur commande. D'ailleurs, puisque la sonnette le faisait toujours s'exprimer, nous l'avions intégrée à la séance. Magdalene sortait, et dix secondes plus tard, elle appuyait sur la sonnette, et je cliquais en même temps en ordonnant au chien de parler. Quand il aboyait, je le grattais derrière les oreilles en lui disant que c'était un bon garçon, puis je le récompensais avec une friandise. Après avoir répété ça cinq fois, je n'avais plus qu'à appuyer sur le clicker et lui ordonner de parler, et Marmaduke se mettait à aboyer même sans la sonnette. Le seul problème, c'était que parfois, nous n'arrivions pas à le faire taire. Il prenait le biscuit, l'avalait presque tout rond, puis se remettait à aboyer.

Ce qui se passa à nouveau cette fois-ci. Les aboiements ne dérangeaient pas du tout Birdie, mais moi, ça commençait à me rendre folle, et la pauvre Magdalene s'était assise à table pour masser une nouvelle fois ses tempes. Impatiente de faire cesser ce bruit perçant, j'ouvris le tiroir de la table basse dans lequel nous avions caché toutes les peluches dont il s'était entiché et lui jetai une licorne. Il arrêta d'aboyer, mais seulement parce qu'il était désormais trop occupé à lui donner des coups de reins. Je soupirai. *Note à moi-même : cette semaine, regarder des vidéos YouTube pour savoir comment le faire taire une fois qu'il est lancé.*

Le téléphone de Magdalene se mit à sonner, et elle rit en décrochant.

— Oh, bonsoir, monsieur Maxwell.

Mes oreilles se dressèrent encore plus que celles de Marmaduke lorsqu'il apercevait une carapace de tortue.

— Oui, bien sûr. Elle est encore là.

Elle marqua une pause.

— Attendez une seconde.

J'essayai de paraître occupée quand Magdalene s'adressa à moi.

— Sadie, monsieur Maxwell aimerait vous parler.

— Oh, d'accord.

Mon cœur se mit à battre plus fort quand je m'approchai du téléphone.

— Allô ?

— Bonsoir.

— Est-ce que tout va bien ? demandai-je en remarquant sa voix tendue.

— J'ai essayé de te joindre, mais tu n'as pas répondu.

— Oh. Mon portable était... dans mon sac, je crois. Je ne l'ai sûrement pas entendu à cause des aboiements.

— Les aboiements ?

— On apprenait au chien à parler.

J'entendis Sebastian pousser un grand soupir dans le téléphone.

— Écoute. J'essayais de quitter le travail avant vingt heures trente pour pouvoir rentrer avant que tu partes, mais ce ne sera pas possible. Je pourrai probablement partir d'ici une heure ou deux. Est-ce que tu penses que tu pourrais... rester jusqu'à mon retour ? Il faut qu'on parle.

Mon pouls accéléra.

— Oui, bien sûr. Tu veux que je dise à Magdalene qu'elle peut y aller ?

— Si ça ne te dérange pas. Elle est restée tard toute la semaine, alors ce serait génial.

— Pas de souci.

— Bon, je file. On a un manque de personnel ce soir.

— D'accord. À tout à l'heure.

Je raccrochai et rendis le téléphone à Magdalene.

— Sebastian m'a demandé de rester pour qu'on puisse... euh... parler du dressage de Marmaduke. Vous pouvez rentrer chez vous si vous voulez. Il m'a dit que vous auriez bien besoin d'être libérée plus tôt.

Elle sourit et regarda Birdie par-dessus mon épaule, puis se pencha vers moi.

— Monsieur Maxwell a été grincheux cette semaine, me murmura-t-elle.

— Ah bon ?

Elle hocha la tête et me fit un clin d'œil.

— Avec un peu de chance, votre conversation à propos du dressage de Marmaduke le fera se sentir mieux.

— Oh... ce n'est... pas ce que vous pensez.

Elle arqua les sourcils, et je soupirai.

— D'accord... c'est peut-être ce que vous pensez. Mais c'est... c'est... je ne sais pas ce que c'est, Magdalene.

— C'est un homme bien, déclara-t-elle en souriant. Soyez patiente avec lui.

Je ne savais pas vraiment quoi lui répondre, alors je me contentai d'acquiescer.

Après le départ de sa baby-sitter, Birdie prit une douche. Elle revint ensuite au salon et me demanda si je pouvais lui faire une tresse. Vers vingt-et-une heures trente, elle commença à bâiller, alors je la mis au lit. Ensuite, je m'assis au salon en attendant Sebastian. Je n'arrêtais pas de me répéter ce qu'il m'avait dit au téléphone. « Il faut qu'on parle. » Aucune bonne nouvelle n'arrivait après une telle entrée en matière. Un horrible sentiment d'angoisse s'empara de moi pendant cette attente. Je me sentais mal et il n'avait pas encore mis fin à cette histoire. Pour être honnête, je ne savais même pas vraiment à quoi il allait mettre fin. Ce n'était pas comme si nous avions défini quoi que ce soit. Tout ce que je savais, c'était que nous avions commencé *quelque chose*, et que pour moi, ce quelque chose était spécial.

À vingt-deux heures trente, j'étais toujours assise sur le canapé, mais mon genou ne cessait de remuer, comme si j'allais me mettre à paniquer. Je n'avais pas eu de nouvelles de Sebastian. Au téléphone, il avait dit une heure ou deux, alors avec un peu de chance, il serait là d'une minute à l'autre. Il fallait que je me calme, alors je décidai d'aller chercher du vin dans son bureau.

Je savais où il gardait sa clé, parce que j'avais vu Macie dévaliser le placard verrouillé le week-end dernier. Cependant, au moment où j'allais la prendre dans le tiroir du bureau, une photo encadrée attira mon attention. Je la récupérai et fixai la photo de Sebastian et Amanda. Elle avait été prise à l'hôpital. Sebastian avait posé un bras sur l'épaule de sa femme, tandis qu'elle portait Birdie qui venait de naître. Ils souriaient tous les deux et avaient l'air tellement heureux.

Était-ce ce qui m'attendait si nous venions à former un couple ? Des photos de son premier amour partout dans la maison ? Vivre dans l'ombre d'une autre femme ? Comment est-ce que ça se passerait s'il se remariait ? Est-ce que la photo de sa nouvelle femme serait glissée par-dessus celle de son premier mariage ? Le fait qu'il me largue ce soir était peut-être une bonne chose.

Oui, une vraie bonne chose.

— Elle est née avec trois semaines d'avance.

La voix grave de Sebastian me fit sursauter. Malheureusement, le cadre me glissa des doigts et atterrit face contre terre dans un bruit sourd.

La main qui avait tenu la photo se posa aussitôt sur mon cœur.

— Tu m'as foutu la trouille.

— Désolé.

J'étais nerveuse en me penchant pour ramasser le cadre. J'avais la nausée en le retournant.

Brisé. La vitre était brisée.

Je secouai la tête.

— Bon sang, je suis vraiment désolée de l'avoir cassé. Je le remplacerai.

Sebastian s'approcha de moi et me le prit des mains.

— Ce n'est rien. Il n'y a rien de grave.

Il posa le cadre sur son bureau, face cachée, et nos regards se croisèrent.

— Désolé d'être en retard.

— Je ne fouillais pas. Je suis juste venue pour voir si tu avais du vin et... la photo a attiré mon attention.

Sebastian hocha la tête, puis il me rejoignit et ouvrit le tiroir. Il en sortit la clé et déverrouilla la réserve d'alcool pour attraper une bouteille de vin rouge, avant de l'incliner pour me montrer l'étiquette.

— Ça te va ?

— Est-ce qu'il y a de l'alcool ?

Il se mit à rire.

— Je vois. Je remplirai ton verre à ras bord.

— Merci.

Sebastian déboucha la bouteille et remplit un verre, puis remit le bouchon.

— Tu n'en prends pas ? demandai-je.

— Peut-être plus tard, répondit-il en me tendant le verre entièrement plein. Je dois garder les idées claires pour l'instant.

— Oh. D'accord.

— Viens. Allons nous asseoir au salon.

Nous nous installâmes tous les deux sur le canapé. Pendant que je sirotais mon vin et que j'attendais, Sebastian tenait sa tête entre ses mains et fixait le sol. Ça me faisait mal au cœur de le voir souffrir autant que moi. Cet homme avait traversé tellement d'épreuves. Il fallait que je rende les choses plus faciles pour lui. Alors je bus une grande gorgée de courage liquide, puis posai mon verre sur la table basse avant de m'approcher de lui.

— Sebastian... ce n'est pas grave. Je comprends. Tu n'es pas obligé de dire quoi que ce soit. On s'est bien amusés, mais tu ne veux rien de plus. Ce n'est rien. Tu n'as pas à te sentir mal.

— Est-ce que c'est ce que tu penses ? Que je me sens mal parce que je ne veux pas être avec toi ?

Je fronçai les sourcils.

— Ce n'est pas ce qui te fait stresser ? De me blesser ?

Il se mit à rire de manière hystérique, avant de secouer la tête.

— Tu veux bien me donner ça ? me demanda-t-il en pointant mon verre du doigt.

Je le lui tendis et l'observai le vider.

— Tant pis pour les idées claires. J'ai juste besoin de courage, avoua-t-il en me rendant mon verre.

Était-il en train de dire ce que je pensais ? Je luttai pour ne pas me faire trop d'espoirs.

— Je ne comprends pas.

Il passa ses mains dans ses cheveux et se tourna pour me faire face.

— Comment s'est passé ton rencard ce soir, Sadie ?

Il avait prononcé le mot « rencard » bizarrement, en insistant dessus comme si le mot en lui-même le rendait malade.

— C'était... sympa.

— Eh bien, je suis ravi pour toi. Au moins, l'un d'entre nous a passé une bonne soirée.

— Ça n'a pas été ton cas ?

— Voyons voir... J'ai cassé la poignée d'un four, je me suis brûlé le bras *deux fois*, je me suis trompé dans trois commandes, et j'ai failli virer une serveuse qui n'avait rien fait de mal. Et tout ça avant dix-huit heures.

— Je ne comprends pas.

— Je n'arrivais pas à me concentrer, Sadie. T'imaginer sortir avec un autre homme – enfin, pas moins de six hommes en speed dating – me donnait des envies de violence.

— En réalité, c'était huit.

Il ricana.

— Merci, je me sens beaucoup mieux.

J'avais été tellement certaine qu'il allait rentrer pour mettre un terme à notre histoire, que même s'il venait de me dire qu'il ne supportait pas l'idée de me savoir avec quelqu'un d'autre, je protégeai quand même mon cœur.

— Si tu ne voulais pas que j'y aille, pourquoi ne pas me l'avoir dit ? Ou mieux encore, pourquoi tu ne m'as pas appelée cette semaine ?

— Parce que j'ai l'impression que je ne suis pas *censé* avoir envie de garder une autre femme pour moi tout seul.

Je déglutis.

— Mais c'est ce que tu veux ? Tu me veux pour toi tout seul ?

Sebastian me regarda droit dans les yeux.

— Je te veux de toutes les manières possibles, Sadie. Et ça me terrifie.

J'arborai un sourire triste.

— Si ça peut t'aider à te sentir mieux, j'ai peur aussi.

— J'ai envie d'aller de l'avant, mais je culpabilise beaucoup de le faire, avoua-t-il en secouant la tête. Est-ce que tu as déjà joué au tir à la corde à l'école quand tu étais petite ?

— Oui, bien sûr.

— Tu te souviens comme on nous disait de ne pas enrouler la corde autour de notre main ?

— Oui...

— Eh bien, c'est un peu ce que je suis en train de faire en ce moment. Je joue au tir à la corde, seulement la corde est enroulée fermement autour de ma main parce que ça fait longtemps que j'ai peur de lâcher. Mais maintenant, ça me coupe la circulation, et si je ne lâche pas, je vais causer plus de dégâts que si je me décidais enfin à lâcher prise.

Je posai les yeux sur ses mains. Il serrait les poings, comme s'il tenait vraiment cette corde imaginaire. Et j'avais envie de l'aider, même si ce n'était pas pour le tirer de mon côté et gagner la partie. Alors j'ouvris délicatement son poing, puis glissai ma main dans la sienne et entrelaçai nos doigts.

Sebastian fixa nos mains jointes pendant un long moment.

— Je veux que tu sois à moi, Sadie.

— Je suis presque sûre de l'avoir été depuis le début, affirmai-je, alors que mon cœur s'emballait.

Il sourit.

— Je suis désolé pour cette semaine. Je suis désolé d'avoir agi comme un con après notre après-midi ensemble.

— Ce n'est rien, mais parle-moi, la prochaine fois. Je comprends que tu sois partagé, et je te laisserai de l'espace quand tu en auras besoin.

Il hocha la tête, puis il porta nos mains à ses lèvres et embrassa la mienne.

— Alors, comment ça fonctionne ? Ça fait longtemps que je n'ai pas fréquenté quelqu'un.

— Fréquenté ? répétai-je en riant. Tu as soixante ans ou quoi ?

Il m'attira sur ses genoux.

— Je sais que les rencards font partie de ton travail, commença-t-il en repoussant une mèche de cheveux derrière mon oreille. Je ne te demanderai pas d'arrêter ça *pour l'instant*, mais peut-être qu'on pourrait établir quelques règles de base.

— D'accord...

— J'aimerais une relation exclusive sur le plan physique.

— Bien sûr. C'est ce que je veux aussi.

— Ne me parle pas de ce que tu dois faire pour le travail. Ne mentionne même pas que tu dois faire un *truc*.

Je souris.

— Je trouverai une solution pour le travail. Je peux faire des articles sur les différents moyens de faire des rencontres, aller interroger les gens pour connaître leurs pires rencards... Je n'ai pas toujours besoin d'aller moi-même sur le terrain pour mes recherches.

Sebastian posa ses mains sur mes joues.

— Alors on va se fréquenter ?

— On va se fréquenter, monsieur l'intello, confirmai-je en souriant.

Nous nous embrassâmes pour sceller l'accord, puis je regardai par-dessus mon épaule en direction de la chambre de sa fille.

— Et pour Birdie ?

— Je pense que je devrais lui dire. Tu en penses quoi ?

Je mordillai ma lèvre.

— C'est toi qui décides, mais je pense qu'il vaut mieux être honnêtes plutôt qu'elle le découvre en me surprenant assise sur tes genoux comme ça.

— Je lui parlerai demain, affirma-t-il en acquiesçant. Et si après ça, nous allions manger tous les trois et voir un film ? Mes femmes et moi.

Il fit fondre mon cœur et je ne pus m'empêcher de sourire.

— J'adorerais ça.

— Parfait. Moi aussi.

CHAPITRE 21

Sebastian

J'allais certainement devoir improviser. Ce n'était pas comme si j'avais sous la main un manuel sur la façon d'annoncer à son enfant qu'on voyait quelqu'un. Quelqu'un qui n'était pas sa mère. Je savais que Birdie avait souhaité ce moment, mais je me demandais souvent si son comportement vis-à-vis de ça allait changer une fois que ça arriverait vraiment. Mes paumes devinrent moites lorsque je traversai le couloir en direction de la chambre de ma fille. Birdie savait que Sadie se joindrait à nous pour le dîner et que nous irions voir un film ensemble. Elle soupçonnait peut-être quelque chose, mais il fallait quand même passer par cette conversation.

Birdie était allongée sur le ventre et écoutait de la musique en remuant la tête. Ses jambes s'allongeaient de jour en jour. Elle devenait si grande. J'avais du mal à croire qu'elle aurait bientôt onze ans. Je n'imaginais même pas ce que ça ferait d'avoir une préado à la maison.

Je frappai à la porte pour attirer son attention.

Elle leva les yeux et retira ses écouteurs.

— Salut, papa.

— Salut, ma puce. Impatiente de voir le film ?

— Oui, et de passer du temps avec Sadie aussi. *On est deux.*

— Super, répondis-je en m'asseyant au bord du lit. En fait... c'est ce dont je voulais te parler.

Elle prit un air inquiet.

— Elle vient toujours, pas vrai ?

— Oui. Oui, bien sûr, ma chérie. Ce que je veux te dire, c'est que Sadie est devenue plus que l'éducatrice du chien, indiquai-je en frottant mes mains l'une contre l'autre. On a tous les deux... appris à se connaître et, eh bien, on apprécie beaucoup d'être ensemble.

Les quelques secondes qui passèrent ensuite furent une véritable torture.

— Ça ne m'étonne pas, révéla-t-elle en arborant un petit sourire.

— Ah bon ? demandai-je en arquant les sourcils.

— Tu agis bizarrement quand elle est là. En plus, elle est jolie.

— Pourquoi tu ne m'as pas dit que tu soupçonnais quelque chose ?

— Je ne voulais pas me faire de faux espoirs.

— Alors tu es contente que je sorte avec Sadie ?

Elle hocha la tête, et je souris, soulagé.

— Tu l'apprécies vraiment, hein ? l'interrogeai-je.

— Oui. Je l'apprécie *vraiment* beaucoup.

Je pris l'une de ses peluches et la regardai en reprenant la parole.

— Tu sais qu'il est important que tu t'entendes bien avec la personne avec qui je passerai du temps, et qu'elle te rende heureuse aussi. Je ne ramènerais jamais quelqu'un qui ne nous correspondrait pas.

— Je sais, papa.

— J'espère aussi que tu sais que ce n'est pas parce que Sadie et moi devenons proches que ça change quelque chose au fait que j'aimais énormément ta maman, d'accord ?

Birdie jeta un coup d'œil à une photo d'Amanda accrochée au mur.

— Je sais. Maman ne reviendra pas. Tu serais encore avec elle si elle était là. Maman le sait.

C'était un commentaire intéressant, car je m'étais souvent demandé si Amanda et moi serions toujours ensemble si elle n'était pas tombée malade.

— Est-ce que tu as des questions ? m'enquis-je en reposant la peluche.

— Sadie va venir vivre avec nous ?

Bon, je ne m'attendais pas à ce que ce soit si direct.

— Non, pas dans l'immédiat. Peut-être un jour, si tout se passe bien. C'est encore très récent. Ce qui veut aussi dire qu'il est possible que ça ne fonctionne *pas*.

— Tu veux dire que tu pourrais tout gâcher ?

Je ris en entendant son hypothèse. *C'est sûrement le scénario le plus probable, en effet.*

— Ce n'est pas mon intention, mais les relations entre adultes sont compliquées, et parfois, même si on ne veut pas que les choses se passent mal, ça ne fonctionne pas.

Elle ne se doutait pas que sa mère et moi avions rencontré des difficultés.

— Sadie va continuer à aller à ses rendez-vous pour le travail ?

D'accord. Sujet sensible.

— Plus de vrais rendez-vous.

— Parce que tu es son petit ami maintenant ? m'interrogea-t-elle en souriant.

Je pris quelques secondes pour m'imprégner de ce mot. *Petit ami.* Bon sang, ça faisait une éternité que je n'avais pas été le petit ami de quelqu'un.

— Je crois que oui.

— Elle va continuer à s'occuper de Marmaduke ?

— J'ai l'impression qu'elle aime passer du temps avec Duke et toi, indiquai-je en me grattant le menton. Je parie que tu pourras la convaincre de continuer à promener le chien avec toi.

Elle soupira.

— D'accord, papa.

— Plus de questions ? lançai-je en serrant son genou.

— Je ne crois pas, répondit-elle en secouant la tête.

— Très bien.

Je déposai un baiser sur son front.

— Je viendrai te chercher bientôt pour partir.

— Attends, m'arrêta-t-elle lorsque je passai la porte.

— Quoi ?

— J'ai encore une question.

— Je t'écoute.

— Est-ce que je pourrai avoir une grande boîte de caramels enrobés de chocolat au cinéma ?

Je ris.

— On verra.

Le soulagement m'envahit de nouveau quand je quittai sa chambre. Ça s'était bien mieux passé que ce que j'avais imaginé. J'espérais que rien ne viendrait perturber ça.

***

Birdie apprécia beaucoup le film Disney que nous avions regardé. Quant à moi, j'avais vraiment beaucoup aimé tenir la main de Sadie, alors que j'étais assis entre elles deux. Sans parler du fait que j'avais été tellement occupé à tout gérer ces dernières années que j'avais oublié ce que ça faisait d'avoir quelqu'un qui prenait soin de moi. Sadie faisait des choses subtiles, comme repousser les cheveux sur mon visage ou essuyer les miettes sur ma chemise. Elle avait définitivement un instinct très protecteur. Et j'étais bien obligé de reconnaître que j'adorais qu'une belle femme s'occupe de moi.

Il était trop tôt pour que Sadie passe la nuit à la maison alors que Birdie était là, mais je mourais d'envie de l'avoir dans mon lit ce soir. Il allait falloir que je trouve un moyen de passer du temps seul avec elle, que ce soit en pleine journée, ou en demandant à Magdalene de passer quelques soirées à la maison.

En sortant de la salle de cinéma, Sadie emmena Birdie aux toilettes au bout du couloir, et je me rendis compte que c'était la première fois depuis très longtemps que je n'étais pas obligé de rester devant la porte pour m'assurer que tout allait bien pendant que ma fille utilisait les toilettes des femmes. C'était une chose que j'avais prise pour acquise quand Amanda était en vie.

Après le film, nous nous rendîmes dans un restaurant choisi par Birdie, et comme d'habitude, elle jeta son dévolu sur une fondue.

Ma fille plongea un morceau de pain dans le fromage fondu, tout en levant les yeux vers Sadie qui était assise face à elle.

— Tu n'aimes pas la fondue, Sadie ? lui demanda-t-elle.

Celle-ci semblait plus apprécier de regarder ma fille manger que sa propre nourriture.

— Tu sais… tu ne vas peut-être pas me croire, mais je n'ai jamais mangé de fondue avant aujourd'hui.

Birdie écarquilla les yeux.

— Waouh. Comment ça se fait ?

— Ça paraît dingue, hein ? Je n'ai jamais vraiment mangé au restaurant avant d'emménager en ville, alors j'ai eu beaucoup de choses à rattraper. Et il faut croire qu'il m'en reste encore à découvrir.

— Ton papa ne t'a jamais emmenée au restaurant ?

— On n'avait pas beaucoup d'argent quand j'étais petite, alors mon père préférait cuisiner à la maison.

— Ton papa sait cuisiner ? lança Birdie en m'adressant un sourire espiègle. Le mien ne sait pas.

Mes épaules remuèrent lorsque je me mis à rire.

— Merci, trésor.

— Peut-être, mais ton papa a beaucoup d'autres qualités, fit remarquer Sadie. Il est intelligent, drôle, et c'est un excellent homme d'affaires. Alors s'il savait cuisiner, il serait… parfait… et personne ne l'est.

Elle me fit un clin d'œil, et j'eus envie de sauter par-dessus la table pour aller dévorer ses lèvres magnifiques.

— C'est vrai, admit Birdie. Il est intelligent, très gentil, et il raconte de très bonnes histoires du soir qu'il invente.

— Tu vois... ajouta Sadie en souriant.

Le regard de ma fille débordait de curiosité.

— Alors, quel genre de plats ton père te préparait ?

— Mon père a un grand jardin, donc il prépare plein de choses avec des légumes. De la sauce tomate pour des pizzas maison, des courgettes frites... des trucs du genre.

— Des courgettes ! s'exclama Birdie en fronçant le nez. Je n'aime pas les légumes. Je n'aime que les olives.

— Birdie aimerait que *son* père fasse pousser des biscuits dans le jardin, pas vrai, trésor ? répliquai-je.

Sadie posa son index sur son menton.

— Mmmh, on va devoir trouver des moyens créatifs de te faire manger des légumes, Birdie. Est-ce que tu aimes les smoothies ?

— J'adore ça. Surtout les smoothies glacés.

— Je te parie que je peux glisser des légumes dans un smoothie délicieux et que tu ne sauras même pas qu'ils sont là.

— Vraiment ? demanda ma fille d'un air sceptique.

— Oui. En fait, j'en fais tout le temps pour moi, et je ne sens pas du tout le goût de l'épinard.

— De l'épinard ? répéta-t-elle, bouche bée.

On aurait dit que Sadie venait de dire un gros mot vu la réaction de ma fille.

— Tout à fait. On parie que c'est bon ?

— Est-ce que tu peux venir à la maison ce soir pour en faire ?

Sadie me regarda, comme si elle ne savait pas quoi répondre à cette question.

— Je crois que Sadie doit travailler demain, déclarai-je.

Elle sembla un peu déçue que je refuse qu'elle vienne ce soir. Ce n'était pas que je n'en avais pas envie. J'étais juste inquiet de faire une bêtise devant ma fille. Toutefois, je voulais vraiment qu'elle rentre avec nous, même si elle ne restait pas longtemps.

— Mais si elle veut passer pour te faire un smoothie pour le dessert, je m'assurerai qu'elle puisse rentrer chez elle en sécurité, ajoutai-je.

Je lui fis comprendre en un regard que j'espérais vraiment qu'elle accepterait cette proposition. Plus j'y pensais, plus je me rendais compte que j'avais *besoin* qu'elle vienne pour que je puisse au moins l'embrasser afin de lui dire au revoir.

Sadie me sourit.

— D'accord, je peux peut-être faire un passage par chez vous.

— Super ! se réjouit Birdie en sautant sur sa chaise.

Sur le chemin du retour, nous nous arrêtâmes à un supermarché pour que Sadie puisse acheter les ingrédients qui composaient ce qu'elle appelait son « smoothie magique ».

Une fois que nous fûmes rentrés, elle déposa tous les aliments sur le plan de travail.

— Bon, je ne devrais pas donner ma recette secrète, mais puisque je t'apprécie vraiment, Birdie, je vais te montrer exactement comment réaliser mon smoothie spécial.

Ma fille prit un air excité quand je sortis le mixeur pour Sadie. Puis je remontai mes manches et m'appuyai sur le plan de travail pour les observer interagir toutes les deux.

Sadie éplucha une banane.

— Alors le premier ingrédient magique est une banane bien mûre, parce que ça va sucrer le smoothie sans qu'on ait besoin d'ajouter beaucoup de sucre.

— J'aime le sucre, répliqua Birdie en levant les yeux vers elle.

— Je sais, Miss Biscuit, mais le sucre n'est pas bon pour toi. Je te promets que ce sera aussi sucré que si on en avait ajouté, d'accord ?

— D'accord, accepta ma fille en haussant les épaules.

Sadie ouvrit un pot de beurre de cacahuètes.

— Voici le deuxième ingrédient secret... qui est sucré aussi... mais je vais fermer les yeux là-dessus.

Elle fit un clin d'œil.

— J'adore le beurre de cacahuètes. Surtout les biscuits au beurre de cacahuètes, affirma Birdie.

— Pourquoi est-ce que ça ne me surprend pas ? répliqua Sadie en riant.

Ma fille se mit sur la pointe des pieds avec enthousiasme.

— Et ensuite ?

— Ensuite, on ajoute une tasse de lait d'amande à la vanille.

Elle sembla sceptique.

— Hmm.

— Serais-tu en train de me mettre au défi, mademoiselle Birdie ?

Ma fille gloussa. C'était bon de la voir si impliquée. Sadie la rendait tellement heureuse. Elle *me* rendait heureux.

— L'ingrédient suivant est... des myrtilles surgelées, annonça Sadie en ouvrant le paquet de fruits.

— J'adore les myrtilles ! couina Birdie.

Sadie se déplaça jusqu'à la machine à glaçons et plaça une tasse dessous.

— Ensuite, j'ajoute quelques glaçons pour que le smoothie soit bien froid. Et pour finir, l'ingrédient le plus important.

— Lequel ?

— Est-ce que tu as oublié ? C'est l'épinard, voyons ! Les légumes, tu t'en souviens ?

— Ah, oui. J'espérais que tu aies oublié.

— Pas de chance.

Sadie ajouta une poignée d'épinards crus dans le mixeur.

— C'est tout ?

— Oui, c'est fini ! confirma Sadie en mettant le couvercle. Tu es prête à tout mixer ?

— Est-ce que je peux le faire ? demanda Birdie, impatiente.

— Oui, à toi l'honneur.

Birdie appuya son doigt sur le bouton, et observa tous les ingrédients prendre une couleur vert foncé, presque violette avec les myrtilles.

— Tu sais comment j'appelle cette boisson ? demanda Sadie.

— Comment ?

— Le monstre vert.

— C'est trop cool.

Sadie arrêta le mixeur, puis récupéra un gobelet en plastique pour café frappé ainsi qu'une paille dans le placard.

— Tu es prête à goûter ? interrogea-t-elle Birdie en posant le gobelet sur le plan de travail.

Ma fille hocha la tête.

Sadie versa la préparation, avant d'ajouter le couvercle et la paille. Elle glissa le tout devant Birdie.

Nous observâmes ma fille goûter en retenant notre souffle. Après une première gorgée hésitante, elle s'arrêta et lécha ses lèvres, puis en avalai une deuxième, plus longue cette fois. Elle jeta alors un coup d'œil dans notre direction.

— Alors ? s'enquit Sadie en posant son menton sur ses mains.

— C'est très, très bon !

Sadie se mit à danser pour fêter ça. Elle me tapa dans la main, et Birdie se mit à rire, avant de boire une bonne partie du smoothie.

Ma petite amie versa un peu de mélange dans un autre verre et me le tendit.

— Quelque chose me dit que même ton père pourrait préparer ça.

Je bus une gorgée et léchai mes lèvres.

— Mmmh, c'est très bon.

J'étais certain qu'elle pouvait voir à mon regard que je ne pensais pas vraiment au smoothie en faisant ce bruit. Même si je devais bien admettre que cette boisson ne sentait pas du tout l'épinard.

Je jetai un coup d'œil à l'horloge. Il était tard pour que ma fille soit encore debout.

— Birdie, l'heure du coucher est passée depuis longtemps et tu as école demain. Et si tu allais te laver avant de dire bonne nuit à Sadie?

Elle avait l'air déçue que la soirée se termine. J'espérais qu'il y en aurait d'autres comme celle-ci.

Quand Birdie finit par disparaître dans le couloir, j'enroulai ma main autour de la taille de Sadie et l'attirai plus près pour pouvoir l'embrasser comme j'en avais eu envie toute la soirée. Elle gémit dans ma bouche, et ça ne fit que confirmer qu'elle en avait tout autant envie que moi.

Je la serrai contre moi, puis mordis sa lèvre inférieure avant de la relâcher lentement.

— Tu es vraiment délicieuse, tu le sais?

— Oh, bon sang, souffla-t-elle en remarquant la bosse qui gonflait dans mon pantalon. Waouh, tu ferais mieux de gérer ça avant que ta fille vienne nous dire bonne nuit.

— Tu as raison, soupirai-je. Je ne suis pas vraiment habitué à ce genre de situation.

Je me dis qu'il valait mieux tenir compte de son avertissement, alors je traversai le couloir pour aller souffler dans ma salle de bain.

À mon retour, Birdie était en chemise de nuit dans la cuisine, les cheveux mouillés, et regardait Sadie.

— Est-ce que tu peux me faire une tresse avant que j'aille me coucher? lui demanda-t-elle.

Sadie jeta un coup d'œil dans ma direction, comme si elle attendait ma permission, alors j'acquiesçai d'un signe de tête.

— Bien sûr. Allons-y.

Sadie disparut dans la chambre de Birdie, et s'absenta plus longtemps que prévu. Lorsqu'elle revint, je l'attendais sur le canapé du salon.

— C'était une longue séance coiffure.

Elle s'installa à côté de moi et posa sa tête sur mon épaule.

— Elle est tellement mignonne. Elle voulait juste discuter.

— Merci d'être si gentille avec elle, déclarai-je en déposant un baiser sur sa tête. Tu veux du vin ? Je peux t'apporter quelque chose ?

— Non, ça ira. J'ai juste envie de rester un peu dans tes bras, si ça ne te dérange pas.

J'ajustai ma position pour qu'elle soit mieux installée contre moi.

— Ça ne me dérange pas du tout.

Après un long moment, elle leva la tête pour me regarder, et je saisis cette occasion pour déposer un long baiser sur ses lèvres. Mon sexe se dressa. J'étais très excité ce soir, mais je savais qu'elle ne voudrait pas passer la nuit ici si je le lui proposais. Cette situation était compliquée. Je savais qu'elle ne *devrait* pas passer la nuit ici, mais je n'étais pas prêt non plus à la laisser partir. Lorsque j'enfonçai ma langue dans sa bouche, son goût familier déclencha un besoin si intense que je n'étais pas sûr de pouvoir m'arrêter. Cette fois-ci, quand elle gémit, je me demandai si elle était aussi mouillée que mon sexe était dur. Je fus extrêmement tenté de glisser un doigt dans sa culotte pour vérifier.

— C'est douloureux. J'ai besoin d'être en toi, murmurai-je sur sa bouche. J'ai l'impression que ça fait une éternité.

Je me demandais s'il y avait un moyen de se faufiler en douce dans la salle de bain ou dans une autre pièce. J'avais juste besoin d'elle.

Sadie dut ressentir que je m'emballais, parce qu'elle rompit le baiser.

— Je ferais mieux d'y aller.

Je poussai un gémissement de frustration.

— Tu sais à quel point je n'ai pas envie que tu partes, n'est-ce pas ?

— Bien sûr que je le sais. Mais il vaut mieux que je m'en aille.

Elle se leva, et je posai mes mains sur ses joues.

— Je ne vais pas réussir à arrêter de penser à toi, lui confiai-je, alors que les rouages de mon cerveau s'activaient.

— À quoi tu penses ? me demanda-t-elle.

— J'essaie de trouver un moyen pour que tu puisses rester dans mon lit ce soir et disparaître comme par magie demain matin.

— Sauf que ce n'est pas possible. Il est bien trop tôt pour prendre ce risque, alors je dois y aller.

Elle avait raison. Mais bizarrement, ça me paraissait mal de la laisser partir, comme si sa place était ici.

Je finis par lui appeler un Uber, et nous passâmes tout notre temps à nous embrasser comme deux adolescents en chaleur avant son arrivée.

Elle m'envoya un message après être montée dans la voiture.

Sadie : J'ai oublié de nettoyer les restes du monstre vert. Je voulais retourner à la

cuisine pour le faire.

Sebastian : Le vrai monstre est dans mon pantalon, et il ne pourra pas être dompté ce soir.

Sadie : LOL.

Sebastian : Ne t'en fais pas pour le smoothie. Je m'en occupe. Je te dois bien ça puisque tu as fait manger des légumes à ma fille. Sérieusement, c'était vraiment magique.

Sadie : Je suis contente qu'elle ait apprécié.

Sebastian : C'est TOI qu'elle apprécie.

Sadie : Ça me rend tellement heureuse.

Sebastian : Il se pourrait que je t'apprécie aussi. BEAUCOUP.

Sadie : Moi aussi je t'apprécie, Sebastian. Il se pourrait même que je sois folle de toi.

Sebastian : J'ai une nouvelle idée d'article pour toi.

Sadie : Ah oui ?

Sebastian : Sortir avec un père célibataire en chaleur.

Sadie : LOL. Qu'est-ce que cette mission implique ?

Sebastian : Plusieurs rencontres pendant les après-midis à des endroits différents, et beaucoup de sexe. Partante ?

Sadie : Carrément.

***

Le lundi matin, je n'arrivais toujours pas à arrêter de penser à Sadie, alors je décidai d'insister sur ce que j'avais proposé hier soir à propos d'une rencontre dans la journée.

Sebastian : Bonjour. Tu as bien dormi ?
Sadie : Plutôt bien, oui. J'ai fait un joli rêve.
Tu étais peut-être dedans.

Je me surpris à afficher un grand sourire en lui répondant.

Sebastian : Tu déjeunes à quelle heure ?
Peut-être que je pourrais passer pour
qu'on sorte et que tu me racontes ton
rêve.
Sadie : Ça me plairait beaucoup, sauf
que...

Mes épaules s'affaissèrent en attendant ce qui allait arriver après ça. Je me dis que ça allait être quelque chose comme « sauf que... je ne peux pas parce que j'ai trop de travail » ou « sauf que... j'ai un rendez-vous ». Mais le message suivant me revigora. Enfin, revigora certaines parties de mon corps plus que d'autres.

Sadie : Et si tu me rejoignais à quatorze
heures chez moi pour que je puisse faire

mieux que te raconter mon rêve? On pourrait le vivre...

Putain, oui. Je me dépêchai de taper une réponse.

Sebastian : Je serai devant ton immeuble à treize heures quarante-cinq.
Sadie : LOL. J'aime votre enthousiasme, monsieur Maxwell.
Sebastian : Oh oui, je suis très enthousiaste. Tu devrais voir ce qui se passe déjà dans mon pantalon... alors qu'il me reste plus de cinq heures avant d'arriver.
Sadie : Tu pourrais... me montrer ce qui se passe.

Tout mon sang quitta mon cerveau pour se diriger plus au sud, abandonnant ainsi toute décision logique. Alors évidemment, sa proposition me sembla être une bonne idée. J'empoignai mon érection par-dessus mon jogging, puis pris une photo et la lui envoyai. C'était peut-être l'angle, mais mon sexe paraissait plutôt énorme, sans vouloir me jeter des fleurs.

Sadie me répondit aussitôt.

Sadie : OMG. Le déjeuner a l'air délicieux ! J'ai hâte. Disons plutôt treize heures au lieu de quatorze !

Je ris.

Sebastian : On se voit à treize heures alors, ma belle. J'ai hâte aussi.

CHAPITRE 22

Sadie

— J'aime ce petit creux.

Sebastian passa son doigt le long de la cambrure entre le bas de mon dos et le haut de mes fesses, alors que j'étais allongée sur le ventre. Nous venions juste de coucher ensemble, pourtant le moindre contact de son doigt entre mes reins me donna de nouveau envie de lui.

— Ah oui ?

Il hocha la tête.

— Est-ce que j'exagèrerais si je versais la soupe que j'ai apportée avec le déjeuner et que je la buvais juste ici ?

Il me fit rire.

— Eh bien, ça risque d'être chaud, et je ne pense pas que tu puisses la *boire* au creux de mes reins. Tu devrais plutôt la laper comme un chien.

— Trésor, cette soupe doit être froide depuis le temps. Et la laper sur ton corps me semble absolument parfait.

Il avait raison quand il disait que la soupe devait être froide. J'étais contente d'avoir dit au bureau que je prenais une demi-journée pour un faux rendez-vous médical. Nous nous étions retrouvés il y avait presque deux heures déjà, et nous n'avions même pas encore sorti du sac la nourriture chinoise que Sebastian avait apportée.

Comme si cette pensée rappelait à mon corps qu'il avait sauté le petit déjeuner, mon estomac se mit à grogner... bruyamment.

— Je suppose que c'est une façon de me dire que je devrais te nourrir, déclara-t-il en riant.

— En réalité, je meurs de faim. En général, je mange une barre de céréales le matin dans le métro, mais un type m'a bousculée et elle est tombée par terre après seulement une bouchée.

— Je vais aller réchauffer nos plats, alors.

— D'accord.

Sebastian sortit du lit et se pencha pour récupérer son pantalon, m'offrant une vue imprenable sur ses fesses très fermes.

— Attends !

Il se figea avec une jambe dans son pantalon, et se tourna pour me regarder.

— Ne t'habille pas, ajoutai-je.

— Tu veux qu'on mange nus ? demanda-t-il en arborant un sourire en coin.

— Oui. Est-ce que ça te dégoûterait si je te disais que j'ai envie de manger nue au lit avec toi ?

Sebastian se mit à rire.

— Non, mais ça pourrait me donner envie de te demander en mariage.

Il retira sa jambe du pantalon et s'éloigna dans la cuisine les fesses à l'air.

Quelle vue. Je soupirai. Satisfaite, j'ajustai les couvertures et les oreillers pour m'asseoir contre la tête de lit.

Quelques minutes plus tard, Sebastian revint avec trois récipients et deux paires de baguettes. Il s'installa sur le matelas et me tendit l'une des boîtes, puis ouvrit les baguettes en bois et les détacha, avant de me les donner.

— Merci.

Ses yeux descendirent sur mes seins découverts et il secoua la tête.

— Meilleur déjeuner de ma vie.

— Mmmh, c'est bon. Tu as trouvé ça où ? demandai-je en me gavant de crevettes à la sichuanaise.

— Le petit restaurant à emporter à deux pâtés de maisons de chez moi.

— Je suis très difficile en matière de nourriture chinoise. C'est probablement parce que je suis en partie chinoise.

Sebastian se mit à tousser en avalant.

— Tu es chinoise ?

— À quatre pour cent. J'ai fait un de ces tests ADN 23andMe pour découvrir mes origines il y a deux ans, puisque j'ai été adoptée. Je suis italienne à soixante pour cent, norvégienne à trente-six pour cent, et chinoise à quatre pour cent. Depuis que j'ai découvert ça, j'ai l'impression de m'améliorer avec les baguettes.

— Intéressant, admit-il en riant. Ma fille est obsédée par ces fichues pubs depuis qu'elle a fait un arbre généalogique à l'école.

— J'avais complètement oublié ! Dans ses premières lettres, elle a dit au père Noël qu'elle en voulait un.

Sebastian secoua la tête.

— Et toi ? Tu es de quelle origine ? l'interrogeai-je.

— Mes grands-parents sont siciliens du côté de mon père, et ma mère était galloise.

Il attrapa un morceau de poulet au sésame dans son récipient en carton et tenta de l'amener à sa bouche, mais il cafouilla à mi-chemin, et la viande atterrit sur ses abdos. Il la ramassa en utilisant ses baguettes.

— Ça doit être parce que je ne suis pas chinois à quatre pour cent, plaisanta-t-il.

Je souris.

— Est-ce que tu chantes sous la douche ?

— C'est une question bizarre, répondit-il en arquant un sourcil.

Je haussai les épaules.

— Peut-être. Mais je pense que les habitudes des gens sous la douche en disent beaucoup sur eux. Par exemple, est-ce que tu te dépêches de te laver pour avoir terminé en cinq minutes, ou est-ce que tu prends ton temps et utilises ta bouteille de shampoing en guise de micro quand le cœur t'en dit ?

— Je ne crois pas avoir déjà utilisé la bouteille de shampoing en guise de micro, mais il m'arrive parfois de siffler. Enfin, ça m'arrivait avant, rectifia-t-il, en prenant un air abattu.

Je posai mon plat sur la table de nuit, puis je pris celui de Sebastian et le posai à côté du mien, avant d'avancer jusqu'à lui pour le chevaucher.

— Je pense qu'on peut réussir à te refaire siffler sous la douche.

— Je pense aussi, souffla-t-il en repoussant les cheveux sur mon visage. Ça faisait longtemps que je ne m'étais pas senti aussi heureux, *Gretchen*.

Je frottai mon nez contre le sien.

— *Danke*.

Une demi-heure s'écoula avant que nous ne reprenions nos plats chinois. Nous étions vraiment destinés à manger froid, mais je m'en fichais. Jouer à la cowgirl en chevauchant mon magnifique petit ami battait largement le fait de manger chaud.

Ensuite, nous prîmes une douche ensemble, et Sebastian dut se préparer à partir pour aller au restaurant.

— Tu fais quoi ce soir? m'interrogea-t-il en embrassant le dessus de ma tête, alors que j'étais assise devant ma coiffeuse pour brosser mes cheveux. Quelque chose de prévu?

— En fait, j'ai un rendez-vous galant.

J'aperçus le visage de Sebastian s'assombrir dans le miroir. *Mince.*

— Argh! Ce n'est pas ce que tu penses. Je voulais dire que j'allais dîner avec mon père.

Il plissa les yeux en observant mon reflet.

— Ce n'est pas drôle, vu ton métier.

Je me levai et me mis sur la pointe des pieds pour déposer un baiser sur sa joue.

— Désolée, je n'ai pas réfléchi.

— Vous allez manger où? demanda-t-il en finissant de boutonner sa chemise.

— Je ne sais pas encore. En général, on décide quand il arrive.

— Pourquoi vous ne viendriez pas au restaurant ?

Je clignai plusieurs fois des yeux.

— Vraiment ? Ça ne te dérangerait pas de rencontrer mon père ?

Sebastian haussa les épaules.

— Pourquoi ça me dérangerait ? Tu es déjà l'une des personnes préférées de ma fille.

La chaleur se répandit dans ma poitrine. Être en couple avec un homme mature faisait passer ceux avec qui j'étais sortie ces... disons, *dix* dernières années, pour des petits garçons. Sebastian n'avait pas peur de rencontrer ma famille et m'avait accueillie dans la sienne une fois qu'il avait cédé à ses sentiments.

— Avec plaisir, alors. Il faudra que je voie avec mon père s'il avait déjà envie de quelque chose. Mais peut-être qu'on viendra.

— Ça me va.

Je le raccompagnai à la porte.

— Merci pour... le déjeuner.

Il m'embrassa une nouvelle fois, puis passa son pouce sur ma lèvre inférieure.

— Merci de ne pas avoir renoncé à moi quand tu aurais probablement dû le faire.

***

— Alors, c'est sérieux avec ce type ?

Mon père prit la serviette pliée sur la table et la secoua, avant de l'étaler sur ses genoux.

Je regardai par-dessus son épaule. Sebastian venait de partir nous chercher une bouteille de vin au bar. Il me fit un clin d'œil depuis l'autre bout de la pièce quand il me surprit en train de l'observer.

— Je suis folle de lui, papa.

— Alors je suppose que je ferais mieux d'apprendre à le connaître un peu plus.

Sur le chemin pour venir au restaurant, je lui avais en partie raconté comment Sebastian et moi nous étions mis ensemble. Il n'avait pas dit grand-chose, alors je ne savais pas trop ce qu'il en pensait. Mais mon père était comme ça. Parfois, j'aurais pu jurer qu'il n'écoutait pas ce que je lui disais, et quelques semaines plus tard, il me surprenait en me posant une question sur une chose insignifiante que j'avais mentionnée dans la conversation. Mon père savait plus écouter que parler.

Sebastian revint avec une bouteille de merlot et l'ouvrit à côté de la table.

— Il y a du monde ici, observa papa en jetant un coup d'œil autour de lui. Vous pensez que vous aurez le temps de vous joindre à nous ? J'aimerais apprendre à connaître l'homme qui fréquente ma fille. Quel âge avez-vous ?

— Papa, le réprimandai-je. Sebastian travaille.

Celui-ci balaya mon commentaire d'un geste de la main en m'adressant un petit sourire.

— Je vais juste aller voir comment ça se passe en cuisine et passer votre commande. Je devrais avoir un peu de temps après ça.

Il se tourna ensuite vers mon père.

— Y a-t-il un aliment que vous n'aimez pas ou auquel vous êtes allergique ?

— À votre avis, est-ce que j'ai l'air d'être difficile ? demanda mon père en tapotant son petit ventre qui avait fait son apparition ces dernières années.

— D'accord. Accordez-moi dix minutes. Quand je reviendrai, vous pourrez me poser toutes vos questions, monsieur.

Mon père sembla aimer cette réponse, mais j'étais gênée.

— Papa, qu'est-ce que tu fais ? lançai-je dès que Sebastian s'éloigna.

— Quoi ?

— Sebastian nous a invités ici, il se donne du mal pour nous, et toi, la première chose que tu lui demandes, c'est son âge ? En quoi c'est important ?

— Tu as dit que tu étais folle de lui, alors j'ai envie d'apprendre à le connaître.

— Il y a une différence entre apprendre à connaître quelqu'un et être impoli.

Mon père prit un gressin posé au centre de la table et le brisa en deux.

— Tu fréquentes un homme avec un lourd passé. Un veuf, avec une fille de dix ans, gérant de restaurant... J'ai lu que quatre-vingts pour cent des restaurants ne tiennent pas cinq ans. Je suis juste inquiet, trésor.

Je soupirai. Je supposais que c'était naturel pour un parent de se sentir inquiet à propos du fait que sa fille sorte avec un homme ayant déjà été marié, surtout quand il avait une enfant. Je comprenais qu'il puisse penser que la présence de celle-ci puisse être compliquée, même si j'étais certaine qu'il changerait d'avis dès qu'il rencontrerait Birdie.

— D'accord, je comprends. Mais… sois sympa, s'il te plaît. Vas-y doucement.

Quinze minutes plus tard, Sebastian arriva à notre table en portant quatre assiettes différentes. Il les posa, puis s'assit avec nous.

— La mozzarella est fraîche du jour. C'est notre entrée la plus vendue.

Il désigna ensuite les autres assiettes l'une après l'autre.

— J'ai aussi apporté des crostini salami et figues à la ricotta, des arancini faits maison, et des mini rollatini d'aubergines.

Non seulement tout sentait bon, mais la présentation était magnifique. Le filet de vinaigrette et la garniture posée en guise de décoration rendaient les plats presque trop beaux pour être mangés.

— Waouh. Tout a l'air excellent.

— Je ne peux pas m'en attribuer le mérite, avoua Sebastian en souriant. C'est l'œuvre du chef. Même s'il se pourrait que j'aie menacé de le renvoyer si ces assiettes n'étaient pas parfaites.

Nous commençâmes à manger tous les trois, et Sebastian se montra direct avec mon père.

— Alors, monsieur Bisset, pour en revenir à votre question, j'ai trente-six ans, soit sept ans de plus que votre fille. J'ai épousé mon amour de jeunesse à vingt-trois ans et elle est décédée il y a quatre ans. Ma fille, Birdie, a dix ans. Je possède un brownstone dans l'Upper West Side, mais je n'en occupe qu'une partie. Je loue l'autre moitié, même si je n'y suis pas obligé puisque le restaurant fonctionne plutôt bien, mais ma fille et moi n'avons pas besoin de tout cet espace.

Mon père lui adressa un sourire triste.

— Toutes mes condoléances.

— Merci.

— C'est une grande coïncidence que ma fille et vous ayez tous les deux perdu quelqu'un à cause du même type de cancer.

— Je vous présente également toutes mes condoléances, monsieur Bisset, déclara Sebastian en hochant la tête.

— Appelez-moi George, je vous en prie.

Sebastian jeta un coup d'œil dans ma direction.

— En effet, Sadie et moi avons beaucoup de choses en commun. Je pense que c'est en partie ce qui a fait qu'on s'est rapprochés si facilement.

Il tendit sa main vers moi, et j'y glissai volontiers la mienne.

Mon père sourit.

— Est-ce que vous désirez avoir d'autres enfants ?

— Papa, ce n'est pas un peu personnel ? Sebastian s'est ouvert à toi, mais je trouve que tu vas un peu loin.

— Ce n'est rien, m'assura l'intéressé en serrant ma main. J'ai toujours supposé que je n'aurais pas d'autre enfant. Amanda est tombée malade quand Birdie n'avait que quatre ans et demi, et je me suis dit que cette partie de ma vie était terminée. J'ai ma fille et j'en suis reconnaissant.

Il me sourit.

— Toutefois, je ne suis pas opposé à l'idée d'être à nouveau papa. En fait, je pense que j'aimerais ça. Birdie serait ravie, c'est certain.

Oh, waouh. J'étais contente d'entendre que Sebastian était ouvert à l'idée d'avoir d'autres enfants.

La famille était importante à mes yeux, et j'avais toujours rêvé d'en fonder une grande.

Mon père acquiesça.

— Merci pour ton honnêteté, fiston.

Après ça, la conversation devint plus légère. Mon père et Sebastian découvrirent qu'ils aimaient tous les deux la pêche à la mouche et le poker. Rien de tout ça ne m'intéressait, mais voir ces deux hommes créer un lien me fascinait plus qu'autre chose. Je me remplis le ventre avec plaisir et écoutai. À un moment donné, un serveur vint à notre table pour dire à Sebastian qu'on avait besoin de lui en cuisine.

— Content de ne pas être privé de petits-enfants ? demandai-je en me penchant sur ma chaise après son départ.

Mon père tendit la main pour prendre la mienne.

— Trésor, si tu épousais un homme déjà papa, cet enfant serait mon petit-enfant, même si tu ne l'avais pas porté. Il ne s'agit pas de ce que je souhaite. Tu as toujours voulu une grande famille, et ta mère et moi ne pouvions pas te l'offrir. Je veux seulement que tu aies ce que toi, tu désires.

J'avais sincèrement décroché le gros lot en matière de parents. Je me levai et fis le tour de la table pour venir embrasser mon père sur la joue.

— C'était en quel honneur ? lança celui-ci en souriant.

— Juste parce que tu es toi, papa.

***

— Merci d'avoir été si gentil ce soir.

Après un repas de trois heures au restaurant, mon père était rentré chez lui, et j'étais restée sur place en attendant que Sebastian termine. Puis il m'avait convaincue de venir un peu chez lui.

Nous nous installâmes sur le canapé et il me retira mes chaussures. Il posa mes pieds sur ses genoux et se mit à me masser. Lorsqu'il appuya ses pouces sur ma voûte plantaire, je laissai échapper un petit gémissement.

— Oh, mon Dieu, c'est tellement bon. Mais c'est toi qui es resté debout toute la soirée. C'est moi qui devrais te faire un massage des pieds.

— Mes pieds vont bien, affirma-t-il en souriant. Tu as droit à un massage juste pour avoir porté ces talons sexy ce soir. Et ton père est super. Tel père telle fille.

— Il est plutôt génial, en effet, mais je suis désolée qu'il ait été si indiscret. Il ne l'avait jamais fait avant aujourd'hui.

— Est-ce qu'il a rencontré la majorité des hommes avec qui tu es sortie ?

— Pas tous, seulement quelques-uns. Il s'est toujours contenté d'une conversation banale avec les précédents. Ça ne lui ressemble vraiment pas d'être si intrusif.

Sebastian haussa les épaules.

— Je suis sûr que savoir que j'ai été marié et que j'ai une fille lui a donné de quoi être inquiet. Je ne peux pas lui en vouloir. J'ai du mal à imaginer le jour où je ne pourrai plus protéger ma fille.

— Peut-être. Même si je ne pense pas que ça ait quelque chose à voir avec Birdie ou avec le fait que tu aies été marié.

— Ah bon ?

— Je pense qu'il a juste vu quelque chose qu'il n'avait jamais vu avant en moi.

— Quoi donc ?

Je mordillai ma lèvre en me disant que j'en avais sûrement trop dit. Sebastian le remarqua et arrêta de me masser.

— Parle-moi. Qu'est-ce qu'il y a ?

— Rien de mal, le rassurai-je en secouant la tête. Je pense qu'il a seulement… vu la possibilité d'un avenir entre toi et moi.

Sebastian me regarda droit dans les yeux.

— C'est un homme intelligent. Je vois la même chose. Il y a un avenir entre nous, trésor.

Un avenir entre nous.

Trésor.

Je laissai ces mots s'infiltrer en moi, tout en savourant la chaleur dans la poitrine qui se répandait partout dans mon corps. Un immense sourire étira mes lèvres.

— Viens par ici, ma belle, m'ordonna-t-il en me faisant un signe du doigt.

Je me redressai et m'approchai plus près de lui.

Il posa ses mains sur mes joues, et ses yeux examinèrent mon visage pendant un long moment, avant qu'il pose ses lèvres sur les miennes. Mes émotions remontèrent à la surface pendant ce baiser. Je me perdis dans ce moment. Jusqu'à ce qu'une voix nous ramène à la réalité.

— Papa…

***

— Je ferais mieux d'y aller.

Birdie s'était réveillée à cause d'un bruit à sa fenêtre, et elle nous avait surpris en train de nous embrasser sur le canapé. Si ça l'avait dérangée, elle l'avait très bien caché. Sebastian l'avait soudoyée avec un biscuit pour qu'elle retourne au lit, et elle avait demandé à ce que je vienne la border, ce que j'avais fait.

Sebastian gémit.

— Je déteste ça, déclara-t-il.

— Moi aussi, mais on doit lui montrer l'exemple.

— Est-ce que tu ne peux pas simplement sortir en douce avant qu'elle se lève ?

Je me mis sur la pointe des pieds et déposai un baiser sur ses lèvres.

— Elle est intelligente. Je ne pense pas qu'il lui faudrait longtemps pour comprendre ce qui se passe.

Sebastian baissa la tête et fit la moue.

— D'accord. Je vais appeler ce fichu Uber.

— Merci.

— Mais je veux une nuit. Une nuit entière. Une nuit où je pourrai m'endormir en te tenant dans mes bras et me réveiller en me glissant en toi. Je vais demander à Magdalene si elle peut dormir ici très bientôt.

— Ça me plairait beaucoup, avouai-je en souriant.

Quelques minutes plus tard, mon Uber arriva et Sebastian ouvrit la porte.

— Hé, me retint-il en attrapant ma main au moment où j'allais sortir.

— Oui ? lançai-je en faisant demi-tour.

— Je suis fou de toi.

Ça me fit fondre totalement.

— Je suis folle de toi aussi.

VI KEELAND & PENELOPE WARD

— Je suis fou de toi.

Ça me fit fondre totalement.

— Je suis folle de toi aussi.

CHAPITRE 23

Sebastian

Le lendemain matin, ma fille avait l'air de s'attendre à voir Sadie.

— Est-ce que Sadie est là ? demanda-t-elle en entrant dans la cuisine, les yeux ensommeillés.

Je posai mon café.

— Non, ma chérie. Elle est rentrée chez elle hier soir.

— Oh, j'espérais qu'elle puisse me préparer un monstre vert.

— Tu aimes vraiment le smoothie qu'elle t'a fait la dernière fois, hein ? Tu ne disais pas seulement ça pour être gentille ?

— Non, j'ai adoré !

— Tu veux que je t'en fasse un ? proposai-je en lui faisant un clin d'œil. Je pense pouvoir gérer.

— Je veux bien, s'il te plaît.

Je me levai sans tarder.

— C'est parti. Ton monstre vert arrive tout de suite.

Birdie sembla préoccupée lorsqu'elle s'installa sur l'un des tabourets de l'îlot.

— Tout va bien ? l'interrogeai-je en récupérant le mixeur.

— Je crois que c'est le père Noël qui nous a apporté Sadie.

Son commentaire me prit au dépourvu. Je marquai une pause, incapable de me concentrer sur le reste des ingrédients à sortir.

— Comment ça ?

— Je ne te l'ai jamais dit... mais j'ai commencé à écrire au père Noël en juin.

Étant donné que je connaissais la *véritable* identité du père Noël, je me sentis un peu mal à l'aise que Birdie m'avoue ça. Elle continua et me raconta toute l'histoire de ses lettres au « père Noël ». Je ne savais pas vraiment ce qui l'avait poussée à tout me révéler maintenant.

— Bref, j'ai dit au père Noël que je voulais une amie spéciale. Et je crois que Sadie est le dernier cadeau qu'il m'ait fait.

— Comment peux-tu être si certaine que c'est le père Noël... et non pas simplement la chance ? me sentis-je obligé de lui demander.

— Eh bien, maman croyait aux lettres envoyées au père Noël.

Maman ?

— Comment ça ?

— La seule raison pour laquelle j'ai commencé à écrire au père Noël, c'est parce que maman avait l'habitude de lire les lettres que les gens lui envoyaient, à l'adresse écrite dans les magazines que maman gardait.

— Ta mère gardait des articles sur les gens qui écrivaient au père Noël ?

— Oui. Tu te souviens du gros carton de poupées que tu m'as donné parce qu'elles appartenaient à maman ?

— Oui, je m'en souviens.

— La pochette était dedans. C'est là que j'ai trouvé tous les articles.

J'ignorais de quoi elle parlait.

— Tu l'as encore ?

Birdie hocha la tête.

— Est-ce que je peux la voir ?

— Bien sûr.

Elle se précipita dans sa chambre et revint avec une chemise cartonnée usée. Les articles en dépassaient. Elle devait faire au moins cinq centimètres d'épaisseur, et un large élastique en caoutchouc la maintenait fermée.

Je lui pris la pochette, confus.

— Pourquoi tu ne m'as pas dit que tu avais trouvé ça ?

— J'ai pensé que tu te fâcherais contre moi pour avoir écrit au père Noël, avoua-t-elle en baissant les yeux. Parce que je ne manque de rien, et que ça serait... exagéré. Je le sais. Je voulais juste une amie spéciale pour nous... et des chaussettes pour toi.

— Ce n'est pas grave, trésor. Je ne suis pas en colère. Et si tu allais prendre ta douche et t'habiller pour qu'on puisse emmener Duke au parc ?

— D'accord, papa !

Birdie s'éloigna, et je restai à fixer la chemise un long moment, sans vraiment savoir pourquoi quelque chose semblait clocher. Amanda gardait des coupures de presse sur le père Noël, et alors ? Elle ne les cachait probablement pas. Peut-être que la pochette se trouvait dans le carton avec d'autres dossiers, et qu'elle était en dessous du reste. Elle avait dû les sortir pour se servir du carton pour autre chose et ne s'était pas rendu compte qu'elle avait oublié ça. J'étais sûr qu'il y avait une raison logique.

Pourtant, ce sentiment étrange qui me rongeait ne voulait pas partir.

Pour tenter de m'en débarrasser, je retirai l'élastique et ouvris la pochette. Il devait y avoir une centaine d'articles tirés de magazines là-dedans. En les feuilletant, je remarquai que les vingt premiers environ provenaient tous de la rubrique de Noël. On aurait dit qu'Amanda avait conservé tous les articles hebdomadaires du mois de novembre et décembre pendant quelques années. Elle devait être une grande fan. Toutefois, en fouillant davantage, je remarquai qu'il y avait aussi d'autres articles. Quelques dizaines sur des conseils maquillage, d'autres qui semblaient parler des femmes d'affaires – faire face à la politique interne, comment s'habiller pour atteindre le succès et d'autres choses du même genre. Alors, ça semblait plutôt varié. Puisqu'ils avaient été découpés, ils n'étaient pas tous datés. Seulement certains. Elle les avait collectionnés au fil des années. Mais pourquoi ? Et pourquoi n'en avait-elle jamais parlé ?

Puis, j'eus une révélation.

Articles sur le maquillage.

Étiquette des affaires.

Lettres au père Noël.

Ce n'étaient pas des articles au hasard. Ils avaient tous une chose en commun. Je parcourus les rubriques à la recherche du nom. Je n'avais pas remarqué que l'auteur était mentionné au premier coup d'œil. L'auteur des articles des *Vœux de Noël* était simplement désigné comme étant le père Noël.

Mais les autres articles, ceux sur le maquillage et l'étiquette des affaires, étaient tous signés par la même personne.

Sadie Bisset.

Des années et des années d'articles rédigés par Sadie.

Et seulement Sadie.

C'est quoi ce bordel ?

***

Le dimanche après-midi, Birdie réussit à me convaincre de l'emmener avec deux de ses amies dans l'un de ces parcs à trampolines. Sadie se joignit à nous, et nous décidâmes d'aller ensuite au Barking Dog, un restaurant dans l'Upper East Side. C'était l'un des seuls restaurants sur le thème des chiens qui était dog friendly en ville. Même si ma fille avait été déçue quand je lui avais dit que Duke ne pouvait pas venir. Ce cabot fou n'était pas encore prêt pour ce genre de sortie. En réalité, je n'étais pas sûr qu'il sache se comporter assez bien un jour pour aller dans un restaurant.

Sadie et moi nous installâmes pour boire un café dans la zone d'attente, pendant que les enfants profitaient d'une heure dans les trampolines. J'avais été stressé de lui parler des articles que j'avais découverts. Je ne savais pas vraiment pourquoi, mais je ne pouvais pas simplement considérer ça comme une coïncidence et passer à autre chose.

— Au fait… hier, Birdie m'a raconté qu'elle avait écrit au père Noël.

— Oh, waouh. Je suis contente qu'elle t'ait enfin tout avoué. J'espère que tu as réussi à faire semblant d'être surpris.

Je hochai la tête.

— Elle ne savait pas que j'étais déjà au courant.

— Très bien.

— Mais j'ai appris quelque chose d'intéressant pendant notre conversation.

— Ah oui ? Quoi donc ?

— Elle a dit qu'elle t'avait écrit parce que sa mère aimait la rubrique de Noël.

Sadie resta bouche bée.

— Sa mère ?

Je confirmai d'un hochement de tête.

— Elle a trouvé tes articles de Noël dans une pochette. Amanda les a tous découpés dans les magazines et les a gardés.

— Alors tout ça…

Elle nous désigna tour à tour.

— … c'est arrivé parce que sa mère était fan de la rubrique ?

— Apparemment.

— C'est bizarre, non ? Donc ta femme, qui n'est plus là depuis quatre ans, est à l'origine de notre couple ?

— Ce n'est pas le plus étrange.

— Comment ça ?

— Il y avait d'autres articles dans la chemise. Des articles que tu as rédigés. Ils dataient de tes débuts au magazine, ou peu de temps après ton arrivée. Visiblement, Amanda les avait tous gardés.

— Waouh. C'est... Je n'en reviens pas, déclara Sadie en secouant la tête.

Je ne savais pas à quoi m'attendre, mais j'observai attentivement le visage de Sadie. Elle était sincèrement surprise. Peut-être même plus choquée que moi hier.

— Juste mes articles ? Ou ceux d'autres rédacteurs aussi ?

— Seulement les tiens. Des années de parutions.

Elle fronça les sourcils.

— Je ne comprends pas. Tu veux dire qu'elle était fan de moi ?

— Il faut croire, admis-je en sirotant mon café. Tu as beaucoup de fans qui collectionnent tes articles ?

— J'ai reçu quelques lettres d'admirateurs au fil des années. Des gens qui disaient suivre mes rubriques dans le magazine, mais ce n'est qu'une coïncidence flippante, pas vrai ?

— C'est ce que je me suis dit.

Nous restâmes assis en silence pendant un moment, à réfléchir à tout ça. Puis Sadie finit par reprendre la parole.

— Alors ta femme a lu tous mes articles et les a gardés dans une chemise que Birdie a trouvée, ce qui l'a incitée à m'écrire. Le fait que j'incarne le père Noël m'a amenée jusqu'à ta porte, devant laquelle je suis tombée sur une petite barrette papillon qui m'a poussée à incarner Gretchen. Nous avons aussi tous les deux perdu quelqu'un à cause du même type de cancer.

Elle secoua la tête.

— Je ne pense pas avoir déjà entendu une autre histoire où le destin avait ouvert tant de portes pour que les choses se passent d'une certaine manière.

Je souris. Elle avait raison. C'était le destin. Je me sentais bête à présent. Alors que je ne soupçonnais rien de particulier, j'avais eu l'horrible sentiment que quelque chose était contre moi, au lieu d'accepter les choses comme un cadeau. Mais peut-être que c'était à cause de mon passé. Chaque fois qu'Amanda et moi avions été heureux, quelque chose était arrivé. J'avais pris l'habitude d'attendre que le pire arrive. Il fallait que j'arrête ces conneries et que je profite de ce que j'avais, quelle que soit la manière dont ça arrivait.

Je pris la main de Sadie sur la table.

— Un autre coup du destin s'est produit aujourd'hui.

— Oh, mon Dieu. Quoi encore ?

— Quand je suis allé chercher Mélissa, la petite blonde aux cheveux bouclés qui est venue avec nous, sa mère m'a demandé si Birdie voulait aller cueillir des pommes avec eux à la campagne demain. Il n'y a pas école puisque c'est Veteran's Day.

Sadie fronça les sourcils.

— Euh, c'est bien, mais je ne suis pas sûre que ce soit le destin. À moins que tu veuilles en venir au fait que Birdie et moi avons toutes les deux un jour de congé.

— Non, ce n'est pas ça, continuai-je en secouant la tête et en souriant. Ils prévoient de faire trois heures de route. Le destin, c'est qu'ils partent à six heures du matin pour éviter la circulation.

— D'accord... Je ne vois toujours pas où est le destin là-dedans.

— Puisqu'ils partent très tôt, la mère de Mélissa a demandé si Birdie pouvait dormir chez eux ce soir. Ce qui veut dire que je serai seul pendant presque vingt-quatre heures.

Le regard de Sadie s'éclaira.

— Oh, waouh. Ça, ça ressemble à un coup du destin, observa-t-elle en affichant un grand sourire. Mais qu'est-ce que tu vas bien pouvoir faire de tout ce temps ?

J'attrapai sa chaise et la rapprochai de moi.

— Toi. C'est toi que je vais me faire... encore et encore.

CHAPITRE 24

Sadie

Puisque nous avions la maison pour nous tout seuls ce lundi matin, nous nous laissâmes définitivement rapidement emporter. Je ne cessai de m'attendre à ce que Sebastian se retire pour aller enfiler un préservatif, mais il ne le fit pas. Il savait que je prenais la pilule, alors ce n'était pas important, mais il avait toujours été très consciencieux à propos de cette protection chaque fois que nous avions été ensemble.

Toutefois, l'avoir en moi sans aucune barrière était incroyablement bon. La sensation était tellement intense que je pus me sentir jouir bien plus vite que prévu. Nos corps semblaient parfaitement synchronisés, car dès que mon orgasme commença, je le sentis trembler. Nous remuâmes en rythme en atteignant la jouissance en même temps. Il n'y avait rien de plus beau que le son guttural que poussait Sebastian quand il jouissait. Je le sentais vibrer dans tout mon corps.

— Sebastian, répétai-je encore et encore, alors qu'il se vidait en moi. Sebastian…

C'était la meilleure partie de jambes en l'air que nous avions eue jusqu'à présent. J'ignorais si c'était parce que nous nous étions beaucoup rapprochés récemment. Tout ce que je savais, c'était que je ne m'étais jamais sentie aussi liée à un homme de toute ma vie.

— Je suis désolé, s'excusa-t-il en posant sa tête au creux de mon cou. C'était trop bon. J'aurais dû m'arrêter.

— Ce n'est rien, je prends la pilule, le rassurai-je en empoignant ses fesses.

Il poussa un soupir de soulagement.

— Je sais, mais je n'ai jamais été aussi irresponsable. Tu me rends un peu fou, Sadie.

— C'est parce que tu m'as dans la peau, plaisantai-je.

— Oui. Oui, je t'ai dans la peau, confirma-t-il en me regardant droit dans les yeux.

Follement heureuse, je lui assurai que c'était réciproque.

— Qu'est-ce que tu veux faire ? me demanda-t-il. On a toute la journée pour nous.

Ne rien faire du tout me plaisait bien. Traîner au lit comme ça était tellement rare.

— Est-ce qu'on peut juste rester allongés un peu ici ? J'adore de ne pas avoir à me lever rapidement ni m'inquiéter qu'on se fasse surprendre.

Il fronça les sourcils.

— Je suis désolé que tu ne puisses pas rester tout le temps avec moi ici.

— Ce n'est pas grave. Ça rend juste encore plus spéciaux les moments passés avec toi, surtout quand on peut avoir des journées comme celle-ci.

Il se servit du drap pour me rapprocher de lui malicieusement.

— Qu'est-ce que je vais faire de toi? Tu m'as complètement renversé, Sadie Mae.

— Sadie *Mae*? répétai-je en plissant les yeux. D'où vient ce nom?

— Je ne sais pas trop, répondit-il en riant. C'est juste que Mae sonne bien avec ton prénom. Mais quel est ton *véritable* deuxième prénom maintenant qu'on a abordé ce sujet?

— Tu ne devineras jamais.

— C'est quoi? Dis-le-moi.

— C'est George.

Il écarquilla les yeux.

— Vraiment? Comme ton père...

— Oui. Ma mère a pensé que ce serait drôle de me donner le nom de mon père. Pas du tout féminin, mais j'aime bien. C'est différent, lui confiai-je en souriant. Et toi, c'est quoi?

— Rocco.

— Sincèrement? J'aime beaucoup. Ça vient d'où?

— De mon grand-père.

— Chouette prénom.

Il repoussa le drap pour observer mon corps nu. J'aimais sa façon de me regarder.

Sebastian semblait réfléchir à quelque chose.

— Tu sais, le fait que je n'aie pas pensé à m'arrêter quand nous faisions l'amour est très révélateur. En général, je suis super responsable, et je pense que si ça m'a échappé, c'est en partie parce que je me sens vraiment bien avec toi, confessa-t-il, avant de soupirer. Mais je suis désolé de ne pas t'avoir demandé d'abord si ça te convenait aussi.

— Je t'aurais arrêté si j'étais inquiète. Mais si tu veux... on peut laisser tomber les préservatifs maintenant que tu le sais, proposai-je en lui faisant un clin d'œil.

— Je crois que ça me plairait bien... même beaucoup.

Son regard atterrit ensuite sur une cicatrice située sur mon ventre. Il sembla la remarquer pour la première fois et passa son doigt dessus.

— C'est quoi ça ?

Je baissai les yeux à cet endroit. Mon cœur s'emballa un peu parce que raconter cette histoire allait m'amener à avouer d'autres choses.

— J'ai eu une rupture de l'appendice quand j'étais adolescente. J'ai dû me faire opérer en urgence.

— Mince, tu as dû avoir peur.

— Très. En fait... il y a eu quelques complications.

— Comment ça ? demanda-t-il d'un air inquiet.

— C'est une longue histoire.

— J'ai tout mon temps, insista-t-il en saisissant ma hanche pour m'attirer contre lui.

Je ne savais pas vraiment s'il était trop tôt dans notre relation pour aborder ce sujet. Cependant, c'était l'occasion parfaite pour en discuter. Le fait qu'il ne soit pas au courant m'avait d'ailleurs un peu préoccupée. Je ne pensais pas qu'il allait me juger, mais malgré tout, j'avais quand même l'impression que c'était quelque chose que je devais lui dire. Puisque la discussion était ouverte, c'était sûrement le bon moment pour le faire.

Je pris une grande inspiration.

— Quelques années après la perforation de mon appendice, j'ai commencé à ressentir des douleurs. C'était à la fin de l'adolescence. Je suis allée chez le médecin pour me faire ausculter, et quand elle m'a examinée, il s'est avéré que du tissu cicatriciel bloquait mes trompes utérines à la suite de la rupture de l'appendice. Ce qui signifiait en fin de compte que je pourrais avoir du mal à tomber enceinte.

— Ils ne pouvaient rien faire pour toi ? m'interrogea-t-il, alors que son expression s'assombrit.

— Eh bien, j'ai fini par me faire opérer pour les réparer, mais ils n'ont pas pu retirer tout le tissu cicatriciel, alors il n'y a aucune garantie. On m'a dit qu'elles pourraient se bloquer à nouveau dans le futur. Il est possible que je n'aie aucun souci, mais à l'époque, je me suis beaucoup inquiétée du fait de ne pas réussir à tomber enceinte quand je serais prête à l'être. Mon médecin savait à quel point ça me stressait, alors elle m'a encouragée à envisager de faire prélever mes ovocytes. De cette façon, si un jour je n'arrivais pas à concevoir naturellement, j'aurais des ovules jeunes et sains pour pouvoir faire une FIV.

Sebastian cligna plusieurs fois des yeux pour avaler cette information.

— Alors tu as congelé tes ovules...

— Oui, mais...

Voici la partie pour laquelle j'avais besoin de me préparer. Aucun des hommes avec qui j'étais sortie n'était au courant de ça.

— Peu de temps avant l'intervention, j'ai commencé à penser à tout ce que ma mère avait traversé... perdre la possibilité de procréer à cause du cancer et avoir du mal à adopter. Au final, tout s'est bien terminé, puisqu'elle m'a eue. Mais tout le monde n'a pas autant de chance que nous. J'avais toujours voulu faire quelque chose pour honorer sa mémoire, alors j'ai eu une idée... puisque de toute façon, j'allais subir l'intervention pour la ponction des ovocytes.

Je déglutis avant de poursuivre.

— Mon médecin s'attendait à obtenir un nombre important d'ovules puisque j'étais jeune et en bonne santé. Je m'étais demandé si ce serait ma seule occasion de faire un don à une famille dans le besoin, en l'honneur de ma mère.

Il écarquilla lentement les yeux. Je n'arrivais pas à deviner ses pensées, alors je continuai :

— Ça me donnait l'impression non seulement de protéger ma future fertilité, mais d'aider aussi quelqu'un.

Sebastian cilla plusieurs fois.

— Waouh. C'est... une décision honorable pour quelqu'un de si jeune.

— Oui, enfin... je ne voulais pas avoir à recommencer un jour. Je me suis dit que puisque je passais par là, c'était le moment ou jamais de prendre cette décision. Alors j'ai sauté le pas.

Je secouai la tête.

— Bref, je ne sais même pas pourquoi je me suis sentie obligée de t'avouer ça maintenant. C'est juste que... tu m'as interrogée à propos de ma cicatrice, et je me suis dit que c'était le bon moment pour t'en parler.

Je le regardai droit dans les yeux.

— J'espère que tu ne me vois pas différemment à cause de ma décision.

Il ne répondit pas immédiatement, alors les secondes qui suivirent furent atroces.

Puis il prit mon visage en coupe.

— Je ne te jugerai jamais pour avoir pris une décision qui a aidé quelqu'un d'autre. Ne pense jamais ça. C'est définitivement... surprenant... mais ce n'est pas quelque chose qui change ma façon de penser à ton égard, Sadie. Au contraire, je t'admire encore plus pour ce que tu as fait.

Je poussai un long soupir de soulagement. J'ignore pourquoi je m'attendais à ce que ce soit plus compliqué que ça. Je me dis que je n'étais pas obligée de le lui révéler et qu'il n'aurait jamais rien su de tout ça, mais au fond de moi, je pensais que ça m'aurait dérangée de ne pas connaître son avis, ou de ne pas savoir s'il m'aurait regardée autrement.

— Alors... ces ovules... commença-t-il. Ont-ils servi à plusieurs personnes ?

— Non, ce n'était pas ce que je voulais. Je voulais qu'ils aillent tous à une même personne dans le besoin. À une survivante du cancer, comme ma mère. Et je ne voulais pas connaître l'identité de cette femme. Il était important pour moi qu'il n'y ait aucun contact. Je souhaitais juste aider quelqu'un, alors je me suis assurée que tout était anonyme. Encore à ce jour, j'ignore s'ils ont servi... ou si un bébé est né suite à ce don.

— Waouh. D'accord, souffla-t-il en serrant ma hanche. Merci de t'être confiée à moi. Je sais que tu n'étais pas obligée de le faire.

Puis il regarda au loin un moment.

Nous restâmes allongés dans un silence étrange après mon aveu, jusqu'à ce que Sebastian sorte subitement du lit.

— Et si je commandais le déjeuner ? proposa-t-il.

— Bonne idée, répondis-je en m'asseyant contre la tête de lit.

— Tu pourrais aller prendre une douche chaude pendant que je vais chercher quelque chose à emporter pour que ce soit prêt quand tu sortiras.

Tout sembla aller beaucoup mieux d'un coup. Je souris en me levant du lit.

— D'accord.

***

Cependant, lorsque je sortis de ma longue douche, la nourriture thaïlandaise chaude m'attendait dans des boîtes sur la table, mais Sebastian fit une annonce inattendue.

— Je dois aller au restaurant, m'informa-t-il, l'air contrarié. Le chef est malade et le remplaçant n'a encore jamais travaillé avec nous auparavant. Je dois m'assurer qu'il sait ce qu'il fait et superviser les choses.

— Oh, non. Est-ce que ça arrive souvent ?

— C'est arrivé seulement quelques fois. Au bout du compte, ça finit toujours par fonctionner, mais c'est éprouvant nerveusement.

C'était nul.

— Bon... euh, eh bien... est-ce que je peux faire quelque chose ?

— Birdie n'est pas censée rentrer avant un moment, mais tu peux rester ici ou rentrer chez toi. Comme tu préfères.

— Tu me préviendras si tu as besoin que je revienne si tu ne peux pas être là à temps pour elle demain ?

— Pas de souci. Merci de le proposer.

Une fois seule, je ne pus m'empêcher de me demander si son départ était seulement dû à l'histoire qu'il m'avait racontée. Je savais que c'était probablement de la paranoïa ridicule. C'était juste que l'atmosphère avait changé après que je lui avais avoué avoir fait don de mes ovules. Je comprenais que ça puisse faire peur. Je me souvenais d'avoir vu aux infos des histoires à propos de donneurs de sperme dont les enfants étaient venus les trouver des années plus tard. Un type avait une vingtaine d'enfants. Ma situation était différente, évidemment. Je ne l'avais pas fait pour l'argent, mais pour rendre hommage à ma mère et aider une famille dans le besoin. Peut-être qu'il avait eu une sorte de réaction différée suite à mon aveu.

Enfin, j'interprétais sûrement mal les choses. J'essayai de me sortir ça de la tête pour le reste de la journée.

CHAPITRE 25

Sebastian

J'étais ridicule.

Pas vrai ?

Soupçonner une telle chose était totalement fou.

Honnêtement, il avait fallu un moment à mon esprit pour inventer cette folle théorie suite à la nouvelle de Sadie. Au départ, j'avais été choqué d'entendre ce qu'elle avait traversé, à quel point elle avait eu peur, et comment ça l'avait amenée à faire ponctionner ses ovules en étant aussi jeune. Cependant, c'était seulement quand elle avait parlé du *don* d'ovocytes qu'une alarme s'était déclenchée dans ma tête.

Il était difficile de concevoir ce que mon esprit essayait de me dire, et pourtant... comment pourrait-il ne pas en venir à cette conclusion ? Comment pourrais-je ne pas me poser cette question ? Il y avait de grandes chances que tout ça ne soit qu'une énorme coïncidence. Mais si ce n'était pas le cas ?

Je tirai sur mes cheveux, assis seul dans un café au coin de la rue du Bianco's, sans savoir quoi faire. Je m'étais senti mal de lui mentir à propos de la situation au restaurant, mais j'avais besoin d'être seul pour digérer ça. Elle aurait certainement soupçonné quelque chose dans mon comportement si j'étais resté avec elle.

Réfléchis.

Réfléchis.

Réfléchis.

Bon. Quand ils nous avaient donné des informations sur notre donneuse, tout ce que nous avions obtenu, c'était une fiche avec son apparence, son état de santé, et des informations basiques. Néanmoins... ils nous avaient aussi dit que nos ovules provenaient d'une femme qui les avait donnés gratuitement pour aider une autre famille. Je me dis que ça pouvait être aussi une coïncidence. Mais les articles. Pourquoi Amanda les avait-elle ? Et comment aurait-elle pu avoir découvert le nom de la donneuse ? Le processus était censé être complètement anonyme. Et pourquoi ne rien m'avoir dit si elle l'avait découvert ? Pourquoi avoir gardé tous les articles sans rien en faire ? Quel était le bénéfice de tout ça ?

Peut-être qu'Amanda aimait simplement ces articles.

Peut-être que ce n'était qu'une grosse coïncidence.

Peut-être qu'il fallait que je laisse tomber tout ça.

Que j'oublie même y avoir pensé à un moment donné. Mais comment ? Comment passer à autre chose sans être certain qu'il n'y ait aucune corrélation ?

Et si Sadie s'avérait être la donneuse de Birdie? Ne serait-ce pas une intrusion dans la vie privée de Sadie? Elle n'avait aucune intention de découvrir à qui elle avait fait ce don. Ce n'était pas juste de lui faire subir ça. *Bon sang. C'est tellement dingue.*

Je mourais de chaud, alors je retirai ma veste et pris ma tête entre mes mains. Il était hors de question que j'aborde ce sujet avec Sadie sans aucune preuve. J'avais déjà mentionné qu'Amanda et moi avions reçu de l'aide pour concevoir, mais je ne lui avais pas encore dit que nous avions dû avoir recours à un don d'ovocyte à cause des traitements du cancer. Je lui aurais dit, et ensuite? Elle se serait posé les mêmes questions que moi à l'heure actuelle. Nous aurions fini par devoir y faire face.

Si Amanda n'avait pas gardé tous ces articles, il ne se passerait rien de tout ça, mais c'était trop suspect pour ne pas en tenir compte. Toutefois, je n'allais pas affoler Sadie sans avoir de preuve. Il fallait d'abord que je trouve un moyen de confirmer les choses.

***

— Papa, pourquoi tu me regardes bizarrement?

Je ne m'étais même pas rendu compte que j'étais en train de fixer ma fille qui mangeait ses pâtes en face de moi le lendemain soir. Toute la journée, j'avais cherché des signes de Sadie en elle. Elles avaient les mêmes cheveux blonds, mais le visage de Birdie, eh bien… c'était tout moi. Elle me ressemblait beaucoup, alors ses traits n'allaient pas m'en apprendre beaucoup.

— Je me disais juste que tu es magnifique, déclarai-je. Et que j'ai beaucoup de chance de t'avoir. C'est tout.

— Oh, réagit-elle en enroulant ses spaghettis sur sa fourchette. Quand est-ce qu'on va revoir Sadie ?

— Pas ce soir, mais bientôt, j'espère. En fait, Magdalene va bientôt arriver pour te garder pendant que je vais lui rendre visite.

— Pourquoi elle ne peut pas venir ici ?

Je n'avais pas de bonne réponse à lui offrir.

— On pourra aller au restaurant un soir de la semaine, d'accord ?

— D'accord, accepta-t-elle en haussant les épaules.

Plusieurs minutes s'écoulèrent avant qu'elle s'adresse de nouveau à moi.

— Papa...

— Oui, trésor ? lançai-je en sortant de mes pensées.

— Tu me regardes encore bizarrement.

Je soupirai.

— C'est vrai.

Non seulement Birdie sentait que quelque chose n'allait pas, mais je ne pouvais pas risquer de tout foutre en l'air avec Sadie si je m'inquiétais pour rien. Est-ce que j'allais la fixer comme ça, elle aussi ? Je devais trouver le moyen de garder mon sang-froid avec elle ce soir.

***

Après l'arrivée de Magdalene, je me rendis chez Sadie aussi vite que possible.

Lorsqu'elle ouvrit la porte, je ressentis le besoin urgent de la prendre dans mes bras et de la garder contre

323

moi. Car quelle que soit la vérité, je tenais énormément à cette femme. Je ne voulais pas qu'elle finisse par se sentir blessée ou bafouée. Je savais qu'elle avait pris ces décisions dans le passé par altruisme.

— C'est en quel honneur ?

— C'est juste parce que je suis fou de toi, répondis-je contre son cou. Je veux aussi m'excuser d'avoir dû interrompre brusquement notre journée d'hier.

— Ne t'excuse jamais pour ça. Tu as beaucoup de choses à faire. Honnêtement, j'admire ta façon de tout gérer.

Je m'écartai pour pouvoir la regarder droit dans les yeux.

— Tu sais quoi, Sadie ? Je gérais tout avant que tu entres dans mon existence. Je me laissais porter par la vie sans rien attendre vraiment pour moi-même. Gérer tout ça est bien plus facile quand on a quelqu'un à nos côtés, quelqu'un qui nous apporte de la joie. Ne doute jamais de ce que tu as apporté à ma vie. Je sais que ça ne fait pas beaucoup de temps qu'on est ensemble, mais ça faisait très longtemps que je n'avais pas été aussi heureux.

Elle avait l'air d'être à deux doigts de pleurer.

— Tu sais que tu n'es pas obligé de dire ce genre de choses pour coucher avec moi, n'est-ce pas ? plaisanta-t-elle en tapant mon épaule. Mais plus sérieusement, merci pour tout ce que tu as dit. J'ai de la chance de t'avoir rencontré. C'est la première fois depuis une éternité que je n'ai rien envie de changer dans ma vie.

Je pris son visage en coupe, puis posai ma bouche sur la sienne, chérissant chaque mouvement de nos langues. Je n'avais pas envie que ça change. Tout était parfait ainsi, sans que quelque chose vienne bouleverser nos quotidiens.

Je soulevai Sadie sur un coup de tête et la portai jusque dans sa chambre, avant de la déposer sur le lit. Ses mains descendirent au niveau de ma taille pour détacher ma ceinture et la retirer. Je libérai mon sexe rigide en baissant mon boxer, puis je m'approchai d'elle. En quelques secondes, elle écarta ses jambes pour moi et je me retrouvai en elle.

Le sexe avec Sadie était différent à chaque fois. Parfois, c'était brusque, d'autres fois, lent et sensuel. Cette fois-ci, c'était de la passion pure, la démonstration de ce que je venais de lui avouer quelques minutes plus tôt. La sensation de sa peau chaude contre mon érection nue était comme toujours presque trop dure à supporter. Je tins le coup quelques minutes avant de perdre le contrôle, et je déversai mon sperme en elle plus vite que je ne l'aurais voulu.

— Mince, je suis désolé, soufflai-je en continuant à faire des va-et-vient en elle.

Je fus ravi de sentir ses muscles se resserrer autour de moi quelques secondes plus tard. Il n'y avait rien de plus beau que de la sentir jouir autour de moi.

— Comment je faisais avant de te rencontrer ? murmurai-je contre son cou, mon sexe toujours enfoncé en elle.

— J'espère que tu n'auras jamais à t'en souvenir, répondit-elle en souriant.

Nous restâmes dans les bras l'un de l'autre pendant un long moment, et Sadie finit par s'assoupir peu de temps après. Elle avait dû avoir une longue journée. J'avais prévu de rentrer chez moi à vingt-trois heures et d'appeler un Uber pour que Magdalene puisse rentrer à son tour.

Il était vingt-et-une heures, et j'ignorais pendant combien de temps Sadie serait endormie. Je savais que ce serait peut-être ma seule opportunité de faire quelque chose que j'avais vraiment besoin de faire – même si ça me semblait mal et que j'aurais préféré ne pas le faire.

Je me levai lentement et prudemment, avant de me rendre à la cuisine. Je jetai un coup d'œil autour de moi, trouvai des sacs congélation, et en sortis deux de la boîte.

Je me glissai dans sa salle de bain sans faire de bruit et m'emparai de sa brosse à dents pour la mettre dans l'un des sacs. J'ouvris ensuite le tiroir du dessous, récupérai des cheveux sur sa brosse, et les plaçai dans l'autre sac. J'avais cru comprendre qu'il fallait garder la racine des cheveux pour les tests ADN, alors je ne savais pas si ça fonctionnerait, mais j'espérais au moins que la brosse à dents suffirait.

Bon sang.
Je fais vraiment ça ?

***

J'avais l'impression d'être un voleur.

Des cheveux et une brosse à dents usagée n'avaient peut-être aucune valeur marchande, mais ça n'en restait pas moins du vol. J'avais dérobé le droit à la confidentialité de Sadie. Et je m'étais senti mal à la seconde où je l'avais fait.

Appuyé contre le comptoir du bureau de poste, je poussai un soupir tremblant en tenant ma tête entre mes mains. Je venais juste d'envoyer les échantillons que j'avais récupérés pour le test ADN, et je ne pouvais pas encore rentrer chez moi. J'avais mal à la tête, un poids sur la poitrine et la boule au ventre. En temps normal, j'aurais pris un médicament contre le mal de crâne, mais je ne méritais aucun soulagement. J'étais une ordure qui méritait d'avoir l'impression que quelqu'un lui perforait les tempes.

Même si ce que j'avais fait hier m'avait rendu malade, ça ne m'avait pas empêché d'être le premier devant le bureau de poste à l'heure de l'ouverture.

Quand Sadie m'avait parlé de son don d'ovocytes, elle avait dit ne jamais vouloir connaître l'identité des personnes ayant bénéficié de sa générosité. En fait, elle s'était assurée que tout le processus était anonyme avant d'aller jusqu'au bout. Et pour une raison quelconque, je ne pensais pas qu'elle ait eu un jour des contacts avec ses propres parents biologiques. Du moins, elle n'en avait jamais parlé. Alors j'étais quasiment certain qu'elle ne voulait pas savoir si elle avait des enfants.

Mais moi, j'avais *besoin* de le savoir.

Et puis, quelles étaient les chances que Sadie soit notre donneuse ? Le centre de fertilité ne nous avait même pas précisé de quel État était originaire cette personne, seulement que c'était une citoyenne américaine. Il y avait plus de trois cents millions de personnes dans ce pays. J'aurais plus de chances de gagner à la fichue loterie. Sadie penserait probablement que j'avais perdu la tête d'imaginer que c'était une possibilité – trois cents millions d'habitants dans ce pays et ma fille qui écrivait comme par hasard à sa mère biologique. Plus j'y pensais, plus je me rendais compte qu'elle aurait raison. J'étais vraiment un peu fou d'envisager que ça pourrait être vrai.

Ce qui était dingue, c'était que je ne m'étais jamais demandé qui pouvait bien être la mère biologique de ma fille avant ces derniers jours, même si je savais qu'elle était quelque part. J'y avais énormément pensé ces dernières quarante-huit heures. Pourquoi étais-je si décidé à le découvrir maintenant alors que ça ne m'intéressait pas du tout quelques jours plus tôt ? La réponse était évidente. Parce qu'il s'agissait de Sadie. Mais qu'est-ce que j'espérais des résultats ?

Est-ce que je voulais que Sadie soit la mère biologique de Birdie ?

Ou est-ce que je voulais continuer à ignorer qui était la donneuse ?

Ces questions me donnaient du fil à retordre. Au fond de moi, même si je ne voulais pas l'admettre, je pensais qu'une partie de moi souhaitait que Sadie soit la mère biologique de Birdie. Ma fille avait perdu sa mère quand elle était si jeune, et j'aurais tout donné pour qu'elle puisse l'avoir encore à ses côtés. Mais est-ce que ce *tout* incluait de forcer une femme que j'aimais à accepter une enfant qu'elle n'avait pas prévu de connaître ?

Je clignai plusieurs fois des yeux.

Une femme que j'aimais ?

Est-ce que j'aimais Sadie ?

Mes épaules s'affaissèrent, et je poussai un long soupir de défaite.

Putain.

Oui.

J'étais tombé amoureux d'elle.

Super. Carrément génial. J'avais trahi une femme que j'aimais.

Je n'allais jamais pouvoir me le pardonner, j'en étais presque certain. Mais ce n'était pas grave. Je méritais de m'en vouloir pour ce que j'avais fait... et bien plus encore. Ce n'était même pas une question. Le plus important à présent, c'était de savoir si Sadie me pardonnerait un jour.

CHAPITRE 26

Sadie

Sebastian avait agi bizarrement ces derniers jours.

Il était plus calme que d'habitude et semblait vraiment distrait. Ce soir, j'avais préparé le dîner chez eux pour Birdie et lui, puis nous avions emmené tous les trois Marmaduke au parc. Comme d'habitude, Birdie n'arrêtait pas de parler, nous divertissant ainsi avec son résumé de sa journée d'école. Mais une fois qu'elle était partie se coucher, il devint plus qu'évident que Sebastian avait l'esprit ailleurs.

Je venais juste de lui parler d'un article sur lequel je travaillais pour ma rubrique, dans lequel j'avais interrogé des hommes et des femmes après leur premier rendez-vous à l'aveugle. Je leur avais posé un ensemble de questions pour voir si leurs réponses étaient différentes. Souvent, une personne pensait que ça s'était bien passé, alors que l'autre avait l'impression que le rendez-vous avait été un échec total. J'avais divagué sur le sujet pendant dix bonnes minutes, et mon instinct me disait que Sebastian n'en avait pas entendu un mot. Il m'observait, mais d'un regard absent, alors je décidai de tester à quel point son esprit était loin d'ici.

— Alors… commençai-je. On a pensé que ce serait amusant de poser les questions en étant nus. Tu vois, pour rendre l'article encore plus intéressant.

Je cessai de parler et attendis que Sebastian réponde. Il cligna plusieurs fois des yeux, et il sembla soudain se rendre compte que c'était à son tour de parler.

— Oh, c'est super.

Je fronçai les sourcils.

— Oui, c'est parfait. Je ne coucherai pas avec plus de deux ou trois d'entre eux, alors ne t'inquiète pas.

Il se mit à hocher la tête.

— OK, pas de souci… Attends… qu'est-ce que tu viens de dire ?

— Oh, bonsoir, Sebastian. C'est gentil de ta part de te joindre à cette conversation.

— De quoi tu parles ?

Je levai les yeux au ciel.

— Je parle du fait que tu n'as pas écouté un mot de ce que j'ai dit cette dernière demi-heure. Visiblement, tu as la tête ailleurs. Qu'est-ce qui se passe ? Est-ce que tout va bien ?

— Oui, tout va bien, répondit-il en baissant les yeux. C'est juste que j'ai beaucoup de choses en tête.

— Comme quoi ?

Il continua à éviter tout contact visuel.

— Je… euh… je n'ai toujours pas engagé de nouveau gérant pour le restaurant.

— Regarde-moi, lui ordonnai-je, en sachant au fond de moi qu'il racontait n'importe quoi.

Ses yeux croisèrent aussitôt les miens.

— Qu'est-ce qu'il y a d'autre ? demandai-je. J'ai l'impression qu'il n'y a pas que le travail.

Sebastian secoua la tête et son regard changea. Il essayait de ne pas détourner les yeux, mais il n'y parvint pas. Cet homme n'était pas un bon menteur. Depuis qu'il avait remarqué ma cicatrice en bas du ventre, il avait commencé à se comporter bizarrement. Je ne pensais pas que ce timing soit une coïncidence. J'avais le sentiment que son changement d'humeur avait quelque chose à voir avec la conversation que nous avions eue à propos de mes ovules. Pour être honnête, depuis que nous en avions parlé, je n'avais pas non plus réussi à arrêter d'y penser.

Je pris sa main dans la mienne.

— Est-il possible que ce que je t'ai dit l'autre jour t'ait contrarié ? À propos du fait d'avoir fait ponctionner mes ovocytes et d'en avoir donné quelques-uns ?

Il écarquilla les yeux, mais il les détourna de nouveau rapidement, avant de secouer la tête.

Sa réaction confirmait presque que c'était bien ça, pourtant, bizarrement, il ne voulait toujours pas l'admettre. L'année dernière, j'avais rédigé un article intitulé *Cause de rupture*, dans lequel j'avais interrogé quelques centaines d'hommes et de femmes à propos de ce qui pourrait exclure la possibilité d'une relation avec quelqu'un qu'ils appréciaient. Les deux côtés avaient cité les croyances spirituelles. Je savais que Sebastian était catholique, et l'Église catholique était contre les fécondations in vitro, alors peut-être que c'était ça. Ou peut-être que le fait d'avoir pratiquement donné mes ovocytes à une complète inconnue lui faisait un peu peur.

— Est-ce que… tes croyances religieuses t'amènent à être contre l'insémination artificielle ?

Il fronça les sourcils.

— Mes croyances religieuses ? Quoi ? Non. Bien sûr que non.

— Qu'est-ce que c'est, alors ? Tu n'es plus toi-même depuis qu'on en a parlé.

Il soupira et me prit dans ses bras.

— Je suis désolé. Je ne voulais pas te donner l'impression d'avoir dit ou fait quelque chose de mal. Je trouve que ce que tu as fait, faire ponctionner tes ovules pour éviter d'éventuels futurs problèmes de conception et en donner quelques-uns en l'honneur de ta mère, était extraordinaire.

— C'est vrai ? Tu es sûr ? insistai-je en m'écartant pour le regarder droit dans les yeux.

— C'était un geste très altruiste, confirma-t-il en hochant la tête. Entendre ce que tu avais traversé n'a fait que confirmer que tu es indubitablement l'une des personnes les plus généreuses et bienveillantes que j'aie jamais rencontrées.

Je poussai un soupir.

— Je suis contente que tu ressentes ça. Je pensais vraiment que ce que tu avais appris avait pu te faire penser du mal de moi.

— Pourquoi est-ce que je penserais du mal de toi après ce que tu as fait ?

— Je ne sais pas. Je suppose que j'étais inquiète que tu trouves ce don bizarre, étant donné que mes ovocytes pourraient très bien avoir donné naissance à des enfants.

Je secouai la tête.

— Tu vois, le fait que je puisse avoir des enfants dans la nature sans avoir de lien avec eux, ajoutai-je.

Sebastian garda le silence un moment, avant de reprendre la parole.

— Et si... avec tous les tests génétiques qui se sont banalisés ces derniers temps... tu découvrais que tu avais un fils ou une fille ? Tu voudrais les connaître ?

— Je ne sais pas, avouai-je en secouant la tête. Je pense que je laisserais ce choix à l'enfant. En tant que fille adoptée, je n'ai jamais voulu connaître mes parents biologiques. Des tas d'enfants adoptés ont un sentiment d'abandon et du ressentiment envers leurs parents biologiques, mais ce n'est pas mon cas. Bizarrement, je ne considère pas que la décision de ma mère avait quelque chose à voir avec moi. Ils ne savaient même pas encore qui j'étais, alors je ne le prends pas personnellement. Mais je ne rabaisserais pas non plus quelqu'un qui pourrait ressentir ça. Je suppose que si l'un de mes petits ovules était devenu une vraie personne, et qu'il ou elle voulait me connaître, ça ne me dérangerait pas. Mais cette décision reviendrait à l'enfant quand il serait en âge de la prendre. Et pas à moi.

Sebastian arborait un air très sérieux, mais il secoua la tête.

— Tu es vraiment une belle personne, Sadie.

— Ça, c'est toi qui le dis, mais oui, je suis fière de ce que j'ai fait. Alors je suis soulagée que ça ne t'ait pas contrarié. D'ailleurs, si ce n'est pas ça, j'aimerais vraiment savoir ce qui te tracassait.

Il secoua la tête.

— Ce n'est rien. Mais tu as raison, j'ai été un peu absent ces derniers jours, et j'en suis désolé. Je ne voulais pas que tu t'inquiètes.

— Ce n'est pas grave. On a tous des hauts et des bas. J'espère juste que tu sais que je suis là pour t'écouter si quelque chose te préoccupe. Peu importe ce que c'est.

— Je sais, et c'est pour ça que je suis fou de toi, répliqua-t-il en posant ses mains sur mes joues.

Je souris.

— Moi aussi, je suis folle de toi.

***

Tout sembla revenir à la normale après ça, même si Sebastian devait travailler plus que d'habitude puisqu'il n'avait plus de gérant. Je me disais que c'était logique que ça le tracasse. Puisqu'il était très occupé, je m'étais proposée pour donner un coup de main avec Birdie, afin que Magdalene ne fasse pas quatre-vingts heures par semaine. Ce soir, je vins directement après le travail. J'apportai une activité manuelle pour nous deux, puisque nous étions vendredi et que Birdie pouvait se coucher un peu plus tard. Après le dîner, nous restâmes à table pour fabriquer des bracelets d'amitié. Le kit comprenait assez de fils colorés pour en faire une dizaine. Birdie en était à son deuxième, et avait déjà compris comment tisser des motifs.

— Waouh, celui-ci est magnifique, indiquai-je.

— Je le fais pour ma meilleure amie.

— Elle a de la chance, répondis-je en souriant. Tu sais, quand j'avais ton âge, on confectionnait des bracelets d'amitié avec des épingles à nourrice et des perles. Tout le monde en donnait à sa meilleure amie à l'école. Alors j'en ai fabriqué un et je l'ai donné à mon ami Darren. C'était mon voisin, on jouait tous les jours ensemble après l'école.

Birdie se mit à rire.

— Ton meilleur ami était un garçon ?

— Eh bien, c'était ce que je pensais. Mais quand je suis venue le voir à l'école pour lui donner le bracelet, il était avec ses amis et il a agi bizarrement. Il l'a mis dans sa poche et a fait comme s'il ne savait pas pourquoi je le lui avais offert. Apparemment, ce n'était pas cool pour un garçon d'être ami avec une fille, et j'étais la seule à l'ignorer.

— Tu t'es sentie mal ?

Je hochai la tête.

— Oui. Les jours qui ont suivi, il est passé chez moi pour voir si je voulais jouer et j'ai refusé. Je pense qu'il en a eu assez de se retrouver seul, car une semaine plus tard, il a commencé à porter le bracelet d'amitié à l'école. On n'en a jamais parlé, mais j'ai recommencé à jouer avec lui.

— Je vais donner le premier que j'ai fabriqué à Jonathan.

— Oh, c'est ton meilleur ami ?

— Non, mais Suzie Redmond l'aime bien, et il a dit à Brendan Andrews qu'il ne l'aimait pas, parce qu'il me préfère moi.

Oh, waouh. Des garçons ? Déjà ? Elle n'avait que dix ans.

— Est-ce que tu… aimes bien Jonathan, toi aussi ?

Elle fronça son joli petit nez.

— Absolument pas, rétorqua-t-elle en haussant les épaules. Et puis, de toute façon, papa a dit que je ne peux pas aimer un garçon avant d'avoir trente ans.

Je ris. Ça ressemblait bien à Sebastian. Curieusement, je me dis qu'il avait peut-être raison cette fois-ci.

— Je peux te demander quelque chose, Sadie ?

— Bien sûr, tout ce que tu veux.

— Papa est ton petit ami, pas vrai ?

— Oui, je crois bien. Pourquoi cette question ?

— Alors… si papa est ton petit ami et que je t'appelle Sadie, comment je devrais t'appeler si un jour vous vous mariez ?

Mes mains se figèrent au-dessus du bracelet que j'étais en train de tisser.

— Euh, aucun mariage n'est prévu dans un avenir proche.

— Je sais. Mais si ça arrive, comment je t'appellerai ? Ce sera toujours Sadie ?

Bon sang, je ne savais pas du tout quelle était la bonne réponse à cette question.

— Je ne sais pas vraiment, trésor. Je pense que ton papa, toi et moi devrions nous asseoir pour en discuter tous ensemble. Et je pense qu'on te dirait de m'appeler comme tu le souhaites, toi.

— Mais tu serais ma maman, pas vrai ?

Un poids s'abattit sur ma poitrine. Voilà... c'était ça la raison pour laquelle je m'étais toujours sentie si proche de Birdie. Je savais ce que c'était de désirer ardemment une mère.

— Ta maman sera toujours ta maman. Techniquement, si je venais à épouser ton père, je serais ta belle-mère. Mais je n'ai pas besoin d'être mariée à ton père pour que tu sois quelqu'un de spécial pour moi, ajoutai-je en lui caressant les cheveux. Tu sais que tu es spéciale pour moi, n'est-ce pas, Birdie ?

Elle se força à sourire, mais je pouvais voir qu'elle était encore troublée.

— Qu'est-ce qui ne va pas, trésor ?

— Il se passera quoi si papa et toi vous ne vous mariez pas, et que tu te maries avec quelqu'un d'autre ?

— Oh, ma chérie. S'il te plaît, ne pense pas à ça.

Je mourais d'envie de lui dire que je serais toujours là pour elle, tellement notre lien était fort. Mais honnêtement, je devrais d'abord en parler avec Sebastian avant de prendre un tel engagement. Je ne voudrais pas lui faire une promesse aussi importante si je n'étais pas certaine de pouvoir la tenir.

— Est-ce que tu serais d'accord pour qu'on reparle de ça une autre fois ? J'aimerais réfléchir aux questions que tu m'as posées, parce qu'elles sont importantes et je veux te donner les bonnes réponses.

Birdie sourit.

— D'accord, accepta-t-elle en reprenant le tissage de son bracelet d'amitié, avant de s'arrêter de nouveau. Sadie ?

— Oui, trésor ?

— Puisque tu vas réfléchir, j'ai une autre question.

Oh, bon sang.

— Bien sûr. Laquelle ?

— Comment le père Noël entre-t-il chez nous ? Papa met un de ces chapeaux sur la cheminée pour que les écureuils n'entrent pas, tu te souviens ?

— Tes questions sont très difficiles, ce soir, fis-je remarquer en riant. Laisse-moi réfléchir à celle-ci aussi.

Et juste comme ça, notre conversation sérieuse était terminée et les choses revinrent à la normale. Une heure plus tard, nous rangeâmes l'activité et Birdie alla se préparer pour aller au lit. Elle se brossa les dents, se mit en pyjama, et revint en tenant l'un des bracelets qu'elle avait faits.

— Celui-ci est très joli. Je crois que c'est mon préféré parmi ceux que tu as fabriqués. Tu as dit qu'il était pour ta meilleure amie, c'est ça ?

Elle acquiesça d'un signe de tête.

— Comment elle s'appelle ?

— Elle s'appelle Sadie, voyons, répondit-elle en me tendant le bracelet. C'est pour toi.

***

— Bonjour, petite marmotte, me salua Sebastian en repoussant une mèche sur mon visage.

J'avais dû m'endormir sur le canapé en regardant la télévision.

— Il est quelle heure ? demandai-je en étirant mes bras au-dessus de ma tête.

339

— Presque une heure du matin. Je suis désolé. Il faut vraiment que je trouve un nouveau gérant. Je ne peux pas continuer à vous faire ça à Magdalene et toi.

Je m'assis en me frottant les yeux.

— Ce n'est pas grave. Ça ne me dérange pas du tout.

— Je sais bien, mais je déteste que tu rentres chez toi si tard. En fait, j'ai pensé tout à l'heure que Magdalene était déjà restée dormir ici lorsque j'avais un événement en soirée ou une urgence au restaurant. Elle dormait sur le canapé convertible dans mon bureau. Je pourrais parler à Birdie et lui dire que tu dormiras parfois à la maison, au moins les soirs où je dois travailler tard, tu ne crois pas ? Je dormirai sur le canapé et tu pourras prendre ma chambre.

— Ça peut être une bonne idée. Mais n'oublie pas qu'elle ne doit pas me trouver au lit avec toi.

Il hocha la tête.

— Je sais. J'en parlerai demain avec elle.

Sebastian remarqua le bracelet noué autour de mon poignet et passa son doigt dessous en tirant doucement dessus.

— Nouveau bijou ?

— J'ai fait une activité manuelle avec Birdie ce soir. Elle m'a dit qu'elle le faisait pour sa meilleure amie, et ensuite, juste avant d'aller au lit, elle me l'a offert.

— Ma fille a bon goût en matière de femmes. Elle tient ça de son père.

— J'ai trouvé ça trop mignon. Elle a aussi lancé une conversation intéressante.

— Ah oui ? À propos de quoi ?

— Eh bien, elle a d'abord voulu savoir comment elle devrait m'appeler si on se mariait.

Il arqua aussitôt les sourcils.

— Mince. Tu as répondu quoi ?

— J'ai contourné le sujet. Je lui ai dit que si ça arrivait, on s'assiérait tous les trois pour en discuter.

— Bien vu. Je suis content qu'elle te l'ait demandé à toi et pas à moi, ajouta Sebastian en passant une main dans ses cheveux.

— Ensuite, elle m'a demandé ce qui se passerait si on se séparait, que je rencontrais quelqu'un d'autre et que je me mariais avec lui.

Il fronça les sourcils.

— Est-elle au courant de quelque chose que j'ignore ?

— Non, le rassurai-je en riant. Mais je pense qu'elle voulait que je lui fasse la promesse qu'on serait toujours amies, ou peu importe ce qu'on est, même si les choses ne fonctionnaient pas entre toi et moi. La peur de perdre quelqu'un pèse sur elle, et visiblement, elle est inquiète à l'idée de me perdre aussi.

— Tu es la première femme avec qui elle a créé un lien depuis la mort de sa mère, révéla Sebastian en soupirant.

Je hochai la tête.

— Oui, je m'en rends compte. Voilà pourquoi j'ai pensé qu'il valait mieux qu'on en parle un peu avant de lui faire ce genre de promesse.

— Tu veux lui promettre que vous serez toujours amies, peu importe ce qui se passe entre nous ? m'interrogea-t-il en prenant un air sérieux.

— Oui, confirmai-je en acquiesçant. Je sais que ça ne fait que quelques mois qu'on se connaît, mais elle est vraiment spéciale à mes yeux. Je l'aime, Sebastian. Alors, si tu es d'accord pour que je garde contact avec elle peu importe ce qui se passera ensuite, comme par exemple si tu sortais avec quelqu'un qui n'appréciait pas que ton ex passe de temps en temps, j'aimerais lui faire la promesse d'être toujours là pour elle.

Sebastian déglutit. Les larmes lui montèrent aux yeux et il prit mon visage en coupe.

— Sadie Gretchen Bisset Schmidt, je t'aime tellement. Je le sais depuis un moment, mais j'avais trop peur de me l'avouer. Et pourtant, ma fille de dix ans et toi ne craignez absolument pas de donner de l'amour, poursuivit-il en secouant la tête. Vous êtes bien plus courageuses que moi. J'aimerais avoir ne serait-ce que la moitié de votre cran.

Mon cœur s'emballa et la chaleur envahit ma poitrine.

— Tu m'aimes vraiment ?

— Oui, je t'aime, Sadie.

— Je t'aime aussi, Sebastian, avouai-je en posant une main sur mon cœur. Je le sais depuis un moment. En fait, je peux même te le prouver.

— Comment ? demanda-t-il en m'adressant un sourire en coin.

J'affichai un immense sourire.

— *Ich liebe dich !*

CHAPITRE 27

Sebastian

Le samedi matin, la sonnette retentit juste au moment où je me préparais à partir travailler.

— Je m'en occupe, Magdalene !

Un jeune homme portant un uniforme UPS me tendit une tablette.

— Sebastian Maxwell ?

— Oui.

— Signez ici, s'il vous plaît.

Je griffonnai mon nom en me disant que ça devait être les nouveaux iPad que j'avais commandés pour le restaurant. Tout notre système était électronique, et puisque nous en avions encore cassé un deux jours plus tôt, il ne nous en restait plus qu'un. Après avoir signé, le livreur me tendit une petite enveloppe.

— Bonne journée.

— Vous aussi, répondis-je.

Je fermai la porte et revins dans la maison, sans vraiment réfléchir à ce que j'avais dans les mains. Jusqu'à ce que je voie le logo sur la lettre.

Bordel.

Je me figeai.

Je connaissais ce logo.

Le laboratoire.

Mais ils avaient dit sept à dix jours ouvrés, et ça ne faisait même pas une semaine. Un sentiment d'effroi s'empara de moi.

Putain.

Je fixai l'enveloppe. Toute ma vie pouvait basculer à cause de ce qu'il y avait à l'intérieur. Je me sentais mal. J'avais la nausée.

Birdie arriva en sautillant dans l'entrée, où je me trouvais toujours. Elle observa mon visage, puis la lettre dans ma main.

— Qu'est-ce que c'est ?

— Euh… rien, affirmai-je en la rangeant dans ma poche arrière. Juste une facture pour un colis que j'ai fait livrer au restaurant.

— Sadie vient cet après-midi, pas vrai, papa ?

J'eus mal à la poitrine rien qu'en imaginant Sadie approcher ce courrier.

— Oui, ma chérie. Elle a dit qu'elle viendrait vers dix-sept heures.

— Est-ce qu'on peut venir manger au restaurant ce soir ?

J'ignorais si je serais capable de les regarder dans les yeux d'ici là, pourtant, j'acquiesçai.

— Bien sûr, si Sadie est d'accord. Vous êtes toujours les bienvenues.

Birdie sauta sur place.

— Je vais demander à Sadie si on peut se pomponner !

— D'accord, acceptai-je en souriant, avant de déposer un baiser sur sa tête. Il faut que j'y aille. On se voit sûrement tout à l'heure, alors.

— Je t'aime, papa.

— Je t'aime aussi, ma petite Birdie.

***

Quand Sadie et Birdie arrivèrent au restaurant, j'étais un vrai désastre. Incapable de me concentrer, ma présence ici n'aidait personne. Je n'arrêtais pas de donner de mauvaises instructions, et le candidat au poste de gestion que j'étais en train de former devait penser que je m'étais drogué.

Sadie me salua de la main lorsque Birdie et elle se firent guider par une hôtesse à une table près de l'une des cheminées. Mon cœur faillit quitter ma poitrine quand je les observai. Mes deux femmes. Elles étaient apprêtées comme si elles se rendaient à un fichu bal. Les cheveux de Sadie étaient rassemblés en un chignon, exposant ainsi son cou élégant. Je ne l'avais encore jamais vue comme ça. Aussi perturbé que je le sois ce soir, j'imaginai enfoncer mes dents dans sa peau.

Et Birdie. Ma fille était adorable. Elle avait la même coiffure que Sadie, sauf qu'elle portait un diadème. Cette dernière était vêtue d'une longue robe de soirée noire, tandis que Birdie avait revêtu une robe violette à volants.

— Que vous êtes magnifiques, mesdames. Tu ne plaisantais pas quand tu as dit que Sadie et toi alliez vous pomponner.

— Une dame doit parfois vivre telle la princesse qu'elle est, déclara Sadie en faisant un clin d'œil à Birdie.

— On est jolies, hein, papa ?

— Tu ferais mieux de mettre une serviette sur cette jolie robe, ma fille. Je sais à quel point tu as tendance à te salir quand tu manges tes pâtes à la bolognaise.

Je pris une grande inspiration. L'angoisse commençait de nouveau à se former dans ma poitrine. Dès que je pensais à l'enveloppe qui se trouvait au fond de mon armoire, dans une boîte où je gardais de vieux CD, je paniquais. Je ne l'avais pas ouverte. Je n'étais pas prêt. Et puis, plus j'y pensais, plus je me rendais compte que c'était une violation de la vie privée de Sadie. Je ne savais toujours pas quoi faire, mais ça me rongeait, alors je savais que je ne tiendrais pas longtemps comme ça.

Je me tenais là, à ruminer devant ma petite amie et ma fille, et visiblement, je n'étais pas très doué pour cacher ma peur incessante.

— Seb, est-ce que tu vas bien ? demanda Sadie d'un air inquiet.

Je clignai plusieurs fois des yeux.

— En fait… je me suis senti mal toute la journée.

Ce n'est pas un mensonge.

Je tirai une chaise et m'assis avec elles, avant de boire le verre d'eau qui avait été posé devant Sadie.

— C'est le stress, affirma-t-elle en posant sa main sur la mienne. Tu t'es trop inquiété à cause du manque de personnel ici. Je sais que ça t'a affecté.

— Oui, c'est probablement ça.

Je posai ma main sur la sienne et la serrai, tout en me forçant à sourire pour apaiser son inquiétude.

— Tu es gelé, observa-t-elle en touchant mon front. Je ne pense pas que tu aies de la fièvre.

Birdie fit la moue.

— Papa, tu ne peux pas arrêter de travailler pour manger avec nous ? Je suis sûre que tu te sentirais mieux après une grande assiette de pâtes à la bolognaise de Birdie.

Il fallait que je me ressaisisse. Il fallait que je m'asseye pour partager un repas normal avec elles, tout en essayant de trouver discrètement comment gérer cette situation sans me trahir.

Ressaisis-toi.

— Tu sais quoi ? Je crois que c'est exactement ce dont j'ai besoin pour me sentir mieux. On va passer commande, décidai-je en me tournant vers Sadie. Qu'est-ce que tu veux, bébé ?

Elle jeta un coup d'œil à Birdie et sourit.

— Et si on prenait trois assiettes de pâtes à la bolognaise ?

— Trois pâtes à la bolognaise de Birdie. Ça arrive tout de suite, répondis-je en acquiesçant.

Lorsque je me retirai dans la cuisine pour transmettre la commande, j'inspirai profondément en savourant le fait de ne pas avoir à regarder Sadie droit dans les yeux pendant un moment. Alors que je me tenais là, au milieu du chaos de la cuisine, à écouter le bruit des casseroles, à regarder la vapeur émaner des fourneaux, tous les sons s'amplifièrent. Même la découpe de la salade me martela la tête. Il devint de plus en plus évident que je ne pouvais pas gérer ça tout seul. Je n'avais pas peur du résultat du test ADN.

J'avais peur de perdre Sadie à cause de ce que j'avais fait, car j'avais agi dans son dos et je lui avais dérobé ce qui lui appartenait. Je savais qu'il fallait que je lui en parle avant d'ouvrir cette enveloppe. Le choix ne m'appartenait pas. C'était son choix à elle. Entièrement.

J'essuyai mon front, pris une grande inspiration, puis retournai à table.

— Le dîner devrait bientôt être prêt, annonçai-je en les regardant tour à tour, tout en affichant un sourire.

— D'accord.

Sadie tendit une main sur la table pour prendre la mienne, puis tendit l'autre pour l'offrir à ma fille.

— Birdie, chérie, je veux te parler de quelque chose.

Ma fille plaça sa paume sur celle de Sadie.

— Est-ce que tu vas me dire qu'on ne pourra pas prendre de dessert ? Parce que je n'arrête pas de penser aux gâteaux arc-en-ciel qu'ils font ici. Ils sont moelleux, avec une sorte de confiture au milieu, et ils sont totalement recouverts de chocolat. J'allais demander si je pouvais en avoir avant le repas, mais je me suis dit que papa dirait non.

Sadie se mit à rire et secoua la tête.

— Ce n'est pas du tout ce que j'allais dire. Mais puisqu'on parle de gâteaux arc-en-ciel, je pense qu'on devrait en commander deux, ajouta-t-elle en levant les yeux vers moi, avant de sourire et de serrer ma main. Je voulais plutôt te parler de ce que tu m'as demandé l'autre jour. Tu as voulu savoir ce qui arriverait si ton papa et moi venions à nous séparer. J'ai beaucoup réfléchi à cette question et j'en ai même discuté avec ton papa, alors j'ai pensé que je pourrais te donner une meilleure réponse maintenant qu'on a eu le temps d'y réfléchir.

Sadie jeta de nouveau un coup d'œil dans ma direction, puis se rapprocha de Birdie pour la regarder droit dans les yeux.

— Peu importe ce qui se passera entre ton père et moi, je serai toujours ton amie. Alors ce que j'essaie de dire, c'est que tu vas devoir continuer à me supporter, ma petite. Peu importe où les choses nous mèneront, j'aimerais faire partie de ta vie, conclut Sadie, avant de tourner les yeux vers moi. Et ton père est d'accord avec ça, pas vrai, Sebastian ?

J'avais la gorge nouée de les voir ensemble, alors je dus me la racler.

— Absolument. Sadie sera toujours la bienvenue dans notre famille.

Birdie se leva de sa chaise et s'approcha de moi.

— Papa, est-ce que tu peux m'enlever mon diadème ?

Je fronçai les sourcils, mais j'obéis. Je détachai quelques mèches coincées, puis retirai la couronne brillante de la tête de ma fille et la lui tendis. Elle rejoignit alors Sadie.

— C'est notre diadème pour les amies spéciales. C'est mon objet préféré. Une fois, je pensais l'avoir perdu, alors mon père m'a racheté le même. Maintenant, j'en ai deux. Je veux que tu prennes celui-ci. Ça représente plus qu'un simple bracelet d'amitié.

Sadie lui adressa un grand sourire, puis baissa la tête pour que Birdie puisse placer le diadème dans ses cheveux. Ensuite, ma fille sauta presque au cou de Sadie. Elles partagèrent une longue étreinte, puis Birdie se remit à parler du dessert. Elle voulait s'assurer que je mette de côté deux parts de gâteau pour qu'ils n'en manquent pas plus tard. Mais tandis que ma fille reprenait une conversation normale, j'avais l'impression que mon monde venait de basculer, et j'avais besoin d'un verre pour me calmer un peu. Je fis donc signe au serveur pour qu'il nous apporte une bouteille de pinot noir.

Ensuite, j'observai mes deux princesses et priai pour que la révélation que j'allais faire ce soir, après le coucher de Birdie, ne me prive pas de l'une d'entre elles.

*****

Sadie accompagna Birdie dans sa chambre pour l'aider à retirer sa coiffure et à se préparer pour aller au lit. En attendant, je faisais les cent pas. Sans m'arrêter. Sadie soupçonnait toujours que quelque chose n'allait pas malgré tous les efforts que j'avais faits pendant le repas. Son comportement montrait clairement qu'elle me surveillait. Je doutais d'être le premier à aborder le sujet une fois qu'elle serait sortie de la chambre de Birdie. Je savais qu'elle allait m'en parler une fois que ma fille ne pourrait plus nous entendre. Honnêtement, *j'espérais* qu'elle le ferait, car j'ignorais comment je pourrais amener ce sujet si elle ne le faisait pas.

Je l'observai fermer doucement la porte de la chambre de Birdie, en continuant à faire les cent pas. Sadie était magnifique avec ses cheveux désormais lâchés. Sa robe de soirée était un peu froissée. La vision de sa jambe nue à travers la fente sur le côté parvint à m'exciter malgré mon humeur.

Elle avança lentement vers moi d'un air maussade. Elle posa ses mains sur mes joues et m'obligea à la regarder droit dans les yeux.

— Qu'est-ce qui se passe ? Est-ce que je suis en train de te perdre ? demanda-t-elle. Est-ce que c'est trop pour toi ?

Mon cœur se serra, et je fermai les yeux en portant ses mains à ma bouche.

— Non. Non, Sadie. La dernière chose dont j'ai envie, c'est de te perdre. Je te le promets.

Je poussai un soupir et trouvai le courage de poursuivre.

— Mais j'ai peur que ça puisse arriver après ce que je suis sur le point de te dire.

Son joli visage prit un air affolé, et elle s'écarta légèrement de moi.

— De quoi s'agit-il ? Tu me fais peur.

Je lui tendis ma main et la guidai en silence jusque dans ma chambre. Il fallait que nous ayons cette conversation aussi loin que possible de celle de ma fille.

Après l'avoir invitée à s'asseoir sur mon lit, j'allumai la lumière, puis je m'installai face à elle et entrelaçai nos doigts. Il me fallut quelques secondes pour trouver le courage de parler.

— Tu étais inquiète que mon attitude ait pu changer après m'avoir raconté que tu avais fait un don d'ovocytes, et tu n'avais pas tout à fait tort. Mais ce que tu ne pouvais pas savoir, c'était le raisonnement derrière ma réaction.

Elle déglutit, comme si elle était à la fois effrayée et impatiente d'entendre ce que j'allais dire ensuite.

— D'accord… souffla-t-elle, alors que ses mains se mettaient à trembler.

— Je ne t'ai jamais dit que… Birdie… eh bien, elle est elle-même issue d'un don d'ovocytes.

Je marquai une pause pour voir si sa réaction changeait, mais elle garda une expression figée, à l'exception de son regard qui sondait le mien. Elle ne sembla pas faire le lien seulement avec cette phrase, alors je poursuivis.

— Amanda… comme ta mère… n'a pas pu concevoir naturellement à cause des traitements contre le cancer qu'elle avait eus très jeune. Je le savais quand je l'ai épousée, et j'ai toujours su que ça ne changerait rien pour moi. Nous trouverions un moyen d'avoir un enfant, d'une manière ou d'une autre. Quand elle m'a dit qu'elle préférait essayer une insémination artificielle avec don d'ovocyte, j'avais quelques réserves, avouai-je en soupirant. Au départ, je ne comprenais pas comment mon sperme et l'ovule d'une autre femme pouvaient former *notre* bébé. Mais elle a insisté en disant que notre enfant serait lié par le sang à au moins l'un d'entre nous, et qu'elle pourrait vivre une grossesse. Après un long débat, j'ai accepté.

Je m'arrêtai pour observer le visage de Sadie. Elle ne comprenait toujours pas. Ou du moins, elle ne semblait pas encore avoir fait le lien. Alors je continuai :

— Honnêtement, la voir porter cet enfant était la plus belle chose au monde. Quand on a ressenti le bonheur de cette grossesse qui se réalisait, j'ai su que j'avais pris la bonne décision. Elle avait l'occasion de vivre quelque chose qu'elle pensait impossible, et tout ça grâce à une personne généreuse qui avait décidé de nous donner une partie d'elle-même. C'était surréaliste et incroyable. Et ça l'est devenu encore plus quand on a pu poser les yeux sur notre magnifique fille, qui s'avérait avoir mon visage, ajoutai-je en riant. Il était clair depuis le début que c'était *notre* enfant. La façon dont elle avait été créée n'avait aucune importance. Elle était à Amanda. Elle était à moi. Elle était à nous. C'était un cadeau du ciel.

— C'est tellement beau, déclara Sadie en affichant un petit sourire.

Je me raclai la gorge.

— Alors tu vois, je n'ai jamais pensé à te dire tout ça. Je ne voulais pas te donner l'impression que la façon dont elle était née avait de l'importance. Évidemment, je savais qu'on finirait par aborder le sujet, mais ça n'est simplement pas arrivé avant que tu me racontes *ton* histoire.

Je m'arrêtai intentionnellement pour qu'elle ait le temps de comprendre.

— Sadie, bébé, est-ce que tu vois où je veux en venir? l'interrogeai-je en prenant ses mains dans les miennes.

Son expression était toujours figée. Puis, à un moment donné, ses yeux s'écarquillèrent lentement et elle regarda fixement au loin. Ensuite, elle m'observa, et je compris. Les pièces du puzzle commençaient à s'assembler dans sa tête. Elle voyait où je voulais en venir. Elle agrippa mes mains et ses yeux cherchèrent les miens.

Puis elle se mit à parler :

— Les articles... Amanda qui garde tous ces articles... mes articles... tu penses... elle pensait que c'était... moi ?

Sa poitrine se soulevait au rythme de sa respiration rapide.

— Je ne sais pas. Elle ne m'a jamais rien dit. Si elle a recherché la donneuse, elle ne voulait sûrement pas que je sois au courant.

Sadie souffla sans jamais lâcher mes mains. Je n'aurais su dire ce qu'elle en pensait. Elle semblait juste sidérée et un peu effrayée, ce qui rendit encore plus difficiles les aveux que j'avais à lui faire.

— Quand j'ai compris que c'était une possibilité, Sadie, j'ai paniqué. J'ai décidé que je devais savoir la vérité avant même de parler de tout ça avec toi. Je ne voulais pas t'alarmer pour rien, alors j'ai pris la décision hâtive de prendre ta brosse à dents et des cheveux, ainsi que l'ADN de Birdie, pour les envoyer à un laboratoire.

— Quoi ?

Le visage de Sadie prit une teinte rouge que je n'avais encore jamais vue auparavant, et sa respiration s'emballa à un rythme effréné.

— C'était la mauvaise décision, concédai-je. J'avais peur. Pas du résultat, mais de te perdre, Sadie. Je t'aime. Et rien ne me rendrait plus heureux que de savoir que la femme aimante et formidable qui nous a donné une partie d'elle-même... est aussi celle que j'aime. Ne te méprends pas... rien ne m'effraie dans le fait que ma fille puisse être un mélange de toi et moi. Mais la décision de le découvrir ? Ce n'était pas à moi de la prendre. Alors, je n'ai pas ouvert l'enveloppe. Elle est toujours scellée. Et je ne l'ouvrirai pas sans ta permission. On n'est même pas obligés de l'ouvrir, d'ailleurs. Ça ne changera rien entre nous ni dans ta relation avec Birdie. Tu as le droit de garder la confidentialité qu'on t'avait promise, et je tiens à m'excuser sincèrement d'avoir laissé ma peur contrôler la décision que j'ai prise.

Je déglutis avec peine en attendant sa réaction.

Elle se redressa contre la tête de lit.

— L'enveloppe... est... là ?

— Oui, confirmai-je, le cœur battant. J'ai reçu les résultats aujourd'hui. Ils sont arrivés ce matin, ce qui explique pourquoi mon comportement était si erratique au restaurant.

— Tu... penses que c'est moi ? demanda-t-elle d'une voix tremblante.

— Je ne sais pas, bébé. Je te jure que je n'en sais rien.

— Est-ce qu'on va le découvrir ?

— Je me suis senti obligé de te parler de cette possibilité, mais en fin de compte, ce n'est pas à moi de faire ce choix. Ça n'a jamais été à moi de le faire. Et je ne veux jamais rien faire qui puisse te faire du mal ou porter atteinte à ta vie privée. J'ouvrirai cette enveloppe avec joie si c'est ce que tu veux que je fasse. Ou alors, tu peux la prendre. On peut l'ouvrir ensemble ou oublier qu'elle existe. On n'est pas obligés de savoir. Birdie t'aime. Amanda est sa mère. Ça peut rester comme ça.

Je détestais lui avoir imposé ce fardeau. Je ne savais pas quoi faire ni dire d'autre. Cependant, je sentis le poids s'ôter de ma poitrine maintenant qu'elle connaissait la vérité. Je n'avais juste absolument aucune idée de ce qu'elle allait en faire.

CHAPITRE 28

Sadie

J'avais l'impression de rêver. J'étais toujours assise face à lui, choquée, sans pouvoir bouger, et je ne savais pas quoi dire.

Amanda m'avait peut-être suivie. Comment était-il possible qu'on lui ait donné mon identité ? On m'avait assuré que tout le processus était anonyme, ce qui était la seule raison pour laquelle j'avais accepté de le faire.

— Je suis désolée... Je... J'essaie encore de comprendre, déclarai-je.

Sebastian s'approcha et me prit dans ses bras. Je me détendis aussitôt. Malgré l'incertitude et le choc, je me sentais en sécurité. Je me sentais aimée. Et je savais que quoi qu'il arrive, il serait là pour moi. Savoir qu'il soutiendrait le choix que je ferais à ce sujet représentait énormément pour moi, car à ce stade, j'ignorais totalement quelle était la bonne décision.

— Je ne t'en veux pas d'avoir fait ça, le rassurai-je. Je peux comprendre que tu aies paniqué.

Il souffla.

— Merci. Je me rends compte que j'aurais d'abord dû t'en parler, mais à ce moment-là, j'ai pensé que je pourrais écarter cette possibilité avant d'avoir à te faire peur, expliqua-t-il en secouant la tête. Mais j'avais tort, car si... tu sais... s'il s'avère que tu *es*... ce n'est pas à moi de l'apprendre avant toi. Ou de l'apprendre tout court.

— Je ne sais pas ce que je dois faire.

— Tu n'es pas obligée de prendre une décision maintenant. Ni même jamais.

Je poussai de nouveau un soupir tremblant, sans cesser de hocher la tête.

— Je me suis toujours sentie si connectée à elle.

— Je sais. Toute cette situation... a eu quelque chose de magique dès le départ. Mais peut-être qu'il y a encore plus que ça.

— Supposons qu'Amanda m'ait vraiment recherchée. Il reste toujours la possibilité qu'ils lui aient donné les mauvaises informations, pas vrai ? Ou peut-être juste que... mes articles lui parlaient et lui donnaient de l'espoir, et que tout ça n'est qu'une étrange coïncidence. Après tout, ces articles sont publics. Tout est possible, n'est-ce pas ?

— Bien sûr. Voilà pourquoi j'ai hésité à t'en parler au départ. J'ai même pensé être fou d'envisager ça. C'est tellement difficile à croire.

Une larme finit par se former dans mon œil, et elle se mit à rouler sur ma joue lorsque je pris conscience des choses petit à petit. Pas seulement parce que je ne savais pas du tout quoi faire, mais aussi parce que je compris que si Birdie était bien mon enfant biologique, alors elle était à *nous*. La fille de Sebastian et moi. La nôtre. J'aurais pu involontairement créer un être humain avec l'homme que j'aimais avant même de le connaître. J'avais rarement ressenti d'émotions aussi fortes que celles que me procuraient ces pensées. Mais ce qui prenait le dessus, si tout ça était vrai... c'était comment j'allais pouvoir dire ça à Birdie ? Elle avait déjà perdu sa mère. Et dans un sens, ce serait comme si elle la perdait une seconde fois. Pour quoi ? Pour que je puisse avoir une sorte de validation ? Ce n'était pas juste.

— Il faut que j'y réfléchisse, annonçai-je en secouant plusieurs fois la tête.

— Prends tout le temps dont tu as besoin. Je suis sérieux. En attendant, on peut faire comme si de rien n'était. Ça ne me pose pas de problème. Dis-moi juste que ça ne va pas nous séparer, me supplia-t-il.

Je regardai dans les yeux le bel homme qui se tenait devant moi et lui offris l'assurance dont il avait besoin.

— La seule chose dont je suis *certaine* à l'heure actuelle, c'est que j'ai besoin de toi plus que jamais. Je t'aime, Sebastian. Je t'aime tellement.

Il m'attira contre lui et se mit à parler dans mon cou.

— Je ne veux pas que tu rentres chez toi ce soir. J'ai besoin de t'avoir avec moi. Dans mon lit. Il est temps.

Je n'allais pas le contredire. Je ne pouvais pas m'imaginer rentrer seule avec le poids de cette décision pesant sur mes épaules.

Sebastian ne me fit pas l'amour ce soir-là. Il se contenta de me tenir jusqu'à ce que je m'endorme dans ses bras, tellement perdue et terrifiée – et pourtant protégée et aimée.

***

Le lendemain matin aurait pu ressembler à un début de journée normal, alors que nous étions assis tous les trois dans la cuisine pour prendre le petit déjeuner ensemble. Toutefois, il était *loin* d'être normal. Je n'arrêtais pas de la regarder. Ses cheveux blonds... les tenait-elle de moi ? Son nez... ce n'était pas exactement le même que Sebastian. Est-ce qu'il ressemblait au mien ?

— J'étais surprise de te voir ici, déclara Birdie à mon attention. Tu n'es jamais là pour prendre le petit déjeuner avec nous.

Sebastian se racla la gorge.

— Sadie a passé la nuit ici. Est-ce que ça te va si elle fait ça plus souvent ? Peut-être tous les week-ends ?

Birdie haussa les épaules et sourit.

— Évidemment.

Sebastian me sourit et j'en fis autant, puis il prit ma main sur la table.

J'étais totalement perdue. Même si j'avais envie d'en finir avec ce dilemme, je savais que la décision n'allait pas se prendre facilement ni rapidement.

Je finis par emmener Marmaduke au parc avec Birdie après le petit déjeuner, pour profiter de la beauté de la ville en cette fin d'automne.

Nous étions seules en rentrant à la maison, puisque Sebastian allait passer une grande partie de la journée au restaurant. Birdie se retira dans sa chambre pour lire un livre pour un devoir d'école, alors j'errai sans but dans la maison, jusqu'à atterrir devant l'une des photos d'Amanda dans la chambre de Sebastian.

Je soulevai le cadre et fixai ses yeux rieurs.

Il me semblait naturel de lui parler, même si je savais qu'elle n'était pas vraiment là pour m'écouter.

— Que comptais-tu faire ? Pourquoi as-tu gardé ces articles ? Essayais-tu de me retrouver ou espérais-tu laisser une piste ? Étais-tu simplement curieuse à mon sujet ?

Je soupirai.

— Ou peut-être qu'on se trompe complètement. J'aimerais pouvoir te demander ce que tu veux que je fasse.

Une larme coula sur ma joue.

Si l'intention d'Amanda était de me retrouver, pourquoi ne m'avait-elle pas directement contactée ? Elle savait qu'elle allait mourir. Elle savait visiblement où me trouver. Et elle ne l'avait jamais fait. Alors, pourquoi suivre mes articles ? Je ne saurais jamais ce qu'elle voulait. Sebastian m'avait laissé prendre la décision. D'un côté, j'appréciais qu'il l'ait fait, mais de l'autre, ça aurait été plus facile si quelqu'un pouvait me dire quelle était la bonne chose à faire.

— Je suis désolée, Amanda. Je suis vraiment désolée. J'espère que tu reposes en paix. Je te promets de veiller sur Birdie. Je la protègerai et je m'assurerai qu'elle ait un modèle féminin. Merci de l'avoir mise au monde. Et merci de m'avoir guidée jusqu'à Sebastian. Je sais que c'est étrange de te remercier de m'avoir menée auprès de ton mari, mais je te promets de l'aimer, de le chérir, et de ne jamais essayer de prendre ta place. J'ai vraiment l'impression que tu voudrais qu'il soit heureux, même s'il en doute. De femme à femme, je sais au plus profond de mon cœur que tu ne voudrais pas le voir triste et seul.

— Salut.

Je sursautai quand Sebastian entra dans la pièce.

— Tu es rentré tôt, observai-je en reposant la photo.

— Tu faisais quoi ? demanda-t-il.

— Je... parlais à Amanda. Je lui demandais conseil. Est-ce que c'est dingue ?

Il sourit.

— Je fais ça tout le temps. Je t'assure.

— Est-ce que ça t'aide ?

— Parfois, je l'entends me crier dessus, me dire de me comporter comme un homme et d'arrêter de me plaindre auprès d'elle, reconnut-il en riant.

— Je... Je ne sais toujours pas quoi faire. Je crois que j'ai vraiment besoin de prendre du temps pour y réfléchir.

— Prends tout le temps que tu voudras.

— Je pense que je vais aller rendre visite à mon père.

— Est-ce qu'il sait que tu as fait un don d'ovocytes ?

— Oui, confirmai-je en hochant la tête. Je lui en ai parlé avant de le faire. Il n'était pas vraiment ravi, mais il a compris. Et au bout du compte, il a soutenu ma décision.

— Ton père est un homme bien. Peut-être qu'il pourra t'aider à décider ce qu'il y a de mieux à faire. Je pense que c'est une bonne idée de lui en parler.

J'essuyai mes yeux et acquiesçai.

— J'irai sûrement le week-end prochain.

— Pas de souci, conclut-il en déposant un baiser sur mon front. En attendant, laissons ça de côté.

CHAPITRE 29

Sadie

— Cette histoire est folle.

Mon père secoua la tête et frotta sa nuque. Je venais de passer une heure entière à lui raconter ce récit incroyable, depuis ma rencontre avec la famille Maxwell grâce aux articles qu'Amanda avait conservés, jusqu'au fait qu'ils aient reçu un ovocyte issu d'un don. Il en savait déjà une partie, mais pas tout. Honnêtement, le dire à voix haute donnait vraiment l'impression d'entendre le scénario d'une série télé. Ça faisait une semaine que Sebastian m'avait tout raconté, et ça me semblait encore surréaliste.

— Je sais. Il s'est passé tellement de choses pour que nous en arrivions là aujourd'hui. Enfin, imaginons que je sois leur donneuse, qu'Amanda ait trouvé mon nom je ne sais comment et qu'elle ait commencé à me suivre. Quelqu'un allait bien recevoir mon don, donc ce n'est pas la partie la plus farfelue. Même si je me rends compte que ce genre de don n'est pas chose courante.

Mais même si c'était arrivé, il fallait encore que Birdie trouve les articles que sa mère avait gardés au fond d'un carton, et qu'elle décide seule d'écrire au père Noël. Et ensuite, il fallait encore que je me prenne pour le père Noël, ce qui a attisé ma curiosité et m'a amenée devant leur porte. Birdie a dû également faire tomber une petite barrette papillon par terre, et je me suis retrouvée devant. Sans oublier que lorsque j'ai essayé de la rendre, je suis soudain devenue folle et j'ai décidé de faire semblant d'être une éducatrice canine... qui enseignait ses ordres en *allemand*. Et n'oublions pas non plus que, comme par hasard, la véritable éducatrice n'est pas venue ce jour-là parce qu'elle a eu une urgence au moment même où je suis passée devant chez eux. Et même là, après que cette chaîne d'événements dingues s'est réalisée, il fallait encore que Sebastian et moi tombions amoureux l'un de l'autre. Quelles étaient les chances que tout ça se produise, papa ?

— Tu sais que je suis pragmatique au possible. Je crois que nous sommes responsables des choses qui nous arrivent. On ne trouve pas un billet de cinq dollars par terre parce qu'on a de la chance. On le trouve parce qu'on fait attention à ce qui nous entoure. Mais cette histoire me laisse penser qu'il y a autre chose. Ta mère était plus tournée vers la religion que moi. Je suis du genre à penser que si tu travailles dur, tu pourras subvenir aux besoins de ta famille, tandis que ta mère pensait que Dieu prend soin de ceux qui le servent. Mon trésor, je dois dire que là, maintenant, j'ai l'impression que je devrais peut-être aller à l'église tous les dimanches.

Je souris.

— Qu'est-ce que je fais, papa? Est-ce que j'ouvre cette enveloppe?

— Est-ce que ça changerait quelque chose pour toi aujourd'hui si tu le faisais?

J'y réfléchis et secouai la tête.

— J'aime Birdie, donc ça ne changera pas ce que je ressens. Et je ne pense pas que ce serait le bon moment pour lui en parler. Maman et toi ne m'avez jamais caché que j'étais adoptée. Je ne me rappelle pas l'avoir ignoré un jour, alors je n'ai jamais eu l'impression d'être prise au dépourvu en apprenant brusquement que vous n'étiez pas mes parents biologiques. J'ai toujours su qui j'étais, et j'ai l'impression que ce ne serait pas le cas de Birdie, si tu vois ce que je veux dire.

Mon père hocha la tête.

— On a eu du mal à décider comment gérer ça, mais au bout du compte, on s'est dit que la vérité finit toujours par se savoir. Et souvent, ça arrive au mauvais moment. On ne voulait pas que tu passes ta vie à penser quelque chose, et que du jour au lendemain, tu te rendes compte que tout ça n'était qu'un mensonge. Ta mère et moi avions peur que tu aies des problèmes de confiance.

— Je comprends, soufflai-je. C'est totalement logique, et je suis contente de l'avoir toujours su. Mais dans le cas de Birdie, les choses sont un peu différentes. Elle a déjà dix ans. On ne lui a jamais dit que sa mère n'était pas sa mère biologique, alors elle aurait probablement l'impression que son monde s'écroule. Et tu as complètement raison, elle risquerait de ne plus croire ce que son père, ou même moi, d'ailleurs, pourrions lui dire après lui avoir annoncé une telle nouvelle. C'est presque comme si le mal avait déjà été fait depuis dix ans. On ne peut pas changer les choses.

— Quand on ne savait pas vraiment comment t'annoncer ça, on a demandé un avis à l'agence d'adoption. Tu sais ce que la femme a dit ?

— Quoi donc ?

— Elle a répondu que si on devait s'asseoir avec notre enfant pour lui dire qu'elle avait été adoptée, c'était qu'on avait déjà attendu trop longtemps.

Je poussai un long soupir.

— Je pense que tu as raison. Puisqu'on le lui a déjà caché, on doit se concentrer sur le fait d'attendre le bon moment pour tout lui révéler. Est-ce mieux de le faire aujourd'hui ou quand elle sera plus mature ? Ou vaut-il mieux ne jamais le lui dire ?

— J'ai l'impression que tu connais déjà la réponse à cette question.

— Oui, je crois aussi, confirmai-je en lui adressant un sourire triste. Merci, papa.

— Je veux te montrer quelque chose, répliqua-t-il en tapotant ma main. Viens avec moi.

Je le suivis jusque dans sa chambre, et il descendit une vieille boîte à chaussures du haut de son armoire. Il fouilla dedans pendant une minute, puis en sortit quelque chose.

— Tiens, regarde.

C'était une feuille de papier froissée, sur laquelle était écrite une phrase. Je reconnus l'écriture de ma mère, alors je lus à voix haute.

— Quand deux personnes sont faites pour être ensemble, Dieu fait en sorte que ça se produise.

Je levai les yeux, confuse.

— C'est quoi ?

— Tu sais que j'étais dans l'armée quand j'ai rencontré ta mère. J'allais la voir quand j'étais en permission. On passait chaque instant ensemble pendant deux semaines, mais ensuite, je devais repartir à l'étranger, où j'étais déployé. Mon affectation devait encore durer six mois.

— Oui, je m'en souviens.

Il me prit le papier des mains et sourit en le regardant.

— On s'est dit au revoir le matin où je devais embarquer. J'étais fou d'elle, mais six mois, c'est très long. J'avais peur qu'elle soit passée à autre chose quand je rentrerais, avoua mon père en me faisant un clin d'œil. Ta mère était un bon parti, surtout pour un type ordinaire comme moi. Bref, on s'est dit au revoir, et j'ai passé les dix-huit heures suivantes sur le chemin du retour vers la base. Ce soir-là, en me changeant, ce mot est tombé de la poche de ma veste. Ta mère l'y avait glissé sans que je le sache. Je l'ai gardé sur moi tous les jours jusqu'à ce que je puisse la retrouver.

Il marqua une pause, puis leva les yeux vers moi.

— Puis le jour où on t'a ramenée à la maison, ta mère était assise avec toi dans les bras dans le fauteuil à bascule qu'elle aimait tant, et je n'arrivais pas à détacher mon regard d'elle.

Mon cœur se serra. Ce qu'il disait était magnifique, mais ça me rendait aussi triste. Je posai ma tête sur l'épaule de mon père et observai le papier avec lui.

Il se racla la gorge.

— Bref... ta mère m'a surpris en train de la fixer et m'a demandé ce que je faisais. Tu sais ce que j'ai répondu ?

— Quoi donc ?

— Quand deux personnes sont faites pour être ensemble, Dieu fait en sorte que ça se produise.

Je déglutis en sentant les larmes dans ma gorge.

— *Oh, papa...*

Il plia le morceau de papier dans ses mains et le glissa dans ma poche.

— Garde-le. Tu partageras ça avec ton enfant un jour, que ce soit Birdie ou un autre petit chanceux.

***

Je ne parvins pas à dormir ce soir-là, alors j'envoyai un message à Sebastian à presque vingt-trois heures pour lui demander si je pouvais passer.

— Salut.

Il ouvrit la porte avant même que je puisse frapper.

— Comment tu savais que j'étais là ?

— J'attendais de voir ton Uber par la fenêtre, révéla-t-il en souriant.

— Oh, d'accord.

Je retirai mon manteau et l'accrochai dans l'entrée.

— Je suis désolée de venir si tard.

Quand je me retournai, Sebastian me prit aussitôt dans ses bras.

— Je suis content que tu sois là, déclara-t-il en déposant un baiser sur ma tête. J'espère juste que l'impatience que j'ai ressentie dans ton message ne voulait pas dire que tu avais hâte de venir me larguer et d'être débarrassée.

— Quoi ?! m'exclamai-je en m'écartant. Non. Pourquoi tu penses ça ?

Il poussa un soupir.

— Je n'ai pas vraiment eu de nouvelles de toi ces deux derniers jours. Je me suis dit que tu avais peut-être retrouvé la raison.

— Je suis désolée, m'excusai-je en affichant un sourire triste. J'avais juste besoin d'un peu de temps pour réfléchir.

— Pas de souci. Viens, est-ce que tu veux du thé ou autre chose ?

— Non, merci, refusai-je en secouant la tête.

Nous entrâmes dans le salon silencieux.

— Je suppose que Birdie dort.

— Oui, répondit-il en levant son poignet, auquel était noué un bracelet d'amitié. Elle m'a demandé d'aller lui acheter un autre kit, puis elle m'a demandé si le père Noël existait vraiment, tout en m'apprenant à tisser ces trucs. J'en ai fait un pour toi.

— Vraiment ? demandai-je en souriant.

— Oui, mais ne t'emballe pas trop. Je ne suis pas doué.

Je ris.

— D'accord. Eh bien, c'est le geste qui compte.

— Répète-toi ça quand tu verras le nombre de bosses sur ton nouveau bijou.

— Et si on allait discuter en privé ? proposai-je en désignant sa chambre d'un signe de tête. Juste au cas où elle se lèverait.

— Bonne idée.

Sebastian me guida jusqu'à sa chambre, avant de s'asseoir contre la tête de lit, et je m'installai face à lui, entre ses jambes.

— Donc, j'ai beaucoup réfléchi, et je pense qu'on ne devrait pas ouvrir l'enveloppe, annonçai-je en prenant ses mains dans les miennes.

— Tu es sûre ? m'interrogea-t-il en soutenant mon regard.

J'acquiesçai.

— Je pense qu'à ce stade, c'est à Birdie de prendre cette décision. Quand elle découvrira comment elle a été conçue, elle voudra peut-être savoir qui est sa mère biologique, ou pas. Je n'ai jamais voulu connaître la mienne, car j'ai ma famille, et je n'avais besoin de rien d'autre.

Je secouai la tête.

— Peut-être que j'ai pris cette décision par loyauté envers mes parents. Je n'en suis pas vraiment sûre. Mais c'était ma décision, et je pense que c'est celle de Birdie, pas la nôtre.

— D'accord. Mais est-ce qu'on la laisse faire ce choix maintenant ? demanda-t-il en passant une main dans ses cheveux.

— En définitive, je pense que c'est à toi d'en juger en tant que père. Tu la connais mieux que personne. J'ai l'impression qu'il vaudrait mieux attendre qu'elle soit plus âgée, mais c'est toi qui décides.

Il resta silencieux un long moment avant de reprendre la parole.

— Et toi ? Ça ne va pas être difficile si je ne lui dis pas maintenant ?

— Parfois, les choses difficiles sont aussi ce qu'il y a de mieux à faire.

Pendant les deux heures qui suivirent, nous fîmes une liste de tous les avantages et les inconvénients de tout lui avouer maintenant ou dans le futur. Je partageai mon opinion avec honnêteté, et Sebastian m'écouta en partageant ses peurs. Une chose était sûre, je ne l'enviais pas du tout de devoir prendre une décision aussi difficile. Les questions les plus compliquées sont toujours celles auxquelles il n'existe ni bonne ni mauvaise réponse.

— On mettra l'enveloppe dans mon coffre-fort demain, finit-il par déclarer en secouant la tête. Je ne sais pas quand on devrait lui dire, peut-être quand elle aura dix-huit ans... je ne suis pas sûr. Je suppose qu'on saura quand le moment sera venu. Du moins, je l'espère.

Je souris.

— Oui, je pense qu'on saura.

— Mais j'aimerais aborder un autre sujet. Je déteste être morbide, mais on a appris tous les deux que la vie peut changer en un instant. Si quelque chose venait à m'arriver et que tu es sa mère... elle devrait rester avec toi, Sadie. Pour l'instant, mon testament accorde la garde à Macie.

— Oh, waouh. D'accord. En effet, je n'avais pas pensé à ça.

— On devrait aller voir mon avocat pour avoir un avis sur la façon de gérer tout ça.

— Tu as raison.

Nous nous regardâmes droit dans les yeux pendant un long moment.

— Bon, je pense que c'est réglé alors, ajoutai-je.

— Je pense aussi, répondit Sebastian en souriant.

Je pris une grande inspiration, et mes épaules se détendirent pour la première fois depuis plusieurs jours.

— Je ne sais pas si c'est le destin ou un enchaînement de folles coïncidences qui nous a réunis, commença-t-il en posant ses mains sur mes joues. Mais ce qui m'a mené à toi n'est pas aussi important que ce qui te fera rester. Je t'aime de tout mon cœur, Sadie.

— Je t'aime aussi.

Il sourit.

— Parfait. Maintenant, *umdrehen*.

— *Umdrehen*? répétai-je en fronçant les sourcils. Fais une roulade?

Sebastian opéra un mouvement furtif, et je me retrouvai soudain allongée sur le dos.

— Tu sais, décider de ne pas ouvrir cette enveloppe avant des années joue en ma faveur d'une autre manière, affirma-t-il, les yeux brillants.

— Ah oui? Comment ça?

— Ça te donnera une raison de rester pour découvrir la réponse.

Je souris.

— Tu veux dire, une *autre* raison de rester.

— Quelle est la première? demanda-t-il, l'air sincèrement confus.

— Toi. Je n'ai jamais eu besoin de plus.

CHAPITRE 30

Sadie

Quatre semaines plus tard

— Café ? proposa Devin en entrant dans mon bureau, avant de déposer devant moi deux piles d'enveloppes maintenues par des élastiques.

Elles devaient mesurer plus de sept centimètres chacune. *Encore plus de lettres qu'hier.*

— Je crois qu'il me faut de la caféine pour ça, déclarai-je en les regardant. Est-ce que tu peux me prendre comme d'habitude, un latte frappé à la vanille sans sucre avec du lait de soja en taille moyenne ?

— Un gobelet d'ennui mortel. Ça marche.

J'ouvris mon tiroir pour en sortir mon portefeuille, mais Devin leva la main.

— Non, c'est pour moi. Je reviens vite. Mets de côté les lettres les plus dingues pour que je puisse les lire.

— Comme toujours, répondis-je en riant.

Deux jours plus tôt, le magazine avait annoncé que la rubrique des *Vœux de Noël* commencerait la semaine prochaine. Je n'en revenais pas de la quantité de courrier que j'avais reçu en seulement quarante-huit heures. L'une de nos stagiaires m'aidait généralement à trier les lettres en mettant de côté celles que nous devrions prendre en considération, mais j'aimais aussi en ouvrir quelques-unes moi-même. Parfois, je les choisissais au hasard, comme par exemple les premières de la pile, et d'autres fois, je choisissais en fonction du nom de l'expéditeur, ou de l'adresse si c'était un endroit intéressant. Même si le magazine était seulement distribué en version papier aux États-Unis, j'avais toujours quelques lecteurs venant des quatre coins du monde. Hier, j'avais choisi Janice Woodcock[3], parce que bon, qui ne serait pas curieux de savoir ce dont une femme avec un tel de nom de famille pourrait avoir besoin pour Noël? J'avais aussi choisi une personne qui vivait à Bacon, dans l'Indiana. Parce que, eh bien... bacon.

Je m'adossai à ma chaise, retirai l'élastique d'un des tas et me mis à parcourir les lettres du jour. J'examinai les noms et les adresses, mais rien n'attira mon attention, jusqu'à ce que j'arrive à une enveloppe en particulier. Je me figeai.

B. Maxwell.

Bon sang. Birdie avait réécrit au père Noël?

Je me dépêchai d'ouvrir la lettre.

« Woodcock » peut se traduire par « pénis en bois ».

Cher père Noël,

Je ne sais pas si tu te souviens de moi, mais je m'appelle Birdie Maxwell. Je t'ai écrit il y a quelques mois pour te demander de nous apporter quelques trucs, à mon père et moi. Ne t'inquiète pas, je ne vais rien te demander de plus. J'ai tout ce dont j'ai besoin. Mais il faut que je t'avoue que je ne crois plus que tu existes. Ce n'était pas difficile à comprendre.

Tu vois, en histoire, on étudie les populations. Mon institutrice, madame Parker, a dit qu'il n'y a aucun habitant au pôle Nord. Elle a dit aussi que les humains ne peuvent pas survivre aux températures qu'il fait là-bas, et que les narvals sont presque les seuls à y habiter. Personne ne se trouve au pôle Nord où tu es censé vivre !

Et puis, il y a Suzie Redmond, cette fille de l'école. Je t'ai déjà parlé d'elle. L'année dernière, elle a vu sa mère déposer les cadeaux le matin de Noël. D'ailleurs, si tu fabriques les jouets dans ton atelier, pourquoi il y avait écrit Made in China sur la poupée que j'ai eue l'année dernière ? C'est louche.

Oh, et j'ai fait le calcul. Madame Parker a dit qu'il y a 1,9 milliard d'enfants dans le monde, répartis sur plus de deux cents millions de kilomètres carrés, et le nombre moyen d'enfants par famille est de 2,67. Ça voudrait dire qu'il faudrait que tu fasses 5 083 000 kilomètres par heure pour rendre visite à tout le monde le soir du réveillon. Comment ce vieux traîneau en bois pourrait aller si vite ?

Et puis… tu ne peux pas passer par notre cheminée ! Sérieusement !

Donc, puisque je suis presque sûre que tu n'existes pas, tu te demandes sûrement pourquoi je t'écris. Eh bien, j'ai décidé que quand je serai grande, je veux être rédactrice, comme Sadie, mon amie spéciale. Parfois, elle vient pour que ma baby-sitter puisse rentrer plus tôt, et on s'assied à table pour travailler ensemble. Comme en ce moment même, elle tape sur son ordinateur en face de moi, et je fais semblant de faire mes devoirs. Mais en fait, j'ai fait mes devoirs en classe pendant que la maîtresse parlait d'un truc ennuyeux aujourd'hui, alors je t'écris juste pour m'entraîner à la rédaction.

Je couvris ma bouche de ma main et me mis à rire.

Quelle petite chipie. C'était vrai, nous nous étions vraiment assises l'une en face de l'autre quand j'étais passée plus tôt que prévu et que j'avais du travail à finir. J'ignorais qu'elle ne faisait pas ses devoirs. Je me remis à lire sa lettre, sans arrêter de rire.

Bref, ce n'est pas grave si tu n'existes pas. J'ai tout ce que j'ai toujours voulu. Mon père sourit tout le temps maintenant. C'est en grande partie grâce à Sadie. Moi aussi elle me donne le sourire. Et même si tu existais, je ne demanderais aucun cadeau pour moi cette année. Enfin, sauf peut-être que Sadie réponde oui à ce que mon père va lui demander à Noël.

Affectueusement,

Birdie Maxwell

J'écarquillai les yeux.

À ce que son père va me demander à Noël ?

***

J'étais plus que nerveuse en ce réveillon de Noël. Cette soirée allait peut-être être l'une des plus importantes de ma vie. J'examinai avec soin mon dressing, et choisis une robe rouge que je savais que Sebastian aimait puisque je l'avais déjà portée une fois auparavant. S'il avait prévu de me faire sa demande ce soir, je voulais m'assurer d'être habillée pour l'occasion.

Sebastian, Birdie et moi avions prévu un réveillon de Noël en petit comité avec mon père, qui allait venir de Suffern pour passer la nuit dans le bureau de Sebastian, qui servait également de chambre d'amis. J'avais hâte de montrer à Birdie certaines de nos traditions de Noël, et de passer une soirée agréable à la maison avec les personnes qui comptaient le plus pour moi.

Après avoir pris un Uber pour aller chez Sebastian, je m'arrêtai pour profiter de l'air frais de cette soirée en sortant de la voiture. Quelques petits flocons se mirent à tomber. *Cette soirée pouvait-elle être encore plus parfaite ?* En plus de tout ça, nous allions aussi avoir droit à un Noël blanc ? Était-ce la dernière fois que je me tenais sur ce trottoir en tant que femme non fiancée ? *Waouh. Il faut que je prenne un instant pour me faire à cette idée.*

Je resserrai mon manteau et levai les yeux vers le ciel déjà sombre, en remerciant la personne là-haut d'avoir rendu cette vie possible, de m'avoir menée à cette famille, et de me donner la possibilité d'en faire partie.

Sebastian ouvrit la porte avant que je puisse appuyer sur la sonnette.

— Qu'est-ce que tu fais là dans le froid, ma belle ?

— Je remerciais juste les étoiles au-dessus de nous pour tout. J'ai l'impression d'être la femme la plus chanceuse du monde.

— Entre pour que je puisse t'embrasser, m'ordonna-t-il en faisant un signe de tête.

Une fois que je fus en haut des escaliers, Sebastian me prit dans ses bras. La chaleur de son pull me réconforta aussitôt. Il sentait si bon, comme un mélange de genévrier et de bois de santal. Il m'embrassa longuement et passionnément, et je pus sentir son cœur battre dans sa poitrine. Je me demandai s'il était nerveux à cause de ce qui pourrait peut-être se passer ce soir.

— Sadie ! Tu es là. Il était temps ! s'exclama Birdie en nous rejoignant précipitamment.

Elle portait ce que beaucoup pourraient appeler un pull moche de Noël avec des chats dessus, et elle avait deux couettes.

Nous nous fîmes un câlin tous les trois.

— J'attendais cette soirée avec impatience, déclarai-je. Tu es prête à commencer en cuisine ?

— Oui ! répondit-elle en tapant dans ses mains, tout en sautant sur place.

Sebastian me retira mon manteau. Il prit un instant pour me reluquer dans ma robe, et gémit discrètement en secouant la tête. J'avais vraiment hâte qu'il me la retire plus tard. Il faudrait qu'on fasse encore moins de bruit que d'habitude, puisque mon père serait dans la pièce à côté, mais il était hors de question que je ne puisse pas faire l'amour avec Sebastian le soir de Noël.

Birdie se rendit dans la cuisine, et la sonnette retentit avant que je puisse la suivre.

— Ça doit être mon père.

Sebastian alla ouvrir la porte. Mon père portait son fameux bonnet avec les rabats en fourrure sur les oreilles.

— George ! Ravi que soyez bien arrivé, l'accueillit mon petit ami en lui donnant une tape dans le dos.

Les joues de papa étaient rouges à cause du froid.

— Comment s'est passé le trajet ? demandai-je en le prenant dans mes bras.

— Sans incident, répondit-il en regardant autour de lui. Où est Miss America ?

— Je suis là ! lança Birdie en revenant de la cuisine.

Elle se dépêcha d'aller enlacer mon père.

— Papa de Sadie !

— Joyeux Noël, trésor. Je suis ravi de faire ta connaissance.

Il la serra fort contre lui. Je savais que papa devait penser au fait qu'elle pouvait peut-être être sa petite-fille.

— Qu'est-ce que je vous sers à boire, George ? demanda Sebastian en lui prenant son manteau.

— Un verre du punch de ma fille serait parfait.

— J'allais justement le préparer, papa. Enfin, d'abord une version sans alcool pour Birdie, et ensuite, j'ajouterai le rhum pour nous, précisai-je en lui faisant un clin d'œil.

Birdie et moi rejoignîmes la cuisine pour commencer à préparer les accompagnements pour ce soir. Nous fîmes griller des châtaignes, puis réalisâmes le punch, avant de préparer des plateaux de légumes coupés avec diverses sauces et des chips.

Sebastian avait demandé au chef du Bianco's de préparer des lasagnes pour nous, qui se trouvaient dans le frigo en attendant de passer au four tout à l'heure.

À un moment donné, Birdie se mit à rêvasser.

— Ma maman faisait des petits bonshommes en pain d'épices le soir du réveillon, déclara-t-elle ensuite.

Mon cœur se serra. Le fait qu'elle soit en train de penser à sa mère me toucha beaucoup. J'étais là à faire de mon mieux pour lui transmettre une chaleur maternelle ce soir, alors qu'en réalité, je ne pourrais jamais remplacer Amanda.

— Ah oui ? demandai-je. Des bonshommes en pain d'épices. J'adore ça.

— Je ne me rappelle pas tout ce qu'elle avait l'habitude de faire, mais je me souviens de ça et des pancakes Mickey Mouse.

Elle ferma brièvement les yeux.

— Je ne veux pas oublier. Parfois, j'ai peur que ça arrive quand je serai grande.

À cet instant, je sus exactement ce que je devais faire.

— On n'oubliera pas. Est-ce qu'on a ce qu'il faut pour faire des bonshommes ?

Ses yeux se mirent à briller.

— Je crois. Je sais qu'on a des emporte-pièces dans le tiroir.

— Je pense qu'il faut qu'on en fasse. Et s'il manque des choses, j'irai les chercher tout de suite, d'accord ? Je crois qu'on devrait les faire tous les ans en l'honneur de ta mère.

— Merci, maman adorerait ça, ajouta-t-elle d'un air rayonnant.

Je finis par devoir me rendre au magasin en bas de la rue pour aller chercher quelques ingrédients. Heureusement, il était ouvert.

À mon retour, nous préparâmes les bonshommes en pain d'épices avant d'y mettre du glaçage.

Juste au moment où nous allions terminer, Sebastian entra dans la cuisine.

— Je viens juste vérifier comment ça se passe ici, nous informa-t-il, et ses yeux atterrirent sur les biscuits alignés sur le plateau. Vous faites des bonshommes en pain d'épices ? Maintenant, je comprends mieux pourquoi tu as dû aller au magasin.

— Oui. Birdie m'a appris que sa mère en faisait toujours le soir du réveillon.

— C'est vrai, confirma-t-il en souriant. Elle en faisait.

— Je lui ai dit qu'on devrait en cuisiner tous les ans.

Il fixa les biscuits pendant quelques secondes, avant de lever les yeux vers moi.

— *Merci*, articula-t-il.

— *De rien*, répondis-je en retour.

— Ça ne sentirait pas les marrons chauds par ici ? demanda mon père en entrant dans la pièce.

Nous nous rassemblâmes tous les quatre autour de l'îlot pour grignoter ce que nous avions préparé en buvant du punch.

Après avoir apporté quelques plateaux sur la table basse du salon, nous nous installâmes autour du sapin, et mon père raconta à Sebastian des histoires datant de mon enfance.

— Alors, qu'est-ce que tu as demandé au père Noël cette année, Birdie ? demanda mon père.

— Rien, déclara-t-elle. J'ai tout ce dont j'ai besoin. Et puis, je ne suis plus certaine que le père Noël existe.

Nous nous regardâmes sans vraiment savoir quoi répondre.

Sebastian se lança le premier.

— Comment tu expliques tous les cadeaux chaque année, alors ?

— Je ne sais pas. Peut-être que c'est toi. Peut-être que certaines choses sont vraies, mais pas d'autres. Comme la cheminée, par exemple. J'ai écrit à quelqu'un que je pensais être le père Noël. Je te l'ai déjà dit, papa. Je pensais que c'était lui qui me répondait, mais je n'en suis plus certaine, expliqua-t-elle en haussant les épaules. Mais de bonnes choses se sont produites depuis ces lettres.

Tout le monde se tut.

— Je crois aux bonnes personnes, finit-elle par ajouter. Mais j'espère quand même avoir des olives et une machine qui applique du vernis à ongles cette année.

Elle fit un clin d'œil à Sebastian.

Je soupirai. Notre petite fille devenait grande.

Notre petite fille.

Elle l'était, quoi qu'il arrive. Ma fille. Quelle que soit la vérité.

Sebastian se leva du canapé.

— Eh bien, Birdie, tu devras attendre jusqu'au matin de Noël pour ouvrir tes cadeaux, parce que le *père Noël* n'était pas prêt ce soir. Mais peut-être que c'est le bon moment pour offrir à Sadie le cadeau qu'on lui a acheté.

— Oui ! J'ai trop hâte ! s'exclama-t-elle en sautant sur place.

Le moment est-il venu ?

Mon cœur s'emballa. Sebastian était-il sur le point de me demander en mariage avec Birdie à ses côtés ? Allaient-ils me demander de faire officiellement partie de leur famille ? Ma gorge commença à se nouer lorsqu'ils se rendirent tous les deux dans la chambre.

Mon père me sourit. Je n'en étais pas certaine, mais il avait l'air de savoir quelque chose.

Est-ce qu'il est dans le coup ?

Sebastian avait dû lui demander sa permission.

Birdie sautillait à côté de son père quand ils revinrent au salon. Sebastian tenait une boîte emballée dans du papier cadeau rouge brillant avec un nœud doré élaboré.

Il s'assit près de moi, puis me la tendit.

— On a beaucoup réfléchi à ce qu'on pourrait offrir à quelqu'un qui représente énormément pour nous. Depuis que tu as franchi cette porte, nos vies sont devenues plus belles et pleines de joie. Ce cadeau représente notre reconnaissance de t'avoir à nos côtés. On t'aime.

Mes mains tremblèrent lorsque j'ouvris l'écrin.

Puis mon cœur se serra quand je me rendis compte que ce n'était pas une bague. Je fermai les yeux pour me détendre, car je m'étais vraiment persuadée que ça allait être ça, et je les rouvris. Ensuite, quand j'aperçus ce que c'était et que je compris, je passai de la déception à l'émerveillement.

À l'intérieur se trouvait une réplique exacte de la barrette papillon qui m'avait menée à la porte de Sebastian ce jour-là, sauf qu'elle était incrustée de diamants et accrochée à une chaîne en or blanc.

J'en restai bouche bée.

— Je n'ai pas les mots.

— J'ai raconté à Birdie que tu m'avais dit à quel point tu admirais sa barrette.

Il me fit un clin d'œil, puisqu'il connaissait l'histoire de cette barrette, et comment elle m'avait amenée à me faire passer pour l'éducatrice canine.

— On l'a apportée chez un bijoutier, et on lui a demandé s'il pouvait la reproduire en diamants, poursuivit-il. Je trouve que le résultat est parfait. J'espère que ça te plaît.

— Tu plaisantes ? répondis-je d'une voix étranglée. C'est le plus attentionné, le plus sincère et le plus beau cadeau qu'on m'ait jamais fait.

Je les pris dans mes bras chacun leur tour, puis Sebastian sortit le collier de l'écrin.

— Viens, je vais te le mettre.

La sensation de ses mains sur ma peau me provoqua des frissons quand il attacha le bijou autour de mon cou.

Mon père arbora un grand sourire.

— Il est magnifique, ma puce.

Birdie observa le collier avec de grands yeux.

— Maintenant, tu pourras penser à moi chaque fois que tu le porteras.

— Ma chérie, je n'ai pas besoin de ça pour penser à toi, répliquai-je en la prenant de nouveau dans mes bras. Tu es toujours dans mes pensées. Mais je vais le garder précieusement, car il représente énormément pour moi.

En fin de compte, il n'y eut pas de bague en ce réveillon de Noël, et ça me convint très bien. Je préférais que Sebastian ne se précipite pas avant de prendre une décision si importante. Étais-je déçue ? Bien sûr. Mais j'avais toujours l'impression d'être la femme la plus chanceuse du monde.

CHAPITRE 31

Sebastian

— Marmaduke, regarde-moi.

Le chien se mit à courir dans la pièce, ses pattes grattant sur le plancher.

— Arrête-toi, espèce de cheval !

Il continua à détaler. Je me souvins alors de l'ordre en allemand pour « pas bouger ».

— *Bleib !*

Ça fonctionna. Il s'arrêta devant moi.

— Montre-moi ce que tu en as fait.

Wouaf !

Je tendis l'écrin vide et abîmé, puis lui montrai l'intérieur.

— Qu'est-ce que tu as fait de la bague ?

Wouaf !

Si les derniers jours avaient été un film, on l'aurait appelé : *L'année où le chien a gâché Noël.*

Au matin du réveillon de Noël, debout devant le miroir de ma chambre, je m'étais entraîné à réciter les mots poignants que j'allais prononcer devant Sadie, quand je mettrais un genou à terre pour lui demander de m'épouser. Je ne savais pas exactement quand j'allais lui poser la question, que ce soit le soir du réveillon ou le jour de Noël. Tout ce que je savais, c'était que ça allait se passer pendant l'un de ces deux jours, quand ce serait le bon moment.

Birdie était au courant et avait prévu son propre petit discours à réciter à Sadie quand *nous* allions la demander en mariage. Puisque le père de Sadie avait prévu de venir, ça promettait d'être grandiose. Enfin, jusqu'à ce que je décide de laisser la bague sur ma table de chevet pendant que je prenais une douche. Quand j'étais sorti de la salle de bain, l'écrin avait disparu.

Le fautif était forcément Duke. Il était le seul à être présent à la maison, et il avait fait des allers-retours dans ma chambre juste avant que j'aille me laver.

J'avais fini par être obligé d'en parler à Birdie. Nous avions passé toute la journée à fouiller la maison à la recherche de la boîte, et nous avions fini par la trouver... vide. Notre chien avait perdu un diamant Tiffany d'une valeur de 20 000 dollars.

J'aurais quand même pu faire ma demande sans ça, mais je voulais que tout soit parfait, et sans bague, eh bien, ça n'aurait pas été le cas. Heureusement, j'avais aussi eu l'idée de lui faire dessiner un collier, alors j'avais au moins eu quelque chose à lui offrir. Quel cauchemar.

Alors j'étais là, au lendemain de Noël, sans bague, avec rien d'autre qu'un écrin broyé et vide, en train de parler au chien en attendant une réponse comme un dingue, comme si j'allais pouvoir négocier avec lui pour qu'il m'avoue ce qu'il en avait fait.

Le fait que nous ayons retourné toute la maison sans toutefois trouver la bague était très décourageant.

Si elle ne réapparaissait pas dans les prochaines semaines, je devrais limiter les dégâts et en acheter une autre. Toutefois, je n'avais pas encore abandonné tout espoir de la retrouver.

Ce qui était bizarre aussi, c'était que j'avais ressenti quelque chose chez Sadie ce matin quand elle était partie, comme de la déception. Je me demandais si elle avait secrètement espéré que je lui fasse ma demande. Ça ne faisait qu'aggraver la situation, car j'avais vraiment envie de glisser cet anneau à son doigt.

Birdie entra dans ma chambre, alors que je continuais à négocier avec le chien.

— Du nouveau, papa ?

— Non. Et toi ?

Elle secoua la tête.

— Non. J'ai même regardé mes peluches, en me disant que Marmaduke avait peut-être joué avec et que la bague serait là, mais je n'ai rien trouvé. Est-ce qu'il y a un autre endroit où on pourrait regarder ?

Je me grattai la tête.

— J'ai l'impression qu'on a déjà fouillé les moindres recoins de la maison, répondis-je en regardant autour de moi.

— Marmaduke, s'il te plaît, dis-nous où tu as mis la bague de Sadie, le supplia Birdie en s'agenouillant devant lui.

Il se contenta de lui lécher le visage. Même ma fille ne pouvait pas utiliser ses talents dans cette situation.

La sonnette retentit. Mon cœur s'emballa un peu, car je savais que c'était Sadie qui revenait pour notre programme de l'après-midi. Elle était seulement passée chez elle pour aller chercher des vêtements de rechange. Nous allions emmener Marmaduke au parc, avant d'aller dîner tôt chez Bianco's et de rentrer regarder un film ici.

J'ouvris la porte pour la faire entrer.

— Salut, trésor, lançai-je en me penchant pour l'embrasser.

Ses joues étaient rouges à cause du froid.

— Salut.

— Ton père est bien rentré ?

— Oui, il vient de m'appeler. Il est bien arrivé à Suffern.

— Bien. C'était sympa de pouvoir passer ces moments privilégiés avec lui.

— Oui, il vous a adorés aussi, ajouta-t-elle en souriant.

Birdie, qui avait déjà enfilé son manteau, entra dans le salon.

— On y va quand tu veux, Sadie !

— Bonjour, mademoiselle Birdie. Est-ce que je t'ai manqué pendant ces trois longues heures ?

— Beaucoup ! répondit-elle en riant.

Nous nous lançâmes tous les trois dans notre sortie avec le chien qui, comme d'habitude, sembla plus nous promener *nous* que le contraire.

En arrivant au parc, nous le laissâmes courir un peu, tandis que nous nous installions sur un banc pour écouter Birdie nous parler encore et encore des enfants à l'école. Pendant ce temps, je n'arrêtai pas de penser à cette fichue bague. J'espérais que mon manque d'attention n'était pas trop flagrant. Je détesterais être obligé de mentir à Sadie si elle me demandait ce qui me préoccupait.

Vingt minutes plus tard, Marmaduke finit par être épuisé. Nous nous levâmes du banc pour reprendre le chemin de la maison afin de l'y déposer, avant de nous rendre à mon restaurant.

Quelques pâtés de maisons plus loin, le chien s'arrêta sous un arbre. Nous savions ce que ça voulait dire, alors nous attendîmes pendant qu'il s'accroupissait. C'était Sadie qui avait le petit sac pour ramasser, alors elle se pencha pour collecter ce qu'il venait de faire.

Soudain, elle se figea.

— Qu'est-ce qu'il y a ? demandai-je.

Sadie était bouche bée et peina à parler.

— Euh... Il y a... une bague... en diamant... dans sa crotte !

Birdie couina et se mit à sauter sur place.

— Youpi !

Quant à moi ? Je restai là sur le trottoir, les yeux écarquillés, dans l'incrédulité totale.

Impossible.

Au lieu de lui expliquer les choses, il se passa quelque chose d'inattendu. Je me mis juste à rire de manière incontrôlable. C'était sûrement les quelques jours de stress qui me rattrapaient. Visiblement, c'était contagieux, car Birdie m'imita. Sadie fut la dernière à craquer. Elle finit par perdre le contrôle et éclata de rire aussi. Marmaduke se mit alors à nous aboyer dessus.

Après cette crise de folie, je me rendis compte que Sadie était toujours là, à regarder le gros diamant ovale, et tout ce qui l'accompagnait.

— Reste ici, ordonnai-je en levant mon index. Ne bouge pas.

— Ne t'en fais pas... je ne comptais pas aller bien loin, répondit-elle en riant.

Heureusement, il y avait un magasin au coin de la rue. Je m'y rendis rapidement, demandai deux sacs plastiques au caissier, et le remerciai chaleureusement.

Je fis aussitôt demi-tour, et utilisai l'un des sacs pour couvrir ma main afin de récupérer la bague. Je la plaçai ensuite dans le deuxième sac.

Sadie jeta alors tout le reste et fit un nœud au sachet qu'elle tenait.

Maintenant que nous avions tous cessé de rire, nous restâmes simplement là. Il fallait que je parle de la bague, mais je ne savais pas vraiment comment m'y prendre. Alors, je fis ce que je pensais être juste à ce moment-là.

— Sadie, ça va probablement être la demande en mariage la plus merdique de l'histoire des demandes en mariage, commençai-je en mettant un genou à terre. Mais maintenant que tu as vu ça, je ne peux pas l'effacer. La surprise est déjà gâchée, alors je vais faire avec.

Je pris une grande inspiration.

— Je mourais d'envie de te faire ma demande à Noël. Birdie et moi organisions ça depuis un moment.

Comme tu l'as probablement deviné, la bague a disparu. On a tout retourné pour la trouver, mais désormais, je comprends mieux pourquoi ça n'a rien donné.

Je levai les yeux vers le ciel pour rassembler mes esprits, avant de croiser de nouveau son regard.

— J'étais dévasté, parce que je pensais que la bague était une partie importante de cette démarche, et j'ai choisi de repousser quelque chose qu'au fond de moi, je ne voulais pas retarder. C'était apparemment la façon qu'avait l'univers de me montrer que cet anneau n'était pas ce qu'il y avait de plus important. Ce qui compte le plus dans une demande en mariage, c'est d'exprimer son amour.

Je posai ma main sur mon cœur.

— Je t'aime. Birdie t'aime. Veux-tu faire partie de notre famille pour toujours ?

Les larmes couvraient le visage de Sadie, et elle hocha la tête en parlant d'une manière à peine cohérente.

— Oui ! Bien sûr, j'en serais honorée. Oui !

Puis je me levai pour embrasser fougueusement ma fiancée. Ma fiancée qui tenait toujours un sac à crottes. Mais bizarrement, rien de tout ça n'avait d'importance. Ma fille se mit à sauter et à taper dans ses mains, tandis que Marmaduke continua à nous aboyer dessus. Birdie se glissa entre nous et nous nous enlaçâmes tous les trois.

Nous étions passés du rire aux larmes tous ensemble. Si quelqu'un avait assisté à cette scène sur le trottoir du début à la fin, j'imaginais qu'ils étaient soit complètement confus, soit complètement amusés.

— Je te promets de faire désinfecter cette bague comme il se doit, lui assurai-je.

Elle essuya ses yeux.

— D'après ce que je peux voir, elle a l'air magnifique.

— Tu aurais pu t'étouffer avec ça, grand fou, lançai-je en me tournant vers le chien, ce qui fit rire Sadie.

— Je pense qu'il était naturel qu'il veuille participer à ça, étant donné qu'il a joué un grand rôle dans la formation de cette famille.

— Et maintenant, je peux dire à tout le monde que mon chien fait caca des diamants ! proclama Birdie avec enthousiasme.

ÉPILOGUE

Sadie

Huit ans plus tard

Les vacances de Noël étaient devenues ma période préférée de l'année. J'arrivais à peine à tenir en place en attendant à la porte que Birdie rentre de la fac pour venir passer les fêtes à la maison. Elle m'avait tellement manqué.

Au fil des années, Birdie était devenue comme ma meilleure amie. Notre relation était différente des relations mère-fille habituelles. Elle était née d'un choix et d'un désir délibéré de faire partie de la vie l'une de l'autre. Ce n'était pas notre sang qui nous forçait à rester ensemble, mais plutôt une source magique sans nom qui semblait encore plus forte.

Le sang. Ce mot me rappela aussitôt l'un des jours les plus difficiles de ma vie, celui où nous avions avoué la vérité à Birdie. Sebastian et moi avions décidé que lorsqu'elle aurait seize ans, nous lui parlerions du don d'ovocytes. Quelques mois après son anniversaire, nous l'avions fait asseoir pour lui donner l'enveloppe et nous lui avions raconté toute l'histoire, non seulement à propos du don, mais aussi concernant les circonstances de mon arrivée dans leurs vies, ainsi que du fait qu'il était possible que je sois sa mère biologique.

Elle était restée assise là, en silence, pendant que nous lui dévoilions tout. Je me souvenais d'avoir pensé qu'elle devait être choquée, car de tout ce qu'elle aurait pu dire, la première question qu'elle nous avait posée était : tu as fait semblant d'être l'éducatrice canine ?

Le plus difficile avait été quand elle avait commencé à digérer tout ça. Ce jour avait été intense et émouvant, et je ne l'oublierais jamais. Ses émotions étaient passées de la confusion à la tristesse, pour finir par la compréhension. Toutefois, il fallut une année entière pour que les choses redeviennent normales après ça. Mais ça avait fini par arriver. D'ailleurs, tout lui avouer avait même renforcé notre relation. En fin de compte, même si notre histoire était dingue, toutes les pièces étaient toujours maintenues fermement entre elles par l'amour.

Après la révélation, il lui avait également fallu presque cette année entière pour prendre la décision de découvrir ou non les résultats des tests ADN. Nous avions décidé que si elle voulait le faire, nous irions effectuer un test sanguin traditionnel, juste pour être sûr de la fiabilité du résultat. Néanmoins, Birdie en était finalement arrivée à la conclusion que savoir si nous étions du même sang ou pas ne changerait rien à l'amour qu'elle me portait. Elle pensait aussi qu'Amanda n'aurait pas voulu qu'elle sache, alors elle avait décidé qu'il valait mieux continuer de ne pas savoir. Sebastian et moi avions totalement respecté son choix, et une fois qu'elle l'avait fait, le soulagement nous avait tous envahis. Nous avions enfin pu passer à autre chose.

Sebastian, Birdie et moi avions fini par sortir la fameuse enveloppe qui était rangée dans la chambre de Birdie, pour pouvoir aller la brûler dehors.

Et c'était fini.

Est-ce qu'une partie de moi se poserait toujours la question ? Bien sûr. Mais en fin de compte, ça ne changeait rien. Et c'était le plus important.

Ironiquement, après toutes ces années, les lettres faisaient de nouveau partie de notre relation. M'écrire était le moyen de communication préféré de Birdie pour prendre de mes nouvelles quand elle était à la fac. Elle disait que c'était comme tenir un journal, sauf qu'elle partageait ses pensées et ses sentiments avec moi plutôt que de les garder privés. Ça me rendait aussi heureuse qu'elle me considère non seulement comme une figure maternelle, mais aussi comme une amie. J'attendais avec impatience chacune de ses lettres.

Mon fils arriva derrière moi et me sortit de mes pensées.

— Qu'est-ce que tu portes sur la tête, maman ?

Je le pris contre moi, tout en continuant à regarder par la fenêtre.

— Oh... c'est mon diadème spécial. Ta sœur me l'a donné il y a longtemps.

— Il a l'air trop petit pour toi.

Je ris.

— Est-ce que c'est ta façon de me dire que *tu* veux le porter ?

Seb fronça son adorable petit visage, comme s'il avait senti du poisson pourri.

— Non ! Les diadèmes, c'est pour les filles.

— En fait, je pense que tout le monde peut en porter un, répondis-je en me penchant pour frotter mon nez contre le sien. Mais je suis contente que tu ne veuilles pas mettre le mien, parce que c'est mon bijou préféré.

Seb Junior était né six ans plus tôt grâce à une insémination artificielle réalisée avec l'un de mes ovules congelés, après avoir essayé de concevoir naturellement pendant deux ans, en vain. Tout comme sa sœur, Seb avait des cheveux blonds et le visage de son père.

— Elle n'est pas encore là ? entendis-je mon mari demander derrière moi.

— Non. Sa voiture a dû se retrouver coincée dans les bouchons.

Sebastian posa sa main dans le creux de mes reins.

— Bon sang, je n'arrête pas de me dire que Marmaduke va être ravi de la voir, et ensuite, je me rappelle qu'il n'est plus là.

Une larme se mit à couler le long de ma joue en y repensant.

Notre chien adoré avait été emporté par un lymphome plus tôt dans l'année, juste après que Birdie était partie passer son premier semestre à Stanford. Ce jour-là, devoir l'appeler pour lui annoncer que Marmaduke était parti fut le deuxième instant le plus difficile de ma vie.

Pour Noël, nous avions fait transformer sa médaille en collier pour Birdie. Nous voulions qu'elle garde toujours un souvenir de lui étant donné la relation si spéciale qu'ils partageaient.

— La voilà ! s'exclama Seb Junior avec enthousiasme lorsqu'il aperçut le Uber de Birdie se garer devant.

Sebastian se précipita à la porte, tandis que mon fils et moi le suivions. Ça ressemblait à une course.

Birdie sortit du véhicule. Rien que la voir me donna le sourire. Récemment, elle avait choisi d'opter pour un style bohème chic. Elle avait tressé ses cheveux blonds sur le côté, et elle portait une jupe fleurie qui allait jusqu'au sol. Mais c'était ce qu'elle portait sur la tête qui me mit la larme à l'œil. Je couvris ma bouche en sentant l'émotion monter. Ma Birdie avait aussi mis son diadème. Je n'en revenais pas. Enfin, je n'aurais probablement pas dû être surprise. Curieusement, nous avions toujours été sur la même longueur d'onde, depuis le début.

Elle monta rapidement les marches pour retrouver les bras de son papa qui l'attendait.

— Ma petite fille est rentrée, souffla-t-il en la serrant fort contre lui.

— Je suis trop contente d'être à la maison, déclara-t-elle en s'agenouillant pour ébouriffer les cheveux de son petit frère. Salut, minus. Merci d'avoir gardé le fort pendant mon absence.

Lorsqu'elle se releva, elle enroula ses bras autour de moi.

— S-maman ! Tu as mis le tien aussi ! Tu m'as trop manqué.

« S-maman » était le nom qu'elle m'avait donné peu de temps après mon mariage avec Sebastian. C'était le diminutif de Sadie-maman. Honnêtement, ça nous allait parfaitement. Je n'étais pas sa vraie maman. J'étais Sadie-maman.

Elle regarda autour d'elle, puis je vis les larmes dans ses yeux quand elle comprit que notre gros chien n'allait pas courir pour l'accueillir. C'était la première fois depuis qu'elle avait dix ans qu'elle entrait dans cette maison sans lui.

— Je n'en reviens pas qu'il ne soit plus là.

— Je sais, ma chérie, murmurai-je en essuyant mes yeux.

— C'est vraiment la seule raison pour laquelle je ne voulais pas rentrer.

Sebastian lui caressa le dos.

— Il est comme ton alter ego. Il sera toujours avec toi, Birdie.

— Est-ce qu'on pourra aller au cimetière demain ?

— Bien sûr, acceptai-je. On avait prévu de le faire pendant tes vacances.

Elle secoua la tête.

— Bon, pensées positives. Pensées positives, répéta-t-elle, avant de se tourner vers moi. Je meurs de faim.

— Eh bien, il se trouve que je viens de faire ta salade de chou frisé préférée, et papa a ramené un plateau de pâtes à la bolognaise de Birdie du restaurant tout à l'heure.

— Yes ! s'exclama-t-elle en levant le poing.

Nous nous installâmes tous les quatre à la salle à manger, où j'avais déjà mis la table.

— Est-ce que Magdalene va passer ? demanda Birdie. J'espérais la voir.

— Elle viendra nous dire bonjour demain, pour le réveillon.

— Oh, chouette.

Magdalene ne travaillait plus pour nous, mais faisait toujours partie de la famille. Nous gardions contact, et Birdie lui écrivait tout le temps depuis la fac. Magdalene nous avait informés quelques années plus tôt qu'elle devait ralentir un peu pour prendre soin de son mari souffrant. Le timing était vraiment parfait, parce que j'envisageais de quitter le magazine pour rester à la maison avec Seb. Alors, ça fonctionnait pour tout le monde.

Avec le recul, cette décision avait été la bonne étant donné que je m'apprêtais à donner la vie pour la seconde fois dans quelques mois.

Birdie marqua une pause pour regarder mon ventre, avant de se servir une grande assiette de salade.

— Ton ventre a bien poussé, S-maman.

— Je sais. C'est fou, hein ? répondis-je en le caressant.

La vie était drôle parfois. Sebastian et moi avions essayé pendant des années de concevoir avant d'avoir notre fils par insémination artificielle, puis une fois que nous avions accepté le fait que nous n'aurions probablement pas d'autre enfant, j'étais tombée enceinte naturellement. Nous étions surpris, mais fous de joie.

— Est-ce que vous voulez connaître le sexe ? nous interrogea Birdie.

— Je ne sais pas, avoua Sebastian. S-maman et moi en discutons encore. Tu en penses quoi, toi? Est-ce qu'on devrait garder la surprise?

— Cette famille est vraiment douée en matière de *surprises*, répliqua-t-elle avec sarcasme. Alors oui, peut-être!

Birdie passa les minutes suivantes à avaler sa nourriture, puis elle s'arrêta pour reprendre la parole.

— Au fait...

— Oui? demandai-je en inclinant la tête.

— Un visiteur passera me voir demain pour le réveillon.

— Un visiteur? répéta Sebastian en arquant les sourcils.

— Oui. Mon... petit ami.

Birdie avait l'air de se préparer à la réponse de son père.

Je pouvais clairement voir la veine palpitant dans le cou de Sebastian.

— Petit ami...

— Oui, tu sais... j'ai presque dix-neuf ans.

— Il s'appelle comment? m'enquis-je.

— Ne rigole pas, me prévint-elle en essuyant sa bouche avec une serviette. Il s'appelle Duke.

— Impossible! m'écriai-je. Ça doit être bon signe.

— Ou alors... ça pourrait vouloir dire que c'est un animal en rut, rétorqua Sebastian.

— Papa, le reprit Birdie en levant les yeux au ciel. C'est quelqu'un de bien.

— Ça, c'est moi qui en jugerai! s'exclama tout à coup Seb Junior.

Il avait totalement appris ça de son père, qui le disait souvent.

Tout le monde se tourna vers lui en riant. Il était très intelligent pour son âge, comme un petit adulte. Même à six ans, il était protecteur envers sa sœur.

Sebastian soupira.

— J'essaierai de bien me tenir.

— Sa famille vit à Brooklyn. C'est une coïncidence qu'on soit tous les deux de New York.

— Eh bien, on a hâte de le rencontrer, affirmai-je en prenant sa main dans la mienne.

Durant l'heure qui suivit, nous nous régalâmes en écoutant Birdie nous raconter des histoires sur sa première année à l'université. J'avais fait des bonshommes en pain d'épices pour le dessert. Il ne s'était pas passé une année sans que je les prépare pendant les fêtes en l'honneur d'Amanda.

Birdie avala une gorgée d'eau, avant de lever l'index.

— Oh, j'ai oublié de vous dire. Dans mon cours de génétique, on a étudié les génotypes et l'expression des caractères. L'un des avantages de ce cours, c'est que les étudiants ont droit à une grosse remise sur les tests ADN. Vous savez, les kits qu'on commande en ligne dans lesquels on doit envoyer un échantillon de salive ? Tu te souviens, papa, j'en mettais un sur ma liste de Noël tous les ans, mais tu ne m'en as jamais acheté.

— Oui, je m'en souviens, confirma Sebastian en jetant un coup d'œil dans ma direction.

— Eh bien, j'ai enfin pu en faire un. Les résultats étaient très intrigants. En fait, j'ai tout un tas d'origines. Mais vous savez ce qui est vraiment intéressant ?

— Quoi donc ? demandai-je en souriant.

— Je suis en partie chinoise.

Mon sourire s'évanouit quand je compris ce qu'elle venait de dire. Je sentis le sang battre dans tout mon corps.

Sebastian croisa mon regard.

Et... tout s'emboîta.

Maintenant, nous le savions.

Waouh.

Juste... waouh.

Nous n'avions pas cherché la vérité, mais visiblement, c'était elle qui nous avait trouvés. Et comme l'intégralité de notre histoire, c'était magique.

Chers lecteurs,

J'espère que vous avez aimé l'histoire de Reed et Charlotte ! Afin d'être informés de notre actualité, n'hésitez pas à rejoindre notre groupe Facebook!

Rejoignez le groupe des lectrices de Vi Keeland
(https://www.facebook.com/
groups/841227192640345)

**Rejoignez le groupe des lectrices
de Penelope Ward**
(https://www.facebook.com/
groups/715836741773160)

**Inscrivez-vous à sa liste de diffusion pour être
informé·e de ses prochaines publications !**
(https://www.subscribepage.com/vi-keeland-
penelope-ward-french)

DE VI KEELAND & PENELOPE WARD

Nos Lettres Enflammées
https://vikeeland.com/country/france/

Bien à Vous
https://vikeeland.com/country/france/

DE VI KEELAND

Bientôt disponible
https://vikeeland.com/country/france/

Disponible dès maintenant
https://vikeeland.com/country/france/

DE PENELOPE WARD

Disponible dès maintenant
https://books2read.com/u/3yeXpZ
Hors d'atteinte
Step Brother
The Boy Next Door
Room Hate
Mack Daddy
Hors d'atteinte
Mon Voisin Idéal... Ou Pas
Love Online
The Crush

PLUS DE VI KEELAND
& PENELOPE WARD

Cocky Bastard
(https://vikeeland.com/international-books/cocky-
bastard-episode-1/)
Avec Toi Malgré Moi
(https://vikeeland.com/international-books/avec-toi-
malgre-moi/)
Playboy Pilot
(https://vikeeland.com/international-books/playboy-
pilot-new-romance/)
My Little Lie
(https://vikeeland.com/international-books/my-little-
lie/)

À PROPOS DE L'AUTEURE

Vi Keeland est une auteure de best-sellers n° 1 au classement du *New York Times*, n° 1 au classement du *Wall Street Journal* et figurant au classement de *USA Today*. Avec des millions d'exemplaires vendus, ses titres sont mentionnés dans plus d'une centaine de listes de best-sellers et sont actuellement traduits en vingt-cinq langues. Avec son mari et ses trois enfants, elle habite à New York où elle vit son propre conte de fées avec le garçon qu'elle a rencontré à l'âge de six ans.

À PROPOS DE L'AUTEURE

Penelope Ward est auteure de best-sellers au classement du *New York Times*, *USA Today* et *Wall Street Journal*.

Elle a grandi à Boston avec cinq grands frères et a été présentatrice de journaux télévisés quand elle avait une vingtaine d'années. Aujourd'hui, Penelope vit à Rhode Island avec son mari, leur fils et leur jolie fille atteinte d'autisme.

Auteure de plus de vingt-cinq romans, elle a vendu plus de deux millions de livres et a fait partie de la liste de best-sellers du *New York Times* vingt et une fois. Ses livres ont été traduits dans plus d'une douzaine de langues et sont disponibles dans les librairies du monde entier.

REMERCIEMENTS

Merci à tous les blogueurs géniaux qui nous ont aidées à faire découvrir À une lettre du bonheur aux lecteurs. Nous sommes très reconnaissantes de votre soutien.

À Julie, merci pour ton amitié et d'être toujours partante pour nos petites aventures !

À Luna, merci pour ton amitié, tes encouragements et ton soutien. Aujourd'hui, le nombre magique était 70. On a hâte de savoir ce que ce sera quand tu liras ça.

À notre super agent, Kimberly Brower, merci de nous supporter !

À notre incroyable éditrice de chez Montlake, Lindsey Faber, à Lauren Plude et toute l'équipe Montlake, votre enthousiasme pour ce livre a commencé dès le résumé, et nous a motivées durant toute la période d'écriture. Merci d'avoir fait briller cette histoire.

Et pour finir en beauté, merci à nos lecteurs. Merci de nous faire entrer dans vos cœurs et vos foyers. Nous sommes honorées que vous continuiez à nous lire. Sans vous, il n'y aurait aucune réussite !

Avec toute notre affection,
Penelope et Vi